Les Bons Comptes font les bons amants

Misha Bell

MISHA BELL

♠ MOZAIKA PUBLICATIONS ♠

Dépôt légal © 2023 Misha Bell
www.mishabell.com/fr/

Publié par Mozaika Publications, une marque de Mozaika LLC.
www.mozaikallc.com

Couverture par Najla Qamber Designs
www.qamberdesignsmedia.com

Traduction : Annabelle Blangier pour Valentin Translation

e-ISBN : 978-1-63142-872-2
ISBN imprimé : 978-1-63142-873-9

Un

— LAPINOU, ARRÊTE DE BAISER TA SŒUR !

J'accompagne ces mots du même geste du bras que j'utilise pour le faire fuir chaque fois que je le surprends sur mon oreiller.

Le chat diabolique ignore complètement ma présence.

Pearl examine les amants félins avec un sourire, identique au mien jusqu'aux plis autour de ses yeux verts.

— Sa sœur ? répète-t-elle d'un ton sceptique. Contrairement à nous, ces deux-là ne sont pas de la même portée.

Je la fusille du regard.

— Réfléchis un peu. Lapinou est mon bébé à fourrure, et Atone est le tien, autrement dit, ils sont bien frère et sœur.

Pearl et moi faisons partie d'un groupe de six sœurs identiques, des sextuplées, autrement dit. Certaines d'entre elles nous qualifient de « portée », mais je préfère le mot « couvée ».

Elle ricane.

— Nos enfants seraient plutôt cousins, non ?

Merde. Elle a raison, mais qui admet ce genre de chose à un membre de sa couvée ? À la place, je m'inspire de Pixie, une autre camarade de couvée.

— Puisqu'on partage le même ADN, toi et moi, nos enfants de pères différents seraient des demi-frères, d'un point de vue biologique.

Pixie est obsédée par les multiples identiques comme nous et, récemment, elle a suggéré en ne plaisantant qu'à moitié qu'on se reproduise toutes avec un groupe de sextuplés masculins pour que « tous nos enfants soient des frères et sœurs d'ADN. »

Pearl me lance un regard exaspéré.

— Oh, arrête. Même si vos personnalités se ressemblent beaucoup, tu ne partages pas le même ADN que ton chat psychopathe.

Est-ce que ça m'aiderait à remporter ce débat si j'informais Pearl que les humains partagent 90 % de leur ADN avec les chats ? Sûrement pas.

— Comment ça, nos personnalités se ressemblent ? l'interrogé-je plutôt.

— Tu sais bien, répond Pearl. Dans tous les cas, toute cette discussion est sans fondement. Pour les chats, l'inceste n'a rien d'un tabou, et ils n'hésitent pas à se reproduire dans la consanguinité dès qu'ils en ont l'occasion.

Cette dernière remarque ne mérite même pas de

réponse, je reporte donc mon attention sur le tapis du salon, où les chats sont encore en pleine action.

— Si ce n'est pas adorable… d'une manière un peu tordue ?

Le caractère adorable de cette situation est sûrement dû à l'aspect si mignon de nos chats. Lapinou est un bobtail japonais, il a donc une toute petite queue rappelant celle de son homonyme – le lapin. Sa fourrure est blanche avec quelques taches noires sur le visage qui le font ressembler à un raton laveur, à un panda ou à un bandit. Atone, le chat de ma sœur, est un Himalayen aux yeux bleus et au visage plat, qui arbore une expression perpétuellement assoupie.

Pearl étire les lèvres.

— Je parie que n'importe quelle créature à poils en train d'en monter maladroitement une autre est adorable, qu'il s'agisse d'un Ewok, d'un Wookie ou du cousin machin.

J'examine les chats plus attentivement. Mon chat, d'habitude gracieux, semble très empoté. Une seconde…

— Qu'est-ce qu'il fait ?

Je me rends compte qu'il mord le cou de la pauvre Atone, ce qui correspond très bien à la blague récurrente selon laquelle Lapinou serait un tueur psychopathe. Ces derniers mordent les cous des femmes quand ils sont en plein coït, n'est-ce pas ? À moins qu'il s'agisse des vampires ?

— Typique, dit Pearl. Le matou attrape la reine par la peau du cou pendant l'accouplement.

Hmm. Est-ce un ronronnement que j'entends ? Je détourne les yeux des chats pour lancer un regard perplexe à ma sœur.

— Comment tu en sais autant sur la reproduction des chats ?

Elle hausse les épaules.

— Avant de trouver ma vocation, j'avais envisagé de devenir éleveuse de chats.

— Ce genre de spectacle serait devenu courant pour toi, remarqué-je avec un signe de tête vers les chats affairés. La fabrication de fromage semble bien moins drôle, en comparaison.

— Ah, ah, ah.

— Désolée, je reprends. Cette blague était-elle trop puante pour toi ?

Pearl ouvre la bouche, sans doute pour lancer une réplique cinglante, mais à cet instant précis, les portes de l'enfer s'ouvrent. Ou c'est ce que je suppose, parce que le cri à glacer le sang et à faire pipi dans sa culotte qui sort de la gorge de sa chatte ressemble au son qu'émettraient tous les démons de l'enfer s'ils se mettaient à hurler en même temps. Non. Disons plutôt des banshees métamorphes qui se transformeraient en cochons à la pleine lune – avant d'être poignardées avec des couteaux émoussés.

C'est officiel. Après des années de blagues à base de « mon chat est un tueur en série », Lapinou vient d'en devenir un pour de bon, et il est en train de torturer et de tuer la pauvre chatte de ma sœur.

Je bondis en avant pour mettre fin à ce qui se passe, mais Pearl m'attrape par le coude.

— Arrête ! C'est normal.

Je m'assure que des cornes n'ont pas poussé sur la tête de Pearl et qu'aucun signe n'indique qu'elle ait pu être remplacée par un démon sorti de ces portes de l'enfer.

— Comment un son pareil pourrait-il être normal ?

— Le pénis des matous est doté de pointes, explique-t-elle. Quand il se retire, c'est douloureux pour la reine, c'est pour ça qu'elle miaule.

Oh non. J'évite de regarder le vagin de sa chatte, au cas où il y aurait du sang. Le sang et moi, ça fait deux, et je m'évanouis à chaque fois que j'en vois, ou pire encore. Mais bon, je ne risque pas de craquer pour un vampire, au moins, aussi éblouissant soit-il.

Malgré tout, je n'ai pas envie que Pearl remarque ma réaction et raconte ça au reste de la famille. C'est déjà assez grave que l'une de mes sœurs suspecte déjà quelque chose. Au fil des années, je me suis forgé une certaine réputation, en tant que « la sextuplée dure à cuire », et c'est en partie pour cacher ma faiblesse. Après tout, une personne qui a peur du sang pourrait-elle avoir autant de tatouages et de piercings que moi ? La réponse est oui, bien sûr. Ça n'a pas été facile, et je suis tombée dans les pommes un certain nombre de fois dans le salon de tatouage, mais j'ai rejeté la faute sur la déshydratation et l'hypoglycémie.

Soudain, Lapinou s'écarte d'Atone d'un bond… et juste à temps.

Elle a cessé de miauler, et elle tente de lui donner un coup de patte en pleine tête, toutes griffes dehors.

Mon chat me lance un regard effrayé qui ne lui ressemble pas, et je ne peux m'empêcher d'imaginer ce qu'il dirait s'il était capable de parler : *Celle qui me nourrit doit m'aider. J'ai torturé et tué une victime de trop, et j'affronte désormais la version féline de Dexter.*

Pendant ce temps, Atone roule plusieurs fois sur le sol, avant de feuler férocement en direction de Lapinou.

— On devrait peut-être les séparer ? suggère Pearl.

— Tu crois ? demandé-je en soulevant Lapinou dans mes bras. Ça aurait sûrement été une bonne idée de les séparer ce matin, dès votre arrivée.

Ou mieux encore : elle aurait pu laisser sa chatte à Los Angeles. Son excuse était assez peu convaincante. Elle a prétendu que le petit ami de sa meilleure amie était allergique aux chats.

Pearl s'approche prudemment de sa chatte.

— Soit ça, soit on les stérilise, malgré la propagande de maman et papa.

Je grimace. Nos parents croient fermement en la liberté de se reproduire pour tous les êtres vivants, y compris les animaux de compagnie et tous les ceux qui vivent dans leur ferme. Leur propagande doit s'être gravée au plus profond de moi, parce que je n'avais encore jamais envisagé de stériliser Lapinou jusqu'à ce que Pearl en parle.

J'emmène Lapinou dans ma chambre et le dépose sur mon oreiller – la seule solution pour qu'il tolère l'affront que je viens de lui faire subir. Sans m'arracher les yeux, en tout cas.

— Reste là, ordonné-je sévèrement avant de verrouiller la porte derrière moi.

Quand je reviens dans le salon, non seulement Pearl a pris son compagnon dans ses bras, mais elle a réussi à le calmer un peu.

— Bon, dis-je en époussetant les poils de chat sur ma veste en cuir. Ça, c'est fait.

Elle soupire.

— On va devoir les tenir séparés pendant environ trois jours, au risque qu'ils recommencent.

— Encore ? m'étonné-je en regardant sa chatte, bouche bée. Je ne viens pas d'entendre les mots « pénis » et « pointes » dans la même phrase ?

Pearl hausse les épaules.

— Ça n'a pas d'importance. Cette douleur a déclenché son cycle d'ovulation.

Je tressaille.

— Je n'aurais jamais cru dire ça un jour, mais je suis bien contente de ne pas être un chat.

Au moment où Pearl ouvre la bouche pour répondre, je sursaute à nouveau quand un coup vigoureux est frappé à la porte.

Étrange, je n'attends pas de livraison ni de visiteur.

Je me précipite dans l'entrée.

— Qui est-ce ?

— La police, répond une voix bourrue. Ouvrez.

Deux

La police ? Qu'est-ce que c'est que ces histoires ?

Le cœur battant à tout rompre, je regarde dans l'œilleton.

En effet. Ils ont un uniforme de policiers.

Un voisin les a-t-il appelés à cause des miaulements ? C'est vrai que ça ressemblait à un meurtre violent. Mais comment ont-ils pu arriver aussi vite ?

À moins que…

Merde. Ce n'est quand même pas encore à cause de ces coupons de réduction, hein ?

— Ouvrez la porte ou nous nous verrons dans l'obligation de la forcer, insiste le flic au regard dur.

Merde alors. Je n'ai pas les moyens de faire réparer cette porte.

Je n'ai pas le choix.

J'ouvre la porte.

Le regard du flic passe de moi à Pearl.

— Honey Hyman ?

— C'est bien moi, acquiescé-je.

Oui, je sais que mon nom ressemble à celui d'une membrane virginale que les gens souffrant de diabète devraient éviter.

— Vous êtes en état d'arrestation, annonce-t-il. Pour fraude.

Mon estomac se noue. Je me tourne vers Pearl, qui est aussi pâle qu'un fantôme de toilettes.

— Préviens Blue, OK ? lui demandé-je d'une voix tendue.

C'est notre camarade de couvée, et elle a travaillé pour le gouvernement, alors si quelqu'un peut m'aider à me tirer de là, c'est bien elle.

Le reste se déroule comme dans un cauchemar. Je suis escortée hors du bâtiment, mise dans une voiture de police et emmenée au commissariat sans cérémonie avant d'être guidée jusqu'à une pièce. Pendant tout ce temps, je suis submergée par un flot d'adrénaline si fort que j'ai à peine conscience de ce qui se passe. Quelqu'un m'a-t-il lu mes droits ? Sinon, est-ce que je pourrais être remboursée ?

Ils ne m'ont pas pris mon canif, ce qui est bizarre, parce que j'ai toujours pensé qu'aller en prison était comme monter dans un avion et que les armes étaient interdites.

Je ne vais peut-être pas en prison ? Oserais-je espérer ?

Je repense aux deux dernières fois que j'ai eu des ennuis. Les deux situations étaient liées.

D'abord, il y a eu Tiffany, une pom-pom girl qui me menait la vie dure parce que j'avais reluqué son petit ami super sexy, Gunther. Pour ça, je ne pouvais que plaider coupable. Au bout d'un moment, je m'étais défendue avec un couteau – je voulais juste la menacer, vu que je n'avais aucune envie de faire couler le sang.

Malheureusement, cette imbécile n'a pas remarqué ledit couteau et s'est quand même approchée de moi, s'entaillant accidentellement le bras. Aujourd'hui encore, je n'ai aucune idée de la gravité de cette blessure, parce que j'étais incapable de baisser les yeux sur la plaie à cause de tout ce sang. Vu que Tiffany n'en a pas gardé de cicatrice, j'imagine que ce n'était pas si grave – ce qui ne m'a pas aidée à échapper à l'exclusion de l'école, ni à la trace que cela avait laissée sur mon dossier scolaire. Le bon côté, c'était que cet incident m'avait donné une réputation de fille à ne pas emmerder, ce qui ne me dérangeait pas du tout, puisque ça avait maintenu toutes les Tiffany du monde loin de moi.

Le deuxième incident avait eu lieu un an plus tard, alors que j'étais toujours au lycée. Il concernait à nouveau Gunther – qui n'était plus avec Tiffany, à l'époque. Non pas que j'aie prêté attention à ça. Pas beaucoup. Cette fois, non seulement j'avais été suspendue et j'avais *vraiment* entaché mon dossier scolaire, mais j'avais aussi évité de peu le centre de détention juvénile.

Tout a commencé quand j'étais petite. Pour une raison inconnue, j'étais obsédée par l'idée d'économiser de l'argent, y compris en profitant des soldes et des coupons de réduction. En première, après un cours d'art plastique, je me suis rendu compte que trafiquer les pourcentages des coupons de réduction avec un feutre blanc pouvait s'avérer tout aussi profitable que de fabriquer de faux billets – alors c'est ce que j'ai fait, d'abord pour moi, puis pour d'autres jeunes de mon école. Il s'est avéré que l'un des magasins ayant perdu de l'argent à cause de mon initiative créative appartenait aux parents de Gunther. Alors, quand il a eu vent de ce que je faisais, il m'a balancée au principal. C'était parti en sucette, et je paie encore les pots cassés à ce jour.

Mon téléphone sonne.

Hmm. Encore un truc qu'ils ne m'ont pas pris.

Je regarde l'écran.

C'est Blue. Bien. Pearl doit lui avoir demandé de me contacter.

— Salut, dis-je, me mettant à parler dans une forme de verlan inventée par Blue quand on était gosses. Ne perdons pas de temps. Ils vont peut-être revenir me prendre mon téléphone.

— La version courte, c'est que leur preuve contre toi est physique, pas numérique, donc je ne peux pas faire grand-chose pour toi, explique Blue.

Elle n'a jamais eu le moindre problème avec la loi, mais ne semble pas avoir beaucoup de respect pour certains détails juridiques, après avoir travaillé pour la « N-chut-A », comme elle l'appelle. La preuve : elle vient d'admettre avoir piraté le système informatique des services de police avec une telle nonchalance, comme si j'avais admis regarder des vidéos de chats sur TikTok.

— Tes anciens collègues ne pourraient pas m'aider ? l'interrogé-je.

— Désolée, mais non, répond-elle. Je connais quelques fédéraux, mais ça ne te servira pas à grand-chose. Si tu veux, je peux te donner le nom d'un excellent avocat.

— D'accord.

Sauf que je ne sais pas du tout comment je paierai ledit avocat. À cause de mes mésaventures au lycée, aucune fac n'a voulu de moi, et je n'ai jamais réalisé mon rêve de devenir une riche entrepreneuse.

En ce moment, je travaille à mi-temps en tant que femme de ménage dans un salon de tatouage et je coupe des cheveux chez un barbier.

— Je peux te prêter de l'argent, précise Blue, lisant dans mes pensées.

— Non, refusé-je, parce que je déteste la charité. Je vais prendre un avocat commis d'office.

— C'est encore à cause des coupons de réduction, hein ? murmure-t-elle.

— Je ne suis pas sûre que ce soit une bonne idée d'en parler, je réponds sur le même ton. Même en langage codé.

Je l'entends appuyer sur quelques touches de son clavier. Puis, elle murmure :

— Pas la peine de dire quoi que ce soit. Je viens de vérifier, et la réponse est oui.

Merde. J'ai envie de me donner des gifles. Après des années à filer droit, j'ai été tentée de jouer les Robin des Bois, et voilà le résultat. La supérette familiale de mon quartier a récemment été remplacée par un supermarché Munch & Crunch super cher, et mes voisins retraités m'ont dit qu'ils avaient du mal à se payer à manger. Alors, j'ai truqué quelques coupons de réduction pour eux. En quoi est-ce un crime ?

— Quelqu'un arrive, dit Blue, me tirant de mes pensées. On se reparle plus tard.

Avant que je n'aie pu me demander comment elle sait ça, elle raccroche et la porte s'ouvre.

Je reste bouche bée en voyant l'homme qui entre dans la pièce. C'est l'archétype de l'homme grand, ténébreux et séduisant, avec des cheveux bruns coupés avec soin et coiffés en arrière, qui me font penser à des conseils d'administration et à des TOC. Son menton carré et sa mâchoire musclée sont rasés de près au point de briller, et ses yeux d'un vert émeraude scintillant sont deux nuances plus claires que les miens. À cet instant, ils sont aussi plissés d'un air désapprobateur, et il a les lèvres pincées.

Qui est-il et pourquoi me paraît-il familier ?

Avec son costume parfaitement ajusté, il y a peu de chances pour qu'il soit flic. Peut-être un avocat que je ne peux pas me payer ? C'est possible, mais il y a quelque chose de très honnête et noble sur ses traits, que j'associe plus aux boy-scouts qu'aux avocats véreux.

— Honey Hyman, articule-t-il avec dégoût.

La stupeur m'envahit quand je reconnais cette délicieuse voix de baryton, la même que lorsqu'il était adolescent.

— Gunther Ferguson ? lâché-je, incrédule.

L'ai-je invoqué rien qu'en pensant à lui, en chemin pour ici, un peu comme on invoque un démon ? Ou bien je me suis endormie dans la voiture et je rêve ?

Sinon, voilà ce qu'est devenu le garçon que je déteste, celui qui m'a attiré des ennuis au lycée, et c'est bien la preuve que le karma est un mythe. S'il y avait une justice, il serait devenu tout tordu et difforme avec le temps, comme un seigneur Sith diabolique, mais c'est tout l'opposé.

Comme un vampire d'Anne Rice, sa transformation diabolique l'a rendu encore plus sexy.

— Jouer les imbéciles est ta nouvelle tactique ? m'interroge Gunther.

Il sort une liasse de coupons de sa poche et les jette sur la table.

— Tu vas faire comme si tu ne savais pas que c'est mon supermarché que tu as volé ?

Sous le choc, je baisse les yeux.

Ouais. Ces coupons falsifiés d'une main experte étaient destinés au Munch & Crunch, ce tueur de petites supérettes. Et en effet, c'est mon œuvre, mais ce magasin fait partie d'une chaîne multinationale de supermarchés, alors comment pourrait-il lui appartenir ? À moins que…

— Tu es le propriétaire de la franchise Munch & Crunch ? demandé-je bêtement.

Il ricane.

— Je suis le propriétaire de toute l'entreprise. Comme si tu ne le savais pas.

Je cligne des paupières.

— Comment j'aurais pu le savoir ?

Il fait un geste vers les coupons.

— De la même façon que tu sais comment rendre ces faux identiques aux vrais.

Une seconde. N'est-il qu'un flic malin ?

— Je n'ai pas l'intention de me compromettre. À supposer que ces coupons soient faux, je suis sûre que celui qui les a créés l'a fait pour aider ses vieux voisins qui faisaient leurs courses dans la supérette que ton Munch & Crunch a impitoyablement mise en faillite. Ces gens n'ont pas les moyens de se payer tes produits. Quoi qu'il en soit, comment cette personne mystère aurait pu savoir que tu avais un lien avec ce magasin ? Je sais que les gens comme toi se prennent pour le centre du monde, mais ce n'est pas le cas.

Il soupire.

— D'abord, tu as fait la même chose à mon père. Et maintenant, c'est à mon tour. Si ce n'est pas une attaque ciblée, je suppose que tu fabriques tellement de coupons frauduleux que c'était voué à arriver à nouveau.

Je repousse les coupons.

— Je n'admets rien du tout… mais et si c'était juste de la malchance ?

Il esquisse un rictus.

— Je ne crois pas en la chance.

— Oh, la chance existe.

La malchance est la seule chose qui puisse expliquer le fait que je sois à ce point tentée par sa bouche... malgré les mots qu'elle prononce.

— Tu peux tergiverser autant que tu voudras, le dossier contre toi est en béton. En fait, j'ai cru comprendre que tu allais risquer la prison, cette fois. Sauf si...

Une seconde. C'est du chantage ?

— Sauf si quoi ?

Une dizaine de scénarios coquins concernant ce qu'il pourrait me demander défile dans ma tête, certains impliquant des menottes – parce qu'on est dans un poste de police – et d'autres, des bougies à la cire – aucune idée de pourquoi –, et encore plus incluant un lit couvert de coupons « deux pour le prix d'un ».

Ses yeux verts pétillent de manière triomphante.

— Sauf si tu acceptes de travailler pour moi. Dans ce cas, je retirerai ma plainte.

Trois

— PARDON ?

A-t-il dit travailler « pour » moi, ou « sous » moi ?

Il sort un papier et le plaque sur le bureau devant moi.

— Voilà ton contrat. Il spécifie que tu rendras mes coupons imperméables à toutes les Honey. À la fois ceux numériques et ceux physiques.

Je prends le document sans le regarder.

— Pourquoi ?

Il arque un sourcil sombre.

— C'est comme dans *Attrape-moi si tu peux*. Qui serait la mieux indiquée pour ce poste que la reine des arnaqueuses en personne ?

Si on laisse de côté la connotation négative du mot « arnaqueuse », je n'ai pas non plus envie d'être qualifiée de reine. Pas après la façon dont Pearl a employé ce mot dans le contexte de la reproduction féline.

Je détourne les yeux des traits trop symétriques de ma némésis, et examine le document. Le jargon juridique semble à peu près dire ce qu'il vient de déclarer.

Mon téléphone bipe.

Un message de Blue.

Accepte le marché.

Comment peut-elle… ? Laissez tomber. Le surnom de Blue devrait être Big Brother – ou Sister, dans les mêmes dimensions – parce qu'elle regarde toujours.

— Tu es vraiment en train de regarder ton téléphone au milieu de cette conversation ? lance Gunther d'une voix clairement agacée.

Je lève les yeux vers lui.

— Pour combien de temps cet arrangement tiendra-t-il ? l'interrogé-je en ignorant sa question.

Il s'assit sur la chaise en face de la mienne.

— Jusqu'à ce que tu aies terminé le boulot.

— Combien je serai payée ?

Il me donne un chiffre.

Je manque de tomber de ma chaise.

— C'est non négociable, précise-t-il, se méprenant sur mon expression.

Mince alors. Je suis tellement choquée qu'il n'avait même pas besoin de me faire du chantage. Il aurait pu se contenter de m'offrir cette somme.

Enfin, peut-être pas. Ce n'est pas tout à fait travailler pour quelqu'un qu'on déteste en échange d'argent, mais pas loin.

Mon téléphone bipe de nouveau.

Sachant que ça va le mettre en rogne, je lance un regard ostensible à l'écran.

Si tu veux des munitions pour négocier, dis-lui que tu sais qu'il t'épie sur les réseaux sociaux. Depuis des années.

Il m'épie ? Depuis des années ? Pourquoi ?

C'est alors que je comprends. Il préparait sa revanche – parce que j'ai blessé sa petite amie et pour les faux coupons dans le magasin de son père. Si c'est bien ça, et que m'obliger à travailler pour lui est sa façon de se venger, il va s'assurer que je déteste ça autant que je le déteste, lui – à savoir beaucoup.

Quand je croise à nouveau son regard, il arbore une expression renfrognée.

— Alors ? grogne-t-il. Tu as pris ta décision ?

— Oui. Non.

Sa mâchoire ciselée se contracte.

— Oui ou non ?

— *Oui* j'ai décidé, et *non*, est ma réponse, expliqué-je. J'ai toujours suivi une règle d'or : si la compensation n'est pas négociable, je refuse d'envisager le marché.

C'est comme marchander les prix dans les magasins – je ne vis que pour ça.

— Très bien.

Il se lève, et mon cœur se serre quand j'imagine les actes indicibles qu'on m'obligera peut-être à faire en prison, quand je serai la pute de quelqu'un... tout ça à cause de mon addiction pour le marchandage.

Je m'apprête à lui dire que j'ai changé d'avis quand il lâche :

— Je te laisse une seule occasion de me proposer une contre-offre.

Stupéfaite, je donne un chiffre 10 % plus élevé – ce qui est plutôt modéré de ma part parce que, s'il s'agissait d'une vraie négociation salariale, j'aurais tenté les 20 %.

Blue m'envoie aussitôt un message et, cette fois, je m'assure qu'il ne me voie pas jeter un œil à l'écran.

C'est culotté. Je ne sais pas si je devrais être fière de toi ou craindre pour ta santé mentale.

Gunther sort un stylo chic de sa poche et le fait glisser vers moi.

— Marché conclu, si tu signes dans les deux minutes qui suivent.

Je parcours à nouveau le contrat des yeux, m'assurant de ne pas être en train de lui offrir mon premier-né ou mon âme. Tout paraît réglo. Avec un soupir réticent, je signe ce fichu papier.

Il le prend et plaque une carte de visite sur la table devant moi.

— Viens à cette adresse demain pour ton premier jour.

Il se retourne pour partir, avant d'ajouter par-dessus son épaule :

— Je vais leur dire que je retire ma plainte.

Je hoche la tête, mais il est déjà parti.

Je reste assise là, sous le choc. Avant que je n'aie pu digérer ce qui s'est passé, je suis relâchée et ramenée chez moi dans une voiture de police.

Quatre

— RACONTE-MOI TOUT, ORDONNE PEARL QUAND J'ENTRE dans mon appartement.

Je ne suis pas étonnée par cet interrogatoire. Pearl est la plus grande commère de notre famille de commères.

Nous nous asseyons sur le canapé du salon, Pearl avec sa chatte sur les genoux et moi avec une bouteille de soda que j'ai achetée 10 cents – grâce à un coupon authentique. Pendant que je lui raconte ce qui s'est passé, ses yeux s'écarquillent tellement qu'elle me rappelle un personnage de manga.

— Pourquoi il t'a offert ce boulot, d'après toi ? demande-t-elle une fois que j'ai terminé.

Je hausse les épaules.

— Sûrement à cause de ce qu'il a dit. Il doit sécuriser ses coupons.

Ma sœur incline la tête.

— Tu es sûre que ce n'est pas parce qu'il t'aime bien ?

Parce qu'il m'aime bien ?

— Tu es folle ?

Elle caresse son chat endormi d'un air songeur.

— Il y a forcément d'autres experts en coupons de réduction dans le monde.

— Il veut sûrement faire d'une pierre deux coups, je réponds en sirotant mon soda. Me tourmenter et sécuriser ses coupons.

— Peut-être. Mais si c'est parce qu'il a envie de toi, qu'est-ce que tu feras ?

Je ricane.

— Ce n'est pas le cas.

Sa façon de me regarder me rappelle tellement ma mère que c'en est inquiétant.

— Tu es célibataire depuis trop longtemps.

— Comme si tu sortais avec un tas d'hommes, toi.

— Je n'ai pas de type sexy que j'ai connu au lycée à ma disposition, moi, rétorque-t-elle. Un type qui n'arrêtait pas de te regarder à la cafétéria.

Mon cœur rate un battement.

— C'est vrai ?

Elle hoche la tête.

— Impossible. Comment il aurait pu me différencier de vous ? J'étais assise avec cinq autres filles identiques à moi.

À l'époque, je n'avais que très peu des tatouages et de piercings pour me différencier d'elles, et ils étaient cachés, ça n'aurait pas pu aider Gunther du tout.

Pearl pouffe de rire.

— Tu affirmes toujours être la plus attirante de nous six, non ?

— Parce que c'est vrai, acquiescé-je d'un ton assuré.

J'aimerais y croire moi-même. J'ai commencé à prononcer ce genre de phrase après ma lecture de *Le Secret*. Je me disais que, si les lois de l'attraction étaient réelles, je pourrais peut-être me créer une apparence exceptionnelle, ce qui constituerait une excellente affaire, comme cette fois où j'avais obtenu des pneus gratuits à mon père, avant de garder les 300 dollars pour moi après remboursement.

Je balaie ce souvenir et continue :

— Quoi qu'il en soit, je doute qu'il ait pu déterminer laquelle de nous était la plus attirante, de loin.

Pearl lève les yeux au ciel.

— Tu as déjà oublié ta phase cheveux verts ? Ou l'époque très précoce à laquelle tu t'es mise à porter du cuir ?

Merde. Elle a raison. Maintenant que j'y réfléchis, la dernière fois que j'avais subi l'expérience traumatisante consistant à être confondue avec l'une de mes sœurs, j'étais encore à l'école primaire.

— Cette discussion est inutile de toute manière, je reprends d'un ton ferme. Même si j'avais envie de sortir avec quelqu'un, ce qui n'est pas le cas, Gunther serait le dernier homme que j'envisagerais. Je le déteste, il a ruiné ma vie. Et il me déteste parce que j'ai blessé Tiffany et pour ces histoires de coupons. Et puis, on est trop différents. Il est si soigné, alors que je suis tout le contraire. Il est riche, je suis pauvre. C'est un…

— La dame proteste trop, remarque Pearl à sa chatte d'un ton de conspiratrice. Je trouve.

— La ferme.

— Eh… reprend-elle avec un sourire malicieux. Tu dois bien admettre que tu as beaucoup réfléchi à cette idée de rencard avec Gunther.

— C'est faux.

— C'est vrai.

— Non.

— Si.

Nous continuons comme ça jusqu'à ce qu'elle capitule en disant :

— Je pense que je me suis fait comprendre.

Je lance un regard appuyé à son chat.

— Tu crois qu'Atone est enceinte ?

Pearl hausse les épaules.

— Ce n'est pas garanti, mais si on s'installe ici avec toi, elle finira par l'être, c'est sûr, et d'une grosse portée en plus.

— Même si j'enferme Lapinou loin d'elle ?

— La vie trouve toujours un chemin, répond Pearl dans sa meilleure imitation de Jeff Goldblum. Comme avec Gunther et toi.

Ne voulant pas reprendre notre débat sophistiqué d'une minute plus tôt, je réponds :

— Alors, tu vas t'installer où, si ce n'est pas chez moi ?

— Avec Pixie, répond-elle.

— Pourquoi ?

Elle baisse les yeux vers son chat.

— Blue a un matou aussi, et Lemon a adopté un rongeur très comestible. Olive est en Floride et Gia…

— Et pour la tortue géante de Pixie ?

Elle soupire.

— Ça reste le meilleur scénario possible. Je doute de trouver un hôtel acceptant les animaux.

— OK, je réponds. Quand tu seras prête, je t'aiderai à faire tes valises.

———

Après le départ de Pearl, je laisse sortir Lapinou de la chambre.

L'air indigné, il fonce vers la cuisine et se met à dévorer rageusement les croquettes que je lui ai achetées grâce à un coupon « deux pour le prix d'un ».

— Désolée, lui dis-je. Je devais attendre qu'Atone s'en aille.

Il lève les yeux vers moi, arborant son expression meurtrière habituelle.

Alors, je n'ai même pas le droit de torturer ni d'assassiner un membre de ma propre espèce ? Comme c'est décevant. Celle qui me nourrit a plutôt intérêt à ne dormir que sur une oreille, parce qu'elle risque d'être réveillée par une griffe – ou un croc – en train de lui crever un œil.

Quand Lapinou cesse de s'intéresser à moi, un

millième de seconde plus tard, je lui dis que je l'aime et commence à me préparer pour ma journée de travail. Une tâche qui soulève une question que je n'aurais jamais pensé me poser, parce qu'elle va à l'encontre de ma nature profonde.

Comment contrecarrer les faux coupons ?

Cinq

Le quartier général de l'entreprise Munch &
Crunch est situé en centre-ville, je dois donc subir
l'affront de prendre les transports en commun à New
York. Sans surprise, ma destination s'avère être un
gratte-ciel. D'après les plaques au mur, Grignote &
Croque n'occupe pas tout l'immeuble, juste une partie.

Une partie croquante ?

— Honey ? demande la femme de la sécurité avec
un sourire. Les gens doivent tout le temps vous
surnommer « Hon ».

— Pas s'ils veulent éviter un coup de couteau dans
la rate, répliqué-je.

J'ai dit ça en conservant un ton jovial, mais mon
regard est très sérieux.

Autant laisser ma réputation se répandre sur mon
nouveau lieu de travail.

Son sourire est remplacé par une expression plus

professionnelle, et elle me demande de rejoindre les bureaux de la direction au dernier étage.

Bizarre. Je me demande pourquoi Gunther m'a demandé de venir ici.

Quand j'arrive au bon étage, je suis accueillie par un homme corpulent. Son costume a l'air gonflé, il n'a quasiment pas de cheveux et son visage rond me rappelle celui d'un chérubin.

— Mademoiselle Hyman ? demande-t-il d'un ton étonnamment chaleureux.

— Je vous en prie, appelez-moi Honey, je réponds. Et jamais « Hon », surtout.

Un sourire s'étire sur ses joues potelées.

— Dans ce cas, appelez-moi Ashildr, et jamais « Ash », surtout.

Je lui serre la main.

— Où dois-je m'asseoir ?

Il rougit.

— C'est encore en discussion. En attendant, voulez-vous que je vous fasse visiter les lieux ?

— Si je suis déjà en service, avec plaisir.

Il sourit.

— Et si on commençait par le garde-manger ?

Je le laisse me guider dans le couloir. Nous dépassons une femme vêtue avec beaucoup de goût. Dès qu'elle est hors de portée de voix, Ashildr murmure :

— C'est Linda. Monsieur Ferguson l'a embauchée pour rendre service à un associé. Elle est plutôt sympa, mais elle a tendance à parler des gens dans leur dos.

Je hausse un sourcil.

— À parler dans leur dos ?

Ashildr a-t-il subi une opération pour se faire retirer le sens de l'humour ? Bientôt, il va traiter la prochaine personne qu'on rencontrera de commère du bureau.

— Voilà, annonce-t-il quand nous entrons dans une pièce aussi grande que mon salon.

— Vous appelez ça un garde-manger ? m'étonné-je.

J'examine la cafetière élégante et de taille industrielle, un frigo style restaurant, un énorme bol de fruit bien rempli et un assortiment obscène de sucreries étalées sur toutes les surfaces.

— On dirait plutôt une cuisine. Celle d'une salle de restauration.

Il prend une tasse et appuie sur le bouton de la cafetière.

— Monsieur Ferguson n'aime pas le terme « salle de pause ». Il pense que ça encourage à prendre trop de pauses.

Il indique la pancarte au-dessus du micro-ondes.

— En parlant de M. Ferguson, cette note est de lui, autrement dit, c'est *la loi*.

Pas de poisson. Pas de pop-corn. Pas de curry.

— Hmm, réponds-je. Gunther est sensible aux odeurs ?

Ma camarade de couvée Lemon souffre d'une version extrême de cette affection, au point que je doive utiliser des produits inodores durant les deux jours précédant son arrivée, au risque de subir ses plaintes incessantes.

— Veillez à l'appeler M. Ferguson, continue Ashildr avec fermeté. Et il n'est pas sensible, juste respectueux de la santé mentale de tout le monde.

Nous verrons. J'ai soudain des envies de poisson au curry, avec du pop-corn au caramel pour le dessert.

Ashildr écarte les bras comme s'il demandait une ovation.

— Vous voulez prendre un en-cas ou boire un verre avant que l'on ne continue la visite ?

Je ressens un flot de dopamine familier m'envahir en sentant venir une bonne affaire.

— Tout est gratuit, hein ?

— Bien sûr.

Je prends une poignée de framboises.

— Elles sont lavées ?

Il hoche la tête, je les fourre donc dans ma bouche. Tout en mâchant, je prends trois barres chocolatées et les plonge dans les poches de ma veste en cuir. Puis, j'attrape un muffin et deux nectarines.

Ashildr me regarde d'un air confus.

— Si vous avez faim, je peux vous emmener à la cafétéria.

J'avale ce que j'ai dans la bouche et demande :

— La cafétéria est gratuite ?

— Non, mais les coûts sont fortement réduits.

— Non merci, je réponds en lorgnant un autre muffin. Ça ira.

— Et si je vous montrais la salle de sport ? propose-t-il en suivant mon regard.

Je plisse les yeux.

— Qu'est-ce que vous sous-entendez ?

Ashildr pâlit.

— Je me disais que, puisque les avantages gratuits vous intéressaient, vous pourriez...

— Je me foutais de votre gueule, je l'interromps avec un sourire.

— Évitez d'utiliser des mots vulgaires, dit-il en grimaçant. Surtout en présence de M. Ferguson.

— C'est noté, acquiescé-je en réprimant l'envie d'esquisser un sourire diabolique. Allez-y, montrez-moi la salle de sport.

— Bien sûr.

Ashildr scrute mes mains d'un air désapprobateur. Je soupire et, avec réticence, repose l'une des nectarines.

— Allons-y.

Au moment où il se retourne pour sortir, une femme entre dans la pièce. Une blonde à la beauté froide qui me semble vaguement familière. Elle ignore Ashildr et m'examine de haut en bas comme une pièce de musée.

— On se connaît ? demande-t-elle en plissant son nez parfait.

— Voici Mlle Hyman, me présente Ashildr avant de se tourner vers moi. Et je vous présente Mlle Ichor.

Je cligne des paupières. J'ai connu quelqu'un qui

avait le même nom de famille au lycée. Son prénom était Tiffany… celle-là même avec qui Gunther sortait.

Celle qui s'était entaillée sur mon couteau.

Je comprends à l'étincelle de ses yeux qu'elle m'a déjà reconnue, puis la haine envahit son regard, évidemment.

— Qu'est-ce que tu fais ici ? siffle-t-elle.

— C'est la nouvelle employée, explique Ashildr, pris de court par le ton de sa voix. Je crois que vous allez travailler ensemble.

— Quoi ? m'exclamé-je en même temps que Tiffany. Il pâlit.

— Je suis sûr que M. Ferguson vous expliquera tout ça plus tard dans la journée.

C'est donc ça, le plan diabolique de Gunther : me faire travailler avec la pire personne au monde ? Mis à part lui, bien sûr.

Tiffany renifle avec dédain, et va se faire un café pendant qu'Ashildr s'empresse de sortir du garde-manger. Je le suis, hébétée. Ce n'est que lorsqu'on entre dans l'ascenseur qu'Ashildr incline la tête vers moi et dit à voix basse :

— Elle n'est pas très compétente, celle-là.

— Qui, Mlle Ichor ?

Il hoche la tête.

— D'après la rumeur, M. Ferguson s'en voulait de l'avoir larguée quand ils étaient plus jeunes, alors il l'aurait embauchée par pitié.

Ou bien pour m'emmerder. Pourquoi ça me paraît plus plausible ?

— C'est quoi, son job ? je m'enquis.

— Elle est l'une des coordinatrices de réduction des prix, explique-t-il. Elle gère l'initiative CLIF.

Je hausse les sourcils, ne prenant pas la peine de poser la question évidente.

— CLIF signifie Clients Loyaux et Intégration pour le Futur, répond Ashildr. Le type que Tiffany a remplacé s'appelait Cliff, il a trouvé ce nom de projet, et c'est resté. L'idée, c'est que M. Ferguson est prêt à réduire ses marges quand nous ouvrons des magasins dans des quartiers émergents, dans l'espoir d'établir une forme de fidélité envers notre marque dès le départ. Ensuite, à mesure que les conditions financières s'amélioreront dans le quartier, nous pourrons augmenter nos marges.

Comme c'est machiavélique de la part de Gunther. Sauf que, à en croire ce qui s'est passé dans mon quartier, il a mis la mauvaise personne à la tête de ce projet. Les prix de notre Grignote & Croque sont élevés pour tout le monde, pas seulement pour les personnes à revenu fixe comme celles de mon immeuble à loyer modéré.

L'ascenseur s'arrête, et nous entrons dans une salle de sport, qui est aux autres salles de sport ce qu'un hôtel cinq étoiles est à une auberge de jeunesse… le genre dans lequel on se fait assassiner.

Mis à part l'équipement de fitness, il y a un jacuzzi, un hammam, un sauna sec finlandais, des cours de yoga et des massages sur rendez-vous. Ashildr ne le dit pas, mais je parie que ces services n'incluent pas une séance privée avec un harem de gigolos, un zoo où caresser des lamas et une salle où, une fois par mois, les coachs personnels vous laissent leur donner un coup de pied dans les parties intimes.

— C'est subventionné, comme la cafétéria ? demandé-je tandis que l'on repart pour l'ascenseur.

— Non, répond Ashildr. C'est gratuit.

J'en reste bouche bée.

— Tout est gratuit ?

Je m'imagine au milieu de tout ce luxe, et ça semble trop beau pour être vrai – un peu comme le pain d'épice gratuit que la sorcière a offert à Hansel et Gretel.

— Monsieur Ferguson est soucieux de la santé de ses employés, explique fièrement Ashildr.

Ouais, bien sûr. Il a plutôt fait une analyse de rentabilité qui lui a montré qu'une salle de sport réduirait les jours de congé maladie et accroîtrait la productivité.

— Notre pause déjeuner dure combien de temps ? l'interrogé-je.

Ashildr appuie sur la touche d'ascenseur marquée de la lettre C, qui doit vouloir dire « cafétéria ».

— Monsieur Ferguson croit aux heures flexibles. Vous pouvez prendre une heure de pause pour le déjeuner et une heure à la salle de sport, si vous le souhaitez, tant que vous n'êtes pas impliquée dans quelque chose d'urgent, comme une réunion. Assurez-vous simplement de rester au bureau plus tard pour compenser les heures perdues.

Encore une fois, je parie qu'une analyse de rentabilité implacable est à l'œuvre. Quelque chose comme « les heures flexibles améliorent la loyauté et le moral de l'employé, et elles boostent la productivité ». Il a peut-être même inventé un acronyme du même genre que le CLIFF pour ça. CLIT, peut-être ?

Avant qu'Ashildr n'ait pu m'en dire plus sur les merveilles de Grignote & Croque, les portes de l'ascenseur s'ouvrent et nous entamons notre visite de la cafétéria – dont le nom n'est pas approprié. Ils devraient plutôt appeler ça un restaurant chic. Hmm. Les prix sont plutôt bon marché, surtout pour du homard et du caviar. Mais je dois être réaliste. Tant qu'il y aura de la nourriture gratuite dans le garde-manger, je m'en tiendrai à ça.

— Les déjeuners et les dîners d'affaires ont lieu ici, explique Ashildr avec un geste vers une pièce séparée sur le côté de la cafétéria.

J'y vois un groupe de gens en costume et à l'air sérieux.

— Et dans ce cas, ils sont payés par l'entreprise, bien sûr.

— Bien noté, je réponds. Au fait, est-ce qu'on va s'asseoir à table pour parler un peu affaires, aujourd'hui ?

Il sourit.

— Je pense que M. Ferguson va monopoliser tout votre temps.

D'un coup, j'ai perdu l'appétit.

Le téléphone d'Ashildr sonne.

— Ah, dit-il après avoir lu le message. Votre bureau est prêt.

Nous retournons à l'étage exécutif. Sans surprise, il est très luxueux, avec des rangées successives de bureaux dont les plus confortables se trouvent le long des murs, avec une vue sur la ville à couper le souffle.

Dans le plus grand des bureaux se trouve Gunther, le dos droit et les yeux rivés sur son écran d'ordinateur.

— Et voici le vôtre, annonce Ashildr avec un geste vers le bureau juste à côté de celui de Gunther.

Je détourne les yeux de ma némésis et examine l'espace en question.

Mince alors. Si j'avais été du genre à vouloir gravir les échelons d'une entreprise, j'aurais eu un orgasme bureaucratique. La vue depuis mon bureau est étourdissante, et il y a assez de place pour danser la gigue.

Mais il y a un problème. À cause de tout ce verre et de la direction vers laquelle est tourné mon écran, Gunther pourra voir tout ce que je regarde.

Enfin, tant pis. Si j'avais été lui, je me serais aussi soupçonnée de passer mes journées sur TikTok.

— Vous aimez ? demande Ashildr.

Je hoche la tête, sans voix. Mon nouveau poste est vraiment aussi important que ça ?

— Votre mot de passe de connexion est vos initiales et les quatre derniers chiffres de votre numéro de téléphone. Vous avez reçu des instructions d'intégration dans votre boîte mail.

Il indique un bureau tout proche.

— Je serai juste ici si vous avez la moindre question.

— Merci.

J'entre dans mon bureau, me dirige vers mon écran et touche mon clavier.

Rien ne se passe.

Je déplace la souris.

Rien non plus.

Je cherche une tour d'ordinateur à allumer, sans succès.

Hmm. J'allume et éteins l'écran.

Ça ne change rien.

Je suppose que j'ai déjà une question – qui me fera peut-être passer pour une idiote, en plus.

Je sors de mon bureau, entre dans celui d'Ashildr, et manque de me cogner dans un engin rempli d'eau.

— Désolé, lance Ashildr. C'est mon humidificateur d'air.

C'est pour ça que son bureau ressemble un peu à un sauna ?

— J'en ai besoin, explique Ashildr. Sinon, j'ai des saignements de nez.

Je m'arrête net et m'efforce de repousser mon soudain accès de terreur. Ashildr fronce les sourcils.

— Tout va bien ?

Comment lui expliquer ce qui se passe alors que je ne suis même pas sûre moi-même de comprendre pourquoi ça me dérange à ce point ? Tout ce que je sais, c'est que mon aversion pour le sang n'a fait qu'empirer ces dernières années, et je viens d'apprendre qu'il aurait pu se retrouver le visage couvert de sang à n'importe quel moment de cette visite. Je tressaille. Je n'ai jamais été aussi proche de voir mon pire cauchemar se réaliser. La seule chose plus effrayante que ça, ce serait de visiter l'un de ces laboratoires où ils font des prises de sang. Je n'ai aucune idée de ce qu'est le cholestérol, et je ne le saurai sûrement jamais.

— Je vais bien, je parviens à dire, mais d'une voix pas très convaincante. Je voulais vous demander… comment on allume l'ordinateur ?

Et où est-il ?

Il se donne une tape sur le front.

— Nos ordinateurs sont intégrés aux écrans.

Il indique un petit trou à côté de la caméra de son écran.

— C'est un microphone. Il y a une commande vocale pour allumer l'ordinateur.

Il rapproche son visage du micro et dit :

— Octothorpe, j'ai fini de grignoter et de croquer.

— Fermeture du système, dit une voix de *chipmunk* dans les haut-parleurs de l'écran.

L'ordinateur s'éteint et l'écran devient noir. Je souris.

— Octothorpe ?

On dirait un nom de loup-garou à huit têtes, et ça ferait un *safe word* idéal pour un couple BDSM très fan de Scrabble.

Ashildr approche à nouveau son visage de l'écran.

— Octothorpe, il est temps de grignoter et de croquer.

— Démarrage, dit le *chipmunk*.

L'écran se rallume et l'écran de connexion apparaît.

— Je parie que vous avez deviné que ces mots étaient conçus pour attirer l'attention de notre assistant IA, explique-t-il. C'est un autre terme pour qualifier le symbole du *hashtag*. Monsieur Fonzov, le créateur de ce produit, s'est dit que le synonyme du mot « hashtag » ferait un meilleur ordre qu'un truc comme Siri ou Alexa.

— Et cet ordre fait en sorte que tout ce qu'on demande à l'ordinateur ressemble à un tas de *hashtags* sur les réseaux sociaux.

— Tout à fait, acquiesce Ashildr tandis que je me dirige vers la porte. *Hashtag* boulot-boulot-boulot, maintenant.

Je souris et fonce vers mon bureau.

Une fois arrivée, je lance avec hésitation :

— Octothorpe.

Je m'apprête à continuer, mais je dois être trop lente, parce que la voix de *chipmunk* retentit.

— J'attends votre ordre.

Mon ordre ? J'étais sûre qu'il y avait du BDSM là-dedans.

— Il est temps de grignoter et de croquer, dis-je en prenant ma meilleure voix de maîtresse, même si je me sens assez ridicule.

— Démarrage, dit le *chipmunk* d'un ton obéissant, et mon écran s'illumine.

J'utilise les informations qu'on m'a données pour me connecter et change le mot de passe en « Gunthere$t1C0nnard ».

Pour commencer, je jette un œil à l'e-mail d'introduction et démarre les activités d'intégration comme conseillé. C'est si ennuyeux que je me demande si je n'aurais pas dû demander plus d'argent à Gunther – ou accepter de faire de la prison.

Avec un peu de chance, ce sera plus intéressant ensuite.

Je décide de mettre un peu d'ambiance et sors mon téléphone. Je me maudis d'avoir oublié mes écouteurs, et lance *Spiderman* des Ramones aussi fort que le permettent les petits haut-parleurs de mon téléphone.

Voilà qui est mieux. Je reprends mes activités fastidieuses.

Quand j'arrive au paragraphe concernant la politique des Ressources Humaines, l'une des phrases retient particulièrement mon attention : « Si vous commencez à sortir avec un collègue, veuillez remplir le formulaire des Ressources Humaines 66669. »

Hmm. Donc… il n'est pas interdit de sortir avec un collègue de travail ici ? Et si l'un de vous est le propriétaire de l'entreprise ? La dynamique de pouvoir serait assez douteuse. Non pas qu'il y ait le moindre risque que ça m'arrive. Je déteste beaucoup trop Gunther pour ça, et c'est réciproque. Je m'inquiète surtout pour Tiffany, au cas où il l'aurait embauchée par amour plutôt que par pitié.

Ouais. C'est ça. Je m'inquiète uniquement pour Tiffany.

Et entre parenthèses… le formulaire 66669 ? Il combine le chiffre du diable *et* une position sexuelle –

ça ne donne pas très envie de faire confiance au formulaire en question.

Bon. Je localise PowerPoint sur mon écran et m'efforce de me préparer à l'inévitable conversation avec Gunther. Je dois être totalement immergée dans cette tâche, parce que je sursaute quand quelqu'un frappe à la porte de mon bureau.

Je pivote sur ma chaise.

C'est Gunther, et il est superbe, ce salopard.

— Entre, dis-je.

Puis, comme je ne connais pas trop le protocole à suivre, je me lève. Dès qu'il est entré, il grimace.

— C'est quoi, ce bruit horrible ?

Je le fusille du regard.

— Tu parles de la meilleure chanson de tous les temps ?

— Éteins ça avant que je ne me mette à saigner des oreilles.

Cette image affreuse me donne la chair de poule, mais je fais mon possible pour ne montrer aucune faiblesse devant mon adversaire et me contente d'éteindre la musique.

Gunther m'examine de la tête aux pieds.

— Tu trouves que c'est une tenue convenable pour aujourd'hui ?

Je baisse les yeux. Je porte ma veste en cuir habituelle, un T-shirt des Sex Pistols, un pantalon de *bondage* et des bottines en cuir – une tenue assez similaire à celle que je portais la dernière fois qu'il m'a vue et qu'il m'a fait du chantage pour m'obliger à accepter ce job.

— Qu'est-ce qui ne te plaît pas dans mes vêtements ?

Si un soupir avait des épaules, celui qui s'échappe de sa bouche pourrait porter tout le poids du monde.

— Grignote & Croque n'est pas un gang de *bikers*.

Un petit rire s'échappe de mes lèvres.

Il me lance un regard noir.

— Grignote & Croque, ça ressemble au nom de gang de *bikers* le plus ringard que j'aie jamais entendu, remarqué-je. À moins que ses membres soient cannibales.

Son expression renfrognée ne se fissure pas d'un poil.

— Le code vestimentaire est *business casual* dans ce bâtiment. J'attends de toi que tu le respectes.

Je ricane.

— Je n'ai pas d'argent pour m'acheter de nouvelles tenues, merde. Si tu tiens tant à ce que je porte autre chose, à toi de l'acheter.

— Sois polie, grogne-t-il.

— Excuse-moi, putain ?

— Je veux que tu te réfrènes de prononcer des vulgarités dans mon immeuble.

— Dois-je pratiquer un exorcisme ? m'enquis-je.

Hmm. J'ai enfin réussi à effacer cette expression assurée de son visage arrogant.

— De quoi tu parles ? demande-t-il.

— Tu parles comme si tu étais possédé… par le fantôme d'une gouvernante avec un balai dans le cul.

Il répond quelque chose d'inintelligible entre ses dents.

— Sois poli, le sermonné-je en faisant mon possible pour l'imiter.

Ses narines se dilatent.

— Je n'ai pas… laisse tomber. Est-ce qu'on peut enfin parler des coupons de réduction ?

— Le mot « enfin » sous-entend que c'est *moi* qui te fais perdre ton temps avec des digressions concernant ce qu'une dame doit dire ou porter.

— Une dame, bien sûr, rétorque-t-il en me tournant le dos. On se voit dans la salle de réunion *A*.

Sur ces mots, il s'en va, et puisqu'il ne part pas vers son bureau, je suppose qu'il se rend dans la salle de réunion en question. Je le suis, mais ses jambes sont plus longues que les miennes et j'ai du mal à tenir le rythme. À un moment donné, il tourne au coin d'un mur et je le perds de vue.

Super. Où est cette foutue salle de réunion ?

Je repère des toilettes, fais un détour par là, puis reviens sur mes pas et demande à Ashildr où aller.

Quand j'arrive à ma destination, Gunther, Tiffany et quelques autres personnes que je n'ai jamais rencontrées sont assises, l'air impatients.

— Mademoiselle Hyman, lance Gunther d'un ton froid. Merci d'avoir pris le temps de venir.

Puis, il présente tout le monde dans la pièce, y compris « Mlle Ichor », comme s'il ne savait pas que je la connaissais, comme seul un agresseur peut connaître sa victime.

Je combats un accès de timidité inhabituel quand tous les yeux se posent sur moi.

— Comment je fais pour afficher quelque chose sur l'écran de télé ? demandé-je en repoussant cette sensation inconfortable. J'ai préparé une petite présentation.

Gunther a l'air sidéré, comme si je venais de lui annoncer que j'avais construit un missile balistique à moi toute seule. Mais il prend l'ordinateur portable à côté de lui et fait en sorte que son écran s'affiche sur la télé. Puis, il se déconnecte et me fait signe de me connecter à mon compte. Une fois que c'est fait, je vois ma présentation sur le bureau. Ce dossier se trouve donc quelque part sur le *cloud* des entreprises de Grignote & Croque.

— Merci, dis-je en affichant ma première diapositive. Pour commencer, je me suis dit que j'allais passer en revue les caractéristiques des coupons que les personnes qui aiment en abuser adorent… qu'il s'agisse d'un utilisateur de coupons de réduction ordinaire ou d'une personne aux intentions néfastes.

J'explique toutes les caractéristiques, avec l'impression d'être une traîtresse. Tout le monde sauf Tiffany a l'air impressionné, et quelques personnes prennent même des notes.

Je passe à la diapositive suivante.

— Maintenant, passons aux affaires plus louches.

Je leur explique certaines techniques qu'un génie du

mal hypothétique pourrait employer pour créer un coupon frauduleux, comme changer le pourcentage sur un vrai coupon – transformant un 10 % en 70 % par exemple. J'envisage ensuite des scénarios encore plus infâmes, comme la fabrication de coupons de toute pièce, en utilisant une imprimante et du papier spéciaux. Encore une fois, tout le monde m'écoute avec une attention soutenue, même Tiffany. Avec un regain d'assurance, je change de diapositive.

— Avant de parler de contre-mesures éventuelles, j'ai une question. Grignote & Croque a-t-elle le contrôle sur les coupons qu'on trouve dans les magazines, les journaux et les carnets de coupons ?

Une femme à l'air sévère dont j'ai déjà oublié le nom secoue la tête.

— Pas ceux imprimés. On leur donne juste le motif numérique.

— Logique, acquiescé-je en changeant de diapositive. Dans ce cas-là, voici quelques solutions.

Je leur explique quelques-unes de mes idées, comme s'assurer qu'il y ait toujours un code-barre à scanner sur les coupons, même si leur magasin ne compte pas le scanner.

— Il faut des couilles pour falsifier un coupon doté d'un code-barre, expliqué-je. Et encore plus pour se pointer au magasin et l'utiliser.

L'expression de Gunther est difficile à déchiffrer. Soit il meurt d'envie de me réprimander pour avoir prononcé le mot « couilles », soit il est à deux doigts d'applaudir mon génie.

Je partage mes autres idées, et leur parle de ce que je n'aime pas en tant qu'accro aux coupons à l'ancienne : les coupons numériques.

— Des questions ? demandé-je une fois arrivée à la fin de mon PowerPoint.

— Quel est le budget nécessaire pour tout ça ? demande la femme à l'air sévère… d'un ton sévère.

Le chiffre annoncé par Gunther me stupéfie, mais tout le monde garde un air nonchalant.

— Tu as décidé de la personne qui dirigera ce projet ? demande Tiffany.

Il est clair qu'elle a désespérément envie de se porter volontaire – pour ce projet, et pour entrer dans le lit de Gunther.

— Je pensais que c'était évident, répond Gunther. Elle.

Tout le monde regarde la personne que pointe son doigt, bouche bée.

Mon cœur rate un battement et, soudain, j'ai l'impression d'être entourée par les *bikers* cannibales mentionnés plus tôt.

C'est moi que Gunther pointe du doigt.

Six

— MAIS ELLE VIENT D'ARRIVER, RÉTORQUE LA FEMME À l'air sévère.

Tiffany approuve de la tête.

— Et elle est à peine…

— Depuis quand mes décisions sont-elles sujettes à débat ? les interrompt Gunther en plissant les yeux.

— Désolée, monsieur, marmonne tout le monde.

Il se lève.

— Dans ce cas, cette réunion est terminée.

Tout le monde s'en va, mais je reste assise là, encore sous le choc.

— Comment je suis censée diriger un projet ? demandé-je sans m'adresser à personne.

— Avec mon aide, bien sûr, répond Gunther, me faisant sursauter.

Je n'avais même pas remarqué qu'il était encore dans la pièce.

— Ah oui ?

— Et si je te donnais un cours accéléré ? propose-t-il.

— Est-ce que j'ai le choix ?

— Non, répond-il.

Puis, il fait exactement ce qu'il a suggéré : il me donne un cours accéléré si barbant qu'il fait planter mon cerveau plusieurs fois en cours de route. J'apprends ce qu'est le cycle de vie d'une gestion de projet et comment ça marche à Grignote & Croque. En lisant entre les lignes, j'apprends aussi que Gunther adore les acronymes et le jargon d'entreprise. Mon préféré est sûrement PET, qui signifie « Positionnement, Éducation et Travail », mais qui me fait penser à Pétunia, une truie qui vit à la ferme de mes parents. Ma mère aime raconter comment elle a donné un orgasme à cette truie lors d'une insémination artificielle.

Ouais. J'ai une théorie selon laquelle le fait d'avoir donné naissance à tant de filles a fait sauter quelque chose dans le cerveau de ma mère – peut-être aussi celui de mon père. Nous sommes huit, au total ; avant ma couvée, ils ont eu des jumelles.

Même si ce genre d'excuse ne rend pas cette atteinte à sa personne plus tolérable pour Pétunia.

— Donc, dit Gunther, me tirant de mes pensées cochonnes. Et si tu travaillais sur ton cahier des charges ?

— J'ai le choix ? demandé-je à nouveau.

Parce que je préférerais encore répéter l'accomplissement douteux de ma mère avec Pétunia.

Il secoue la tête.

— C'est ta seule solution pour te tirer du bourbier dans lequel tu t'es toi-même fourrée.

— Je vais travailler sur ce fichu cahier des chiards… des charges, je veux dire.

Il fronce ses sourcils noirs d'un air menaçant.

— Est-ce que je viens de perdre mon temps ?

— Tu ne te lasses jamais de jouer les dictateurs ? J'ai dit que j'allais bosser dessus, et c'est ce que je vais faire.

Il fait un geste vers l'ordinateur portable.

— Tu peux prendre ça, au cas où tu aurais besoin de travailler depuis chez toi ou dans les transports. Si tu as besoin d'autres équipements, demande à Ashildr. Il est l'assistant de direction.

La partie de moi qui adore les bonnes affaires est aux anges à l'idée de gagner un ordinateur gratuit – même si la partie rationnelle de moi-même sait que c'est aussi « gratuit » que ce fameux déjeuner. Par exemple, si je décide de faire le mur en prétendant être malade, cet ordinateur portable deviendra un obstacle.

— Ashildr pourrait-il faire en sorte qu'on m'implante une puce dans le cerveau ? Pour que je puisse travailler même sous la douche ? demandé-je.

Gunther se lève.

— Si tu ne veux pas de cet ordinateur, ne le prends pas.

Sur ces mots, il s'en va.

J'examine le gadget épuré. La dernière fois que j'en ai vu un de ce genre à vendre, il coûtait 1 000 dollars, et je ne pouvais pas me le permettre. En d'autres termes, bien sûr que je vais le prendre. En fait, aussitôt après, je passe au bureau d'Ashildr pour savoir où je pourrais trouver une sacoche pour transporter l'ordinateur – parce qu'il faut que j'empêche mon nouveau jouer étincelant d'être rayé.

— Laisse-moi te montrer la salle de fourniture, propose Ashildr.

Il me mène ensuite vers ce qui s'avère être la terre promise.

Des agrafes, des post-its, des carnets de notes, des calendriers, des organisateurs de bureau, et tout ça gratuitement !

— Avant que tu ne poses la question, si tu as besoin de ramener quoi que ce soit chez toi, tu peux, précise Ashildr.

— Est-ce que je pourrais emprunter un caddie ? murmuré-je, émerveillée.

Il émet un petit rire nerveux.

— Non. Tu ne peux prendre que ce que tu peux porter.

Défi accepté. Avec l'aide d'Ashildr, je rapporte assez de trucs dans mon bureau pour ouvrir un Office Depot, peut-être même un Staples, pendant une semaine.

— Je te laisse t'installer, dit Ashildr.

Il s'échappe ensuite avant que je ne puisse à nouveau l'utiliser comme mule.

Je décore mon bureau avec tous les trucs gratuits, puis je commence ce fichu cahier des charges. Quand j'ai faim, je me rends au garde-manger pour récupérer des en-cas. Waouh. Quelqu'un a ramené encore plus de nourriture. Mais pour une fois, je ne plonge pas aussitôt dessus parce que quelque chose de bizarre attire mon regard.

Un gros bocal rempli d'un épais liquide jaunâtre et accompagné d'une note : *Miel, faites-vous tous plaisir.*

Je serre les dents et réprime l'envie de balancer le bocal contre le mur. Je connais cette écriture. Je l'ai vue sur les documents que j'ai signés récemment. C'est Gunther qui a écrit ça, il a laissé ce miel ici en guise de blague idiote, en référence à mon prénom.

Est-ce un genre de bizutage ? Mais le choix des mots…

« Plaisir » ? « Tous » ? Est-il en train de sous-entendre que je suis la traînée du bureau ? Et puis, la blague du pot de miel manque tellement d'originalité. Si on m'avait donné un cent à chaque fois que quelqu'un avait relié mon nom aux fluides corporels des abeilles, je serais en train de nager dans une piscine de pièces en ce moment même, comme l'oncle Picsou.

Je me dirige vers le bureau de Gunther pour lui dire le fond de ma pensée, mais il n'est pas là.

Hmm. Je devrais peut-être en profiter.

Je me précipite dans la salle de fournitures et prends autant de post-its roses que possible, avant de retourner dans le bureau de Gunther. Un sourire diabolique aux lèvres, je me mets à coller des post-its partout – même sur les fenêtres, l'écran, le clavier, le sol et sa chaise.

Quand j'ai terminé, je regarde autour de moi et éclate de rire.

Son bureau était autrefois froid et moderne, mais avec tout ce rose, il ressemble à la maison de rêve de Barbie.

Un sourire aux lèvres, je rejoins mon bureau et installe un rétroviseur sur mon écran pour voir la réaction qu'aura Gunther quand il reviendra et verra mon œuvre.

Au bout de deux minutes, je me rends compte que j'ai oublié de manger, et je vais chercher quelque chose.

Gunther n'est toujours pas revenu.

Bon, tant pis. Pour l'instant, je vais travailler sur mon cahier des charges pour tuer le temps.

— Octothorpe, il est temps de grignoter et de croquer, lancé-je d'une voix enjouée.

— Démarrage, répond la voix de *chipmunk*.

Elle a parlé d'un ton plus joyeux que tout à l'heure – presque de manière obscène. L'ordinateur mime peut-être mes émotions ?

Je me mets au boulot, mais en réalité, je suis surtout en train d'attendre.

Et j'attends encore.

Et encore. Gunther ne revient pas au bout d'une heure. Ni de deux. Ni de trois.

Même une fois que je termine le document, il ne se montre toujours pas.

Connard. Il mérite une récompense pour avoir réussi à m'agacer sans même être présent.

Mon estomac gargouille, et je rends à nouveau visite au fastueux garde-manger.

Le bocal de miel est encore là, mais il en manque un peu.

Oh non. Des gens se servent vraiment du miel ?

Et puis, merde. Je prends deux barres protéinées et des fruits dans une main, et le bocal offensant dans l'autre.

— Ce truc rentre à la maison avec moi, annoncé-je au cas où je serais filmée par une caméra de surveillance. Je refuse de me laisser humilier une seconde de plus.

Je repars dans mon bureau d'un pas furieux et mange en regardant l'horloge.

Il est bien plus de 17 heures.

Il ne reviendra sûrement pas.

Très bien.

Je prends le bocal sur mon bureau et rentre chez moi.

———

Des colis m'attendent près de la porte.

Bizarre. Je n'ai rien commandé.

Je les rentre avec moi et les ouvre un par un.

Qu'est-ce que c'est que ces conneries ? Ce sont des habits et des chaussures.

Ce n'est quand même pas… à moins que si ?

Ouais. Il y a une note de Gunther.

Des tenues appropriées pour le bureau. Quand tu auras

reçu ton premier chèque de salaire, j'attends de toi que tu en achètes d'autres toi-même.

Hmm. Il y a sept tenues. Pourquoi gaspillerais-je de l'argent pour en acheter plus ?

Un bruit de pas mortellement léger attire mon attention. Je me retourne, et vois les yeux diaboliques de Lapinou étinceler de curiosité.

Celle qui me nourrit va me laisser jouer dans ces cartons... ou elle finira dépecée dans une boîte... six pieds sous terre.

— Ils sont tout à toi, lui dis-je en retirant les vêtements des cartons.

Lapinou se met aussitôt à pétrir la boîte à chaussures comme si c'était un truc petit, mignon et poilu.

Je laisse le bocal de miel dans la cuisine et essaie tous les vêtements.

Je ressemble à une foutue bibliothécaire, mais tout est à ma taille, même les chaussures.

L'une de mes sœurs a-t-elle aidé Gunther avec ça ? Avant, convaincre l'une d'elles d'essayer des trucs à ma place était la seule façon d'éviter d'avoir à faire du shopping par moi-même.

Je soupire.

Je suppose que, demain, je devrai me déguiser.

Sept

À MA GRANDE DÉCEPTION, LES POST-ITS ONT TOUS disparu quand je passe devant le bureau de Gunther le lendemain matin.

Non, ils n'ont pas disparu.

Gunther en tient une grosse pile alors qu'il m'intercepte sur le chemin de mon bureau.

— C'est ça que tu as fait hier au lieu de bosser sur ton CDC ?

— Bonjour, *Gunther.*

Je préfère encore passer un examen de la rate plutôt que de l'appeler M. Ferguson.

— Ravie de te voir. Comment ça va ?

— J'aurais dû m'en douter, grogne-t-il. Tu as dit que tu...

— La ferme, je l'interromps. J'ai terminé ton foutu CDC. Tu veux le voir ?

Il a l'air surpris – je ne sais pas si c'est à cause du

55

mot en *F* ou parce que j'ai effectué une bonne journée de travail.

— Viens.

Je le mène à mon bureau, demande à Octothorpe d'ouvrir mon poste de travail et lui montre les fruits de mon labeur sur l'écran, tout ça sans m'asseoir.

— Excellent boulot, dit-il d'un air surpris après l'avoir analysé.

J'éprouve un accès de fierté ridicule et malvenu. Je fais mon possible pour le réprimer.

— La prochaine fois, assure-toi d'abord de connaître les faits. Jusqu'ici, j'ai fait tout ce que tu m'as demandé, j'ai même enfilé cette tenue hideuse.

Il me regarde de haut en bas, ses yeux émeraude scintillent… sûrement de colère.

— Tu trouves que tu as l'air professionnelle ? finit-il par demander d'un air incrédule.

Je baisse la tête.

— Je porte un chemisier et une jupe.

Il indique mon avant-bras droit.

— C'est bien un tatouage de Blanche-Neige armée d'un fusil et portant un masque de Guy Fawkes ?

— On n'est pas dans les années 1950, rétorqué-je en levant les yeux au ciel. Il n'y a pas que les criminels qui se font tatouer.

Il pointe mon avant-bras gauche du doigt.

— Et ça, c'est un démon en train de sodomiser un mime ?

Je hausse les épaules.

— Tu m'as envoyé des vêtements, je les ai enfilés.

Il me lance un regard dur.

— Attends-toi à en recevoir un autre lot… avec des manches longues, cette fois.

— Très bien. Peu importe.

Je fais un geste vers la porte et ajoute :

— Tu n'as rien à faire ?

Il étrécit encore plus les yeux.

— Je dois te dire sur quoi travailler ensuite, répond-il avec un signe de tête vers ma chaise. Assieds-toi.

Je me laisse tomber sur ma chaise – et manque de faire une crise cardiaque.

Au début, j'ai l'impression qu'une dizaine de chats sont en train de copuler dans mes oreilles, puis je comprends de quoi il s'agit.

Un mégaphone.

Quand je reprends mon souffle, je vérifie ma théorie.

Ouais. Quelqu'un a attaché un mégaphone sous ma chaise avec de l'adhésif.

Vu que Gunther a enfoncé les doigts dans ses oreilles et arbore une expression suffisante, je n'ai pas besoin d'essayer de deviner qui est le coupable.

— J'ai un petit frère, dit-il avec un sourire narquois. Tu n'es pas de taille niveau farces.

Je ricane.

— Tu as oublié que j'ai sept sœurs ? Tu connais Gia, hein ?

Il semble moins sûr de lui, et pour une bonne raison. Ma grande sœur Gia est une magicienne – une farceuse professionnelle, en d'autres termes. Dans sa jeunesse, sa créativité sadique à faire des blagues était légendaire.

Il se ressaisit aussitôt et fait un geste impérieux vers l'écran.

— Parlons des trois *P* de la planification de projet, suggère-t-il.

Il se met à parler pendant un moment, m'expliquant des trucs si ennuyeux qu'aucune oreille humaine ne devrait y être soumise. Au bout de quelques minutes, il m'attribue une tâche relative à tout ça et s'en va.

Je détache le mégaphone sous ma chaise et planifie ma prochaine attaque avant d'entamer ma mission du jour.

À 9 h 30, Gunther quitte son bureau.

C'est ma chance. Je prends un morceau d'adhésif et cours dans son bureau. Je retourne sa souris, mets un morceau de scotch sur le capteur laser et repars en courant.

Je viens de me rasseoir sur ma chaise quand je le vois revenir.

Il prend sa souris.

La secoue.

Une expression agacée se peint sur son visage.

Il la secoue à nouveau.

Je m'esclaffe.

Il passe une minute de plus à s'acharner, puis la retourne. Dès qu'il a repéré l'adhésif, il lance un regard digne d'un rayon de la mort vers mon bureau. J'attends qu'il vienne me hurler dessus, mais il n'en fait rien. Il se contente d'arracher le scotch et de se remettre à bosser sur ses trucs de CEO.

Et il est sexy en plus, ce salopard.

Argh. Bon, au moins, je l'ai bien eu.

Pendant les deux heures suivantes, ma productivité est boostée par ma jubilation.

Quand je me rends compte que j'ai faim, je prends conscience que, si je quitte mon bureau, je m'exposerai à des représailles.

Bon, tant pis.

Je me dirige vers le garde-manger où je prends une poignée d'en-cas. Sur la machine à cappuccino, je remarque une nouvelle note : *désormais à commande vocale.*

Hmm. Je prends une tasse et la place sous le doseur.

— Octothorpe, fais du café.

Rien ne se passe.

— Octothorpe. C'est l'heure du cappuccino.

Nada.

Au bout de la sixième tentative, j'entends un ricanement.

C'est Gunther, appuyé contre le chambranle, avec un sourire de vainqueur sur le visage.

— Je n'arrive pas à croire que tu es tombée dans le panneau.

Sans réfléchir, je m'avance vers lui, ne sachant pas trop si j'ai l'intention de faire disparaître le sourire sur son visage en le giflant ou en le léchant.

— Tu vas regretter d'avoir démarré ce conflit, je le préviens une fois si proche de lui que je peux le sentir.

Son odeur est très masculine et alléchante, avec des notes de bougies brûlées qui me font penser à une chambre décorée de manière romantique.

Son sourire a disparu – un point pour moi.

— C'est *moi* qui ai commencé ?

Comme un papillon attiré par la flamme, j'oscille vers lui.

J'ai du mal à réfléchir pour une raison inconnue, mais je parviens quand même à répondre :

— C'est toi qui as laissé ce bocal suggérant que les gens devraient se faire plaisir avec moi.

Son visage s'assombrit.

— Je laisse du miel ici toutes les semaines.

J'ai soudain la bouche sèche, et je m'humidifie les lèvres.

— Pourquoi ?

Il a l'air affamé ; il n'a sûrement pas encore déjeuné.

— Sur mon temps libre, je suis apiculteur.

Je le regarde en clignant des paupières.

— Tu as des abeilles ? Où as-tu trouvé des abeilles ?

Je l'ai toujours imaginé vivant dans un penthouse de Manhattan – mais jamais avec une ruche d'abeille chez lui, ni même sur le toit.

— Mes abeilles vivent à côté de ma maison, répond-il. Dans le New Jersey.

Oh. Il vit dans le New Jersey. Je ne savais pas. Il y a bien plus de place, là-bas. Trop, même.

— C'est vrai ? m'étonné-je.

Ça expliquerait cette odeur subtile qui me

chatouille agréablement le nez. Ce ne sont pas des bougies. C'est de la cire d'abeille et de la fumée.

Il se penche jusqu'à placer son visage juste en face du mien.

— Tu as peut-être l'impression que le monde tourne autour de toi, mais ce n'est pas le cas.

Merde. Si je voulais l'embrasser, mes lèvres n'auraient qu'à traverser quelques misérables centimètres.

— Comment j'étais censée savoir que tu étais apiculteur ?

Il se redresse et balaie ma question de la main.

— La seule chose que tu es censée savoir, c'est que jamais je n'aurais écrit quelque chose d'aussi infect.

Cette fois, je ne vois pas bien pourquoi je m'humidifie les lèvres.

— À propos de moi spécifiquement, ou de tes employés en général ?

Ses yeux lancent des éclairs verts.

— Si tu veux gérer des projets, tu dois apprendre à mieux cerner les gens.

Une nuée d'abeilles se mutine dans mon ventre, exigeant sans doute que Gunther mette à profit ses talents particuliers pour les dompter.

— Je cerne très bien les gens.

Gunther baisse à nouveau la tête vers moi.

— Tout tend à démontrer le contraire.

Que pourrais-je répondre à ça ? Je ne peux pas affirmer que mon bon sens m'a fait défaut à cause de *lui*. Ou qu'il me fait encore défaut en ce moment même.

Comment expliquer la façon dont je me rapproche de plus en plus sinon, comme si j'étais attirée par des abeilles tirant des fils invisibles ? Mon cœur se met à battre plus vite, mon souffle devient saccadé et une chaleur inconfortable s'accumule au plus profond de moi, me donnant une conscience aiguë de mon cœur et des vêtements peu familiers qui le confinent – ainsi que la façon dont il entrouvre ses lèvres qui ont l'air si douces tandis que la compréhension naît dans ses yeux. Les émeraudes de ses prunelles deviennent plus brillantes, il incline la tête vers moi et… quelqu'un se racle la gorge, mal à l'aise.

Je m'écarte de Gunther d'un bond.

Ashildr – le racleur de gorges – donne l'impression qu'il aurait préféré être n'importe où sauf ici, y compris dans une ruche d'abeille.

— Alors… l'apiculture, dis-je à Gunther d'une voix essoufflée. Pourquoi pas ? C'est une bonne affaire. Les abeilles ont l'opportunité de te piquer et, en retour, tu as droit à du miel gratuit.

Si j'avais l'occasion de le mordre, je serais prête à céder une partie de mes fluides corporels, moi aussi.

L'expression de Gunther est difficile à déchiffrer, quand il fait un pas en arrière et se racle la gorge à son tour.

— Oui, c'est apaisant d'être avec elles, répond-il en rajustant sa cravate et en m'observant. Et toi ? Des hobbies ?

Ashildr s'efforce sans trop de succès de faire comme si cette conversation était normale et se dirige vers la machine à café pour se préparer une tasse. À mon grand regret, il ne se laisse pas avoir par cette histoire d'activation vocale.

Je reporte mon attention sur Gunther et fais mon possible pour continuer de faire semblant.

— Tu sais que j'aime les soldes et les bonnes affaires.

— Ce n'est pas un hobby, répond Gunther qui commence à s'investir dans la conversation.

Je ricane.

— Bien sûr que si. Quelle est la différence entre collectionner les coupons de réduction et les timbres ? Et puis, j'ai aussi un détecteur de métal que j'utilise sur la plage. Ça, c'est un hobby.

Il hausse les épaules.

— OK. Celui-là fonctionne peut-être.

— Je cueille aussi des champignons, continué-je en m'égayant. Ce n'est pas si différent de l'apiculture, mais en bien moins dangereux.

Gunther ricane.

— Les champignons peuvent être venimeux.

— Pas si on emmène une amie mycologue quand on les ramasse.

Ashildr détale du garde-manger comme une souris chassée par Lapinou.

Un silence gênant s'abat entre nous. Clairement, on a fait le tour de cette conversation sur les hobbies. Et maintenant ? Ai-je imaginé ce qui s'est passé – ou ce qui a failli se passer ? Une partie de moi a envie de se rapprocher à nouveau de lui, mais une autre, bien plus saine, ordonne à cette partie de se reprendre.

— Je ferais mieux d'y aller, dit Gunther, jetant un seau d'eau froide sur toutes mes parties. J'ai un rendez-vous.

— Bien sûr, je réponds d'un ton sceptique.

Il fronce les sourcils.

— C'est vrai. J'ai un taux de fer élevé, alors je fais des prises de sang chaque début de mois.

Pourquoi a-t-il fallu qu'il dise *ça* ? Ma peau devient aussitôt moite et je me sens étourdie.

Parmi toutes les activités humaines, rien ne m'effraie plus que les prises de sang. J'ai plus peur de ce procédé médical que ma sœur Blue craint les oiseaux. Je ne sais pas pourquoi, mais rien que le fait d'y penser me propulse dans une spirale nauséeuse. Pareil pour les sangsues. Ou les moustiques bien nourris.

— Tu vas bien ? demande Gunther.

Sa voix me semble étrangement distante, comme si je l'entendais à travers un tunnel.

— Je suis désolé si tu as cru que je m'apprêtais à faire un truc inapproprié tout à l'heure. Je ne ferais jamais ça.

Une seconde, quoi ? Je reporte toute mon attention sur lui. Je n'ai donc pas imaginé ce presque baiser ? J'oublie la procédure qui ne doit pas être mentionnée et regarde Gunther, bouche bée.

Il me rend mon regard, l'air inquiet. Et il a bien raison. Après tout, pourquoi s'engager si fermement à ne pas m'embrasser ? Comme l'a dit Charles Dickens, « ne jamais dire jamais ».

— Ce n'est pas ça, je parviens à articuler. Je crois que je suis en hypoglycémie.

— Oh, répond-il en plissant les yeux comme il sait si bien le faire. Dans ce cas, mange quelque chose. C'est un ordre.

Je ricane.

— On n'est pas à l'armée. Tu ne peux pas me donner des ordres.

— Tu es mon employée. Si je te demande de manger pendant tes heures de bureau, tu dois manger.

Il parle comme un sergent instructeur cherchant à enfoncer ses directives dans le crâne de ses élèves.

Une seconde, pourquoi je pense au mot « enfoncer » ? Je cligne des paupières et tente de rassembler mes pensées obscènes.

— OK, je vais manger. Va faire ce que tu as à faire.

Et ne répète pas ce que c'est, s'il te plaît. Il hoche la tête de manière impérieuse.

— Bien. Je veux te voir mordre dans quelque chose. Tout de suite.

Gloups. Pourquoi ça me fait penser au fait de mordre… des choses ? Des choses inappropriées ? Comme des lèvres succulentes et…

— OK, couiné-je en attrapant le premier truc que je repère sur le comptoir – une barre de céréales.

Sous ses yeux déterminés, je déchire l'emballage et mords dedans. Fort.

— C'est très bien, murmure-t-il, les yeux mi-clos.

Puis, prenant sûrement conscience de ce qu'il vient de dire, il se racle la gorge et reprend :

— C'est ça, bon boulot.

Puis, il se retourne et s'en va si vite que je ne peux m'empêcher de me dire qu'il s'enfuit. Je le regarde partir tout en mâchant distraitement. Je n'arrive pas à croire à ce qui vient de se passer. Ou de presque se passer ? Je ne sais pas trop. Je n'arrive pas à croire non plus que ce n'est pas lui qui a commencé cette guerre des farces. Malgré tout, il m'a bien eue, et la balle est dans mon camp. Je refuse de le laisser avoir le dernier mot. Ma réputation en tant que membre d'une fratrie de sept sœurs est en jeu.

C'est pourquoi, dès que je me suis remise de ce qui est ou n'est pas arrivé, je récupère mes casse-croûtes, les lâche sur mon bureau, et visite celui de Gunther où j'échange son claver Bluetooth contre le mien.

Souriant d'avance, je me mets à bosser sur mon ordinateur portable en attendant son retour.

———

— Tu as mangé autre chose ? j'entends Gunther demander en sortant de nulle part.

Je ravale mon cœur dans ma poitrine et fais pivoter ma chaise face à lui, face à son mètre quatre-vingts passé.

— Tu m'as fait peur.

Comment ai-je pu ne pas le voir entrer dans mon bureau ? Je devais être accaparée par mon travail, aussi ennuyeux soit-il.

— Désolé, répond-il, l'air pas du tout désolé. Réponds à ma question maintenant.

Je lève les yeux au ciel.

— Oui, maman. Mon ventre est bien plein. Va-t'en maintenant, lancé-je en lui faisant signe de déguerpir. Laisse-moi bosser.

Il ferme la porte du bureau, et je le regarde dans le rétroviseur que j'ai installé.

Quand il s'assoit à son bureau, je cherche sur Google les paroles de *Gangnam Style*.

Quand je vois Gunther se mettre à pianoter sur le clavier, je copie et colle lesdites paroles, et savoure l'expression confuse de son visage tandis qu'il lit les lignes de K-Pop qui apparaissent soudain au milieu de l'e-mail important qu'il était en train d'écrire. À moins qu'il parle le coréen, les seuls mots compréhensibles dans cette chanson sont « Eh, sexy lady » et « style ».

Bien trop vite à mon goût, Gunther bondit sur ses pieds, attrape le clavier, sort de son bureau en trombes et vient l'échanger avec le mien sans dire un mot.

On est mauvais perdant ?

Bon, tant pis.

Je me remets au boulot. Tout se passe bien pendant un petit moment, puis mon téléphone sonne – un téléphone fixe dont je n'avais même pas remarqué la présence.

Je décroche avec méfiance.

— Allô, dit une voix de vieille dame.

— Bonjour, je réponds. En quoi puis-je vous aider ?

— Ashildr, c'est toi, mon chou ? demande la dame. Parle plus fort. Ma prothèse auditive est cassée.

— Je ne suis pas Ashildr, je réponds d'une voix plus forte. Qui est à l'appareil ? Je peux le prévenir que vous avez appelé.

— Tu as attrapé froid ? demande-t-elle.

— Non, hurlé-je. Je ne suis pas Ashildr.

— De quoi tu viens de me traiter ?

— Je ne vous ai traitée de rien du tout. Je disais juste que je ne suis pas…

J'entends un rire au loin et, un peu tard, regarde dans le miroir. Merde.

Gunther a son téléphone à la main et les yeux rivés droit sur moi.

— Je t'avais dit que j'avais un petit frère.

Les mots sortent du téléphone, et si la voix ressemble à celle d'une vieille dame au début, elle se transforme en celle de Gunther à mi-chemin.

Je grogne de frustration et raccroche le téléphone d'un geste brutal – un plaisir qui ne nous est pas permis avec les smartphones.

Pendant les quelques heures qui suivent, je cesse de m'embêter à faire des farces. J'ai l'impression d'être en train de perdre, il faut donc que je frappe fort. En plus, réfléchir à des farces m'empêche de penser à d'autres choses. Comme ce que Gunther a admis. Et ce que je refuse d'admettre.

À environ 16 heures, la dame à l'air sévère que j'ai rencontrée hier frappe à la porte de mon bureau.

— Entrez, dis-je avec réticence.

Qu'est-ce qu'elle veut ?

Elle s'avance vers moi, l'expression indéchiffrable.

— Je suis Mme Severina, se présente-t-elle. On s'est rencontrées durant la réunion de lancement du projet d'amélioration des coupons de réduction.

— Oui, acquiescé-je. Ravie de vous revoir.

J'ai envie de lui demander ce qu'elle fout ici, mais je crains qu'elle me réprimande encore plus que Gunther pour ma vulgarité.

— Monsieur Ferguson m'a demandé de vous expliquer notre processus de création de coupons actuel, explique-t-elle. Si ce n'est pas le bon moment…

— Non, je l'interromps en fermant le fichier, que j'avais presque terminé de toute façon. Je suis curieuse de connaître ce processus.

Elle regarde autour d'elle d'un air désapprobateur.

— Pourquoi n'avez-vous pas de chaises pour les visiteurs ?

Elle doit mettre de l'ambiance à toutes les fêtes.

— Je vais vous en chercher une.

Je me dirige vers un bureau vide tout proche et prends la chaise la moins confortable que je trouve. Je la fais rouler jusqu'à mon bureau et l'invite à s'asseoir d'un geste.

— Je peux prendre les commandes ? demande-t-elle.

Je m'écarte de mon clavier.

— *Mi casa es su casa.*

Elle prend le relais et me montre les ficelles du

métier, réussissant à battre Gunther à plate couture quant au fait de rendre un sujet ennuyeux.

Malgré tout, il y a une lumière au bout de ce tunnel. Une idée de blague épique commence à naître dans ma tête, si vicieuse que même ma sœur Gia en serait fière.

À environ 17 heures, Mme Severina fait une pause dans sa leçon.

— Si vous êtes l'une de ces personnes ne travaillant que de 9 heures à 17 heures, on peut reprendre demain.

Elle dit ça comme si le fait de travailler de 9 heures à 17 heures était pire que la torture, le cannibalisme et les prix abusifs combinés.

— Ça ne me dérange pas de continuer, je réponds.

Compte tenu des horaires flexibles, je pourrai toujours prendre un déjeuner plus long ou aller faire un tour à la salle de sport demain pour compenser.

Severina hoche la tête d'un air approbateur et continue de parler d'une voix monotone. Je l'écoute en réprimant mes bâillements. L'heure tourne, et je ne peux m'empêcher de remarquer que Gunther est toujours dans son bureau.

— Quand est-ce qu'il part ? demandé-je à Severina quand elle veut savoir si j'ai des questions.

Pour la première fois, son expression sévère se fissure.

— Monsieur Ferguson est toujours le dernier à partir.

— Ah oui ? Le pauvre. On le tient séparé de ses abeilles.

Elle sourit presque à ces mots.

— Nous vendons son miel dans certains de nos magasins, murmure-t-elle avec fierté. La marque s'appelle Buzz Beerin.

Je souris.

— Ça ressemble plus à un nom de bière, non ?

Son expression redevient sévère.

— C'est un nom très malin, pour du miel. *Buzz* est le son qu'émettent les abeilles, « bee » est le mot anglais pour les qualifier, et puis il y a Buzz Aldrin, un astronaute célèbre qui…

— Oh, j'ai compris.

Les meilleures blagues sont toujours celles qu'on doit expliquer *ad nauseam*.

C'est alors que je prends conscience de quelque chose : Buzz Beerin pourrait faire partie de mon idée de farce. Ce serait parfait.

Je me lance.

— Avez-vous déjà vendu du Buzz Beerin ? demandé-je en gardant un ton nonchalant.

Elle secoue la tête.

— Pas encore.

J'y suis presque.

— Ce serait sympa de créer des coupons, pour vraiment comprendre le système, dis-je. Buzz Beerin m'a tout l'air du produit idéal sur lequel s'entraîner.

Ses yeux pétillent.

— Peut-être pour l'une de nos réductions numériques.

But !

— Oui. Bien sûr. Si vous croyez que c'est le mieux.

Ses doigts fins volent avec enthousiasme sur le clavier et, bientôt, un coupon pour Buzz Beerin est né – un autocollant annonçant une remise de 10 % pour être exacte.

— Voilà comment entrer la date de la promotion.

Elle place le curseur de la souris sur l'icône de droite.

— Je vais la faire démarrer dans quelques semaines. Ça devrait donner le temps à l'équipe du *merchandising* et aux autres de l'implémenter.

— Super, lâché-je avant de me frotter les yeux. Si ça ne vous dérange pas, je crois que je vais rentrer chez moi pour aujourd'hui. Je meurs de faim et je suis fatiguée.

— J'avais presque terminé, en fait, répond-elle en cliquant sur l'icône d'e-mail du formulaire sous nos yeux. Je vais entrer votre adresse e-mail pour que vous soyez prévenue dès que la réduction sera active.

Elle clique sur la touche « sauvegarder », qui se trouve juste à côté de celle de « annuler ».

— Merci beaucoup, dis-je avec emphase.

Elle se lève avec réticence.

— Prévenez-moi si vous avez d'autres questions.

— Je le ferai.

J'attends qu'elle soit partie, puis je regarde dans mon rétroviseur pour m'assurer que Gunther ne s'est pas approché furtivement pour regarder par-dessus mon épaule.

Non. La voie est libre.

Je me sens très vilaine tandis que je transforme les

10 % de réduction en 110 % – autrement dit, le client sera payé pour acheter du Buzz Beerin grâce à cette promo.

Au moment où j'approche le curseur du bouton « sauvegarder », j'hésite.

Gunther m'a amenée ici pour que je rende ses coupons infalsifiables, alors penserait-il que je dépasse les bornes avec cette farce ? Pire encore, peut-être ne verra-t-il pas ça comme une blague et il pensera que j'ai repris mes magouilles ? Zut. Je déteste quand je me trouve soudain une conscience. Je clique sur « annuler » et ferme le fichier avant d'être à nouveau tentée. Je vais devoir trouver une autre blague… un truc qui n'aura aucun rapport avec les coupons de réduction.

Étonnamment fière de mon sens de la retenue, je me lève pour partir.

Gunther reste là.

Je passe la tête dans son bureau.

— Bonne nuit.

— À demain, répond-il sans quitter son écran des yeux.

— N'oublie pas de manger.

LES BONS COMPTES FONT LES BONS AMANTS

Huit

Une fois que j'ai mangé ce que j'ai commandé, je m'occupe des colis que j'ai trouvés devant ma porte à mon retour.

Comme je le soupçonnais, ce sont des vêtements – une tenue appropriée version manches longues.

Lapinou me regarde d'un air sceptique alors que j'essaie l'une des tenues.

Les chances de survie de celle qui me nourrit viennent de chuter. Elle ressemble trop à d'autres membres de sa portée maintenant, et elle devrait savoir que je meurs d'envie de me faire des jouets en herbe à chat avec leur peau.

———

Le lendemain matin, Gunther n'est pas dans son bureau, j'entre donc pour installer ma prochaine blague, utilisant des élastiques et de l'adhésif pour trafiquer une bombe de désodorisant pour qu'elle asperge continuellement.

Quand elle se met à siffler, je m'enfuis.

Mince alors.

À peine ai-je eu le temps de m'échapper que l'odeur devient si forte que ma sœur sensible aux odeurs serait sûrement morte sur place. Je n'imagine même pas la puanteur qui envahira la pièce quand la bombe sera vide.

Je suis peut-être allée trop loin ?

C'est trop tard maintenant.

Quand j'arrive dans mon bureau, je fronce les sourcils.

L'odeur du bureau de Gunther s'infiltre dans le mien.

Zut. J'ai l'impression qu'une usine de parfum a explosé ici. Qu'est-ce que ça doit être à l'épicentre ? Peu importe. Ça vaut la peine de subir ce petit désagrément pour être témoin de l'expression du visage de Gunther.

J'espère, en tout cas.

Je m'assois derrière mon bureau et regarde mon écran en clignant des paupières.

« Vous avez un virus » déclare l'écran.

Comment ? C'est un ordinateur d'entreprise. Ne devrait-il pas être doté d'un programme antivirus ? Je devrais appeler le service informatique… sauf que ce numéro de téléphone est enregistré dans Outlook, j'ai donc besoin de mon ordinateur pour y accéder.

La bonne nouvelle, c'est que j'ai mon ordinateur portable avec moi, je me connecte donc dessus et cherche le numéro dont j'ai besoin ; c'est à ce moment-là que je vois Gunther entrer dans son bureau.

Le service informatique peut attendre.

J'observe son expression.

Connard. Gunther fait comme si tout allait bien, se dirige vers sa fenêtre et l'ouvre.

Ces trucs peuvent s'ouvrir ?

J'accours vers la mienne.

Non. Aucun signe de loquet. Logique.

Les fenêtres et le monde de l'entreprise ne vont pas bien ensemble. Après un sermon sur la gestion de projet, trop de gens céderaient à la tentation de sauter.

On frappe à la porte de mon bureau.

C'est Gunther.

— Entre, dis-je avec réticence.

Il s'avance et plisse le nez d'un air théâtral.

— Je sais que les Ressources Humaines ne l'ont pas spécifié de manière explicite, mais c'est mal vu de mettre trop de parfum.

— Pourquoi je n'ai pas de fenêtre qui s'ouvre ? demandé-je.

Il hausse les épaules.

— Par souci de sécurité ?

— Mais la tienne s'ouvre.

Il étire ses lèvres pleines en un sourire agaçant.

— Ça a ses avantages d'être le patron.

Je fais un pas vers lui.

— À propos d'hier…

Il fronce les sourcils.

— Je ne vois pas de quoi tu parles.

Je soupire.

— De ce qui s'est passé dans le garde-manger…

Le presque baiser qui m'a fait faire des rêves classés X.

Il feint une expression confuse.

— Tu parles de cette excellente farce avec la machine à café ? Ou de notre discussion à propos des hobbies ?

Alors, il veut la jouer comme ça… faire comme s'il ne s'était rien passé ? Ça vaut sûrement mieux, mais ça m'énerve pour une raison inconnue.

— L'apiculture est un boulot, pas un hobby, rétorqué-je d'une voix sarcastique. Et cette blague était médiocre. La mienne serait bien meilleure, si tu n'avais pas de fenêtre.

Il affiche un sourire diabolique.

— Donc… tu penses encore que, sept sœurs, c'est pire qu'un petit frère ?

Avant que je n'aie le temps de répondre, il s'avance vers mon écran et, à ma grande stupéfaction, retire le papier plastifié qui le recouvrait.

Un papier sur lequel est imprimé « Vous avez un virus ».

Mince alors. Cette farce est presque du niveau de Gia. Même si je ne lui avouerai jamais.

— Je continue de penser que mes sept sœurs triompheront. Au pire, je pourrais demander à cinq d'entre elles de passer pour te faire croire que tu me vois partout.

Il examine ma tenue à longues manches.

— Ça pourrait fonctionner, avoue-t-il, avant de scruter mon visage. À supposer qu'elles soient toutes d'accord pour se faire des piercings au nez et aux sourcils, en tout cas.

— N'oublie pas la langue, je réponds en tirant la mienne pour exhiber la tige qui y est plantée.

Est-ce de l'horreur que je lis sur son visage, ou autre chose ? L'expression disparaît trop vite et, à la place, il lève les yeux au ciel de manière théâtrale.

— Tes sœurs me tireraient-elles aussi la langue comme des gamines de cinq ans ?

Je le déteste encore plus quand il marque des points. Heureusement que je n'ai pas fait la liste de tous les autres piercings qu'il ne peut pas voir – comme ceux de mes tétons, de mon nombril et de la partie de mon corps encore plus intime que je surnomme le « pot ».

— Donc, poursuit-il en reprenant son sérieux d'un coup. Et si on parlait de ta prochaine tâche dans mon bureau, où l'air est plus respirable ?

———

Le lendemain matin, je me faufile dans le bureau de Gunther et je remplace ses photos de famille par celles de Ted Bundy, de John Wayne Gacy et de Ronald McDonald.

Ses représailles sont promptes et diaboliques : je mords dans une pomme caramélisée qui a l'air délicieuse, trouvée dans le garde-manger, avant de me rendre compte que c'est un oignon. Apparemment,

Gunther a fabriqué cette « friandise » et a prévenu tout le reste de l'étage de ne pas y toucher.

Pour ma blague du lendemain, je consulte Gia, et Gunther trouve un groupe de bestioles très réalistes dans le tiroir de son bureau. Le jour suivant, le mien est rempli à ras bord de ballons. Je manque de me percer les tympans en les crevant, puis je me mets à parler d'une voix haut perchée à cause de tout l'hélium que j'ai inhalé.

Nous nous piégeons l'un l'autre pendant le restant de la semaine. Le lundi, quand Gunther me surprend en train de cacher une bombe de paillettes dans son bureau, il déclare sévèrement :

— Il faut que ça cesse.

Je le regarde d'un air innocent.

— Quoi ?

— Ma productivité a baissé, dit-il. La tienne aussi, j'imagine.

Je me redresse.

— J'ai fait toutes mes tâches. Dans les délais.

Bien sûr, je pourrais sûrement en faire plus si je ne perdais pas autant de temps à réfléchir à des farces. Mieux encore, je pourrais partir plus tôt.

Il soupire.

— Très bien. On va s'arrêter dans *mon* intérêt.

J'esquisse un sourire diabolique.

— Alors, tu abandonnes ?

— C'est ce que tu veux entendre ?

— Ce serait un bon début. J'aurais aussi besoin d'une autre source de divertissement.

Il fronce ses sourcils sombres.

— Tu es ici pour travailler.

Je fais comme si j'allais laisser tomber ma bombe de paillettes.

— Si tu veux la jouer comme ça, je ne suis pas sûre que…

— Pourquoi pas des coupons ? propose-t-il d'une voix exaspérée.

Je le regarde en battant des cils.

— Quels coupons ?

— Avant de t'embaucher, on a accumulé un stock de coupons de réduction de nos concurrents pour effectuer des recherches. Est-ce que tu trouverais ça divertissant, d'y jeter un œil ?

Un ours aimerait-il avoir un accès au fruit du dur labeur des abeilles de Gunther ?

— Oui, avec plaisir, m'exclamé-je, avant de me rendre compte que je me suis fait avoir.

Les coupons sont liés à mon boulot, après tout, et l'éclat dans ses yeux prouve qu'il en a conscience.

— Génial, lâche-t-il avec un geste vers la porte de son bureau. Je vais m'assurer de te faire visiter cet endroit avant la fin de la journée.

— Marché conclu.

Je me retourne pour partir, avant de m'arrêter.

— Oh, et j'accepte ta capitulation, ajouté-je.

———

Après le déjeuner, quelqu'un frappe à la porte de mon bureau. Je me retourne et vois Tiffany, qui semble avoir avalé des citrons mélangés à de la merde.

— Monsieur Ferguson m'a demandé de te faire visiter la salle de stockage des coupons, annonce-t-elle quand je lui ai fait signe d'entrer avec réticence. Tu es disponible pour faire ça maintenant ?

Il lui a demandé, à *elle*, de faire un truc avec *moi* ? La guerre des farces est-elle relancée, ou est-ce un acte plus sinistre ? Je le soupçonne de m'avoir fait travailler ici pour se venger des péchés de mon passé, et faire participer Tiffany à ladite revanche ressemble à de la justice poétique.

— Je suis disponible.

Je devrais avoir droit à un trophée pour la cordialité de mon ton.

— Je te suis.

Avec un soupir hargneux, Tiffany me mène à l'ascenseur, et nous descendons au sous-sol en silence. L'air entre nous crépite de mauvaise humeur.

— Par ici, dit-elle en me guidant dans un couloir.

Hmm. Un endroit sans témoin. Va-t-elle dévorer mon foie ?

Peut-être. Pour l'instant, elle m'indique le lecteur de carte à côté d'une porte ordinaire.

— Essaie. Tu devrais avoir l'accès.

J'agite ma carte devant le lecteur et le verrou s'ouvre. Elle me tient la porte ouverte.

Nom d'un *Black Friday* ! C'est comme si j'étais

rentrée sur ma planète natale. Il y a l'équivalent d'un million de dollars de coupons ici, au bas mot.

Tiffany doit déchiffrer mon expression.

— Avant que tu ne décides d'en ramener chez toi, je dois te prévenir qu'ils ont tous été répertoriés.

— Tu me traites de voleuse ?

J'ai très envie de sortir mon couteau, mais je me retiens, vu qu'on est sur mon lieu de travail. Sans oublier que cette idiote risquerait de se poignarder toute seule encore une fois, et son sang est la dernière chose que j'ai envie de voir.

— Une casquette qui te correspond plutôt bien, remarque-t-elle, avant de baisser les yeux sur mes escarpins appropriés de boulot. Contrairement à tes chaussures.

Je fais un pas vers elle.

— Qu'est-ce que tu viens de dire ?

Elle recule.

— Tu n'es pas faite pour bosser chez Grignote & Croque, et tu le sais.

J'incline la tête.

— Et *toi*, si ?

— Il t'a embauchée par pitié, répond-elle. C'est évident.

J'agite la main comme si je venais de remporter un concours de beauté.

— Je vais t'appeler « pot », à partir de maintenant. Tu peux m'appeler « bouilloire ».

« Pot » est en fait le surnom de mon vagin, mais ils peuvent le partager.

Tiffany pivote sur ses talons.

— Débrouille-toi pour retrouver ton chemin.

Tandis qu'elle s'en va d'un pas furieux, je lance :

— Pour traverser un couloir, tu veux dire ?

Pas de réponse.

Très bien. Peu importe. Avec un peu de chance, la prochaine fois que Gunther lui demandera de faire quelque chose qui m'inclura, elle refusera.

―――――

Sans les farces, les deux semaines suivantes sont assez monotones ; le seul point positif concernant mon travail, c'est que je m'avère être douée là-dedans, et pas seulement en ce qui concerne les coupons.

Ce qui craint, par contre, c'est que Gunther continue d'être purement professionnel ; il ne parle que du boulot et de rien d'autre. Inutile de dire qu'il continue de faire comme si cette scène dans le garde-manger n'était jamais arrivée. À mesure que le temps passe, je commence à me demander si je ne l'ai pas imaginée… et si c'est le cas, ça vaut mieux comme ça. Je ne dois pas oublier que je le déteste… n'est-ce pas ?

Fatiguée après tout ce temps passé à travailler, je décide de faire quelque chose de *fun* ce week-end, alors quand arrive le samedi, j'appelle mon amie Peach et lui annonce qu'il faut qu'on parte à la chasse aux champignons si je veux conserver ma santé mentale.

— Il y a une forêt dans le Connecticut, répond-elle

d'un ton enjoué. Ça fait des mois que j'ai envie de l'explorer.

— Parfait, approuvé-je en localisant mes bottes de randonnée. Le rendez-vous est pris.

———

Je suis en train de me préparer pour ma sortie avec Peach quand je reçois un appel de Pearl.

— C'est officiel, annonce ma camarade de couvée, surexcitée. Atone est enceinte.

Super. Je vais devenir grand-mère *et* grand-tante en même temps.

Avec un *timing* impeccable, Lapinou vient se frotter contre ma jambe.

Celle qui me nourrit devrait faire attention quand elle manipulera ces chatons. Ils vont peut-être hériter des goûts de leur père... pour les savoureux globes oculaires.

— Waouh, dis-je dans le téléphone. Je peux faire quoi que ce soit pour t'aider ?

— Comme quoi ? s'étonne Pearl.

— Te payer une pension alimentaire sous forme de boîtes de Gourmet ?

— Je veux bien quelques coupons de réduction pour de la nourriture pour chat, si tu en as.

Hmm. Facile. J'en ai une tonne dans ma collection.

— Autre chose ?

— Tu pourrais peut-être m'aider à trouver un bon foyer aux petits ?

— Pas de problème. Je vois mon amie Peach aujourd'hui, je vais lui demander si elle en veut un.

— La mycologue ?

— Oui.

— Elle n'a pas déjà un animal de compagnie ?

Je ricane.

— Je ne pense pas que les champignons comptent.

— On peut avoir des plantes de compagnie. Mon amie à Los Angeles considère son cactus comme son animal de compagnie.

Je ne peux m'empêcher d'imiter Peach et de répondre d'un ton professoral :

— Les champignons ne font pas partie du régime végétal. Ce sont des fongus.

— Tu dis « pomme de terre », je dis « portobello », répond Pearl. Fais-moi savoir si elle en veut un.

— D'accord. Autre chose ?

— Oui, répond-elle. Parle-moi de ton patron sexy.

Bien sûr. Pearl est l'incarnation des ragots. C'est un miracle qu'elle ait attendu si longtemps avant de poser cette question.

Je l'informe qu'il n'y a pas grand-chose à dire, puis je lui parle des farces qu'on s'est faites, Gunther et moi.

— Quand un garçon te tire les cheveux ou te fait une farce, c'est qu'il t'aime bien, dit Pearl avec sagesse.

— Seulement si le garçon en question a cinq ans. Crois-moi, Gunther me déteste.

Elle ricane.

— Tu vas finir par coucher avec lui, j'en suis sûre. Si

je me trompe, je te donnerai du fromage gratuit pendant un an.

— Marché conclu. Oh, et c'est officiellement le pari le plus odorant que j'aie jamais passé.

———

— Non, répond Peach dès que j'aborde le sujet des chatons, alors qu'on se balade depuis environ un kilomètre et demi. Aucune progéniture de démon n'entrera dans ma maison.

Oups. J'ai oublié de dire à Pearl que Peach n'aimait pas Lapinou. Une fois, elle m'a offert une jardinière avec des champignons, et Lapinou les a déchiquetés pour le plaisir.

— Préviens-moi si tu changes d'avis, je réponds en regardant autour de moi.

La forêt du Connecticut était une excellente idée. Rien ne soulage mieux la tension provoquée par un boulot d'entreprise au milieu d'une jungle de béton qu'une immersion au milieu de la verdure.

Je repère un coin orange au sol, à ma gauche. Quand je me penche, il s'avère que ce sont des champignons – comme je le pensais.

J'en cueille un et le renifle. Une vague odeur d'abricot.

Je tends ma trouvaille à Peach.

— Une chanterelle, c'est ça ?

Elle hoche la tête d'un air approbateur.

— Délicieux. Prends-les tous.

Je m'exécute, et nous continuons notre recherche.

— Ils sont empoisonnés ? demandé-je à Peach quand je repère de petits champignons marron et rougeâtres aux taches vertes.

Peach examine ma trouvaille et siffle d'un air admiratif.

— C'est un *Psilocybe caerulipes*.

Je la dévisage avec une expression exaspérée.

— Tu crois que ça répond à ma question ?

Elle cueille les champignons et presse son doigt sur l'un d'eux. Cela laisse une trace bleue.

— On les appelle aussi pied bleu.

Je lève les yeux au ciel.

— Un rapport avec Barbe Bleue, le fameux champignon qui a assassiné toutes ses femmes ?

Une seconde, pourquoi je lui donne cette idée ? Si les fongus pouvaient se marier, elle s'enfuirait avec l'un d'eux en moins de temps qu'il n'en faut pour dire « champignon de Paris ».

Peach cueille d'autres des fongus en question et commence à les laver.

— Tu as déjà entendu parler des champignons magiques ?

Waouh. C'est déjà super de trouver des champignons comestibles, mais des drogues gratuites… c'est encore mieux.

J'examine les champignons d'un air appréciateur.

— Combien ils coûtent sur le marché noir ?

Elle hausse les épaules.

— Les champignons hallucinogènes coûtent

environ dix balles le gramme. Mais avant que tu te fasses des idées, sache que c'est totalement illégal.

— OK, mais…

Avant que je n'aie pu finir ma phrase, Peach jette un petit morceau de pied bleu dans sa bouche.

— Qu'est-ce que tu fais ? demandé-je, stupéfaite.

— Je me défonce ? répond-elle en m'en tendant un morceau.

Je regarde son offrande, bouche bée.

— Tu veux qu'on se fasse un trip dans la forêt ?

Elle hausse les épaules.

— Pourquoi pas ? Pourquoi ces petits bonshommes produiraient-ils une substance qui se lie aux récepteurs dans notre cerveau ? Ils *veulent* qu'on ressente toute la majesté de la forêt comme eux le peuvent.

Je fais un pas en arrière.

— Tu ne viens pas de dire que c'était illégal ?

— On n'a des ennuis que si on en vend ou qu'on en a en sa possession.

J'accepte son offre avec méfiance.

— Ce n'est pas aussi illégal d'en prendre ?

— Comment on pourrait se faire prendre ? Les contrôles antidrogues ordinaires ne prennent pas la peine de chercher cette drogue-là, et même si c'était le cas, ton corps va métaboliser ces ingrédients amusants en vingt-quatre heures. Après ça, la seule façon de les détecter, ce serait en faisant un test spécial sur tes cheveux, et même ainsi, ça ne serait décelable que pendant quatre-vingt-dix jours. De toute façon, ce test

est rarement utilisé parce qu'il coûte cher et n'est pas fiable.

Je souris malgré moi. Encore une fois, dès que ça a un rapport avec un fongus, Pearl devient comme Wikipédia sur pattes. Si le remède contre le cancer s'avère dérivé d'un champignon, Peach sera la première à le découvrir, c'est certain.

— C'est ta seule chance d'essayer, reprend-elle. Si on les emmène avec nous, on risque d'avoir des ennuis.

— Diabolique, marmonné-je. Tu sais bien que je ne peux jamais résister aux ODL.

Elle incline la tête.

— Une ODL ?

— Offre à durée limitée, précisé-je avant de mettre un morceau de champignon dans ma bouche.

Je mâche et fronce les sourcils. Ça a le goût de farine. Bizarre.

Je déglutis et regarde autour de moi.

— Je ne me sens pas différente.

— Ça va peut-être prendre une demi-heure environ, répond-elle. Continuons de fouiller en attendant.

Nous reprenons notre chasse aux champignons, et la conversation dérive vers mon nouveau boulot. Je lui raconte ce qui s'est passé entre Gunther et moi, ainsi que l'avis de Pearl sur ce sujet.

— Je suis d'accord avec Pearl, dit Peach quand je termine. Ce n'est qu'une question de temps avant que vous ne vous sautiez dessus.

Grr. Bien sûr, elle se range dans le camp de Pearl.

Elles partagent un lien, en tant que personnes dont le nom commence par « pea ». En plus, elles s'échangent tout le temps du fromage contre des champignons.

Enfin bref. Un chêne attire mon attention. Quand je me tourne vers lui, je vois une drôle de lueur, une sorte de miroitement, avec de jolies couleurs très agréables à regarder.

— La situation est-elle partie en cèpes ? j'entends Peach demander au loin.

Le chêne lui lance un regard désapprobateur.

— Je sais, dis-je à l'arbre. C'est impoli d'interrompre une conversation.

Peach sourit.

— J'ai interrompu ta conversation… avec un arbre ?

— *Je s'appelle Groot*, dit le chêne d'une voix sévère.

Hmm. J'ai l'impression qu'il y a violation de copyright. Je tourne le dos au chêne et repère un geai bleu.

— Eh, petit oiseau, lancé-je. Je suis bien contente que tu ne sois pas un geai moqueur.

— Yo, répond l'oiseau. Quoi de neuf ?

Je pouffe de rire.

— Tu sais, j'ai une sœur qui s'appelle Blue. C'est assez ironique, mais elle serait terrifiée par toi.

L'oiseau se balade en sautillant.

— Elle nous observe ?

Hmm. En général, elle observe tout à travers des caméras, mais on est dans une forêt. Seuls les esprits nous observent. Je me sens reliée à eux, d'une certaine manière. Connectée à chaque être, chaque racine et chaque branche.

En parlant de connectivité, je ne suis pas venue ici toute seule.

Où est Prune ? Ou bien c'était Abricot ?

Je me retourne et repère la fille dont je ne me souviens plus du nom. Elle tient une petite grenouille dans les paumes.

OK. Logique.

Elle lui donne un baiser.

Je retiens mon souffle, m'attendant à ce que la créature se transforme en prince, ou peut-être en cet artiste autrefois connu sous le nom de Prince.

Hélas, non. La grenouille brille de couleurs vives, mais reste un amphibien.

Eh, je ne peux pas en vouloir à Nectarine d'avoir tenté le coup. Sachant sa vie amoureuse inexistante, ça valait le coup d'essayer.

Bon. Je continue d'explorer la forêt mythique avec mes sens exacerbés.

— Tu ne sens pas une odeur de barbe à papa ? demande ma camarade de trip.

Je renifle avec la bouche.

— Non. Tout sent les nombres pairs, pour moi. Le nombre quarante-quatre, pour être plus précise.

Elle siffle.

— C'est un nombre à l'air délicieux.

Je hoche la tête, puis entame une conversation avec un pin au sujet de la vie, de l'univers et de tout le reste.

— C'était très profond, remarque l'arbre épineux ou

le fruit duveteux. Tu devrais coucher tout ça sur le papier.

Excellente idée. Je sors mon téléphone et hoquette. Il émane de lui une aura très forte… comme celle de toutes les créatures vivantes. L'inconvénient, c'est que ça rend l'application de notes difficile à localiser, alors je décide de me laisser un message vocal dans lequel j'énumère toutes mes idées géniales.

Ouais. Un grand nombre d'entre elles ont un rapport avec les coupons, il serait donc dommage que je les oublie.

Soudain, je suis assise dans un pré, le téléphone à la main.

Depuis combien de temps je dicte ces idées ?

Aucune idée.

Je raccroche et localise mon amie, dont le nom me revient enfin… à supposer que ce soit bien Peach.

— Tu es Peach ? demandé-je d'une voix solennelle.

Elle arrête de mâcher une chanterelle – à moins qu'elle ait été en train de lui parler ?

— Ne sommes-nous pas tous Peach ?

Vraiment ? Impossible. Je suis quelque chose de sucré, mais pas une pêche.

De la mélasse peut-être ? Ou du sirop ?

Une abeille passe près de moi et, l'espace d'un instant, je vois le monde comme cette petite créature – les couleurs ultraviolettes des fleurs, la sensation de l'air qui effleure mes antennes, celle du nectar que je régurgite.

Une seconde.

Voilà comment je m'appelle.

Miel. Honey.

Ouf.

Satisfaite, je me couche sur le dos et examine le ciel infini – c'est à ce moment-là que mon trip magique commence pour de bon.

———

— Il commence à faire sombre, remarque Peach, un temps indéterminé plus tard.

— Merde. C'est vrai.

Je regarde autour de moi. Je me sens un peu plus normale, mais pas encore à 100 %.

— Comment on est arrivées ici ?

Elle hausse les épaules.

— Laisse-moi voir si j'arrive à trouver le chemin du retour.

Elle réussit, grâce à toute son expérience de cueilleuse de champignons.

Sur le trajet du retour, nous ne disons pas grand-chose, et cette nuit-là, je dors d'un sommeil profond et reposant. Le dimanche matin, je me sens à nouveau moi-même ; c'est à ce moment-là que j'appelle Peach.

— Tu planais autant que moi ? demandé-je après un bonjour gêné.

— Bizarrement, oui, répond-elle.

— Bizarrement ?

— L'espèce de champignon qu'on a prise est

93

considérée comme douce, explique-t-elle. On dirait qu'on a ingurgité une surdose.

— Waouh. Je n'ose même pas imaginer l'effet qu'aurait eu un champignon plus fort.

— Ouais. D'ailleurs, je me demandais… C'est toi qui as les champignons qu'on a ramassés pendant notre sortie ?

Je regarde autour de moi.

Non.

Je ne vois que mon chat qui a l'air mécontent.

Celle qui me nourrit ferait mieux de justifier son existence pathétique en ME NOURRISSANT. *Ne m'oblige pas à me servir ma part en chair humaine.*

Je regarde dans le frigo. Pas de champignons. Je prends une boîte de pâté pour chat et l'ouvre là où préfère Lapinou : sur le meuble de la cuisine.

Celle qui me nourrit peut garder ses paupières un jour de plus.

— Je ne les vois pas ici, dis-je à Peach.

— Ils ne sont pas là non plus, répond-elle. La *morille* de l'histoire, c'est « ne prenez pas de drogue. »

Ouais. La perte de champignons gratuits est la seule raison de ne pas prendre de drogue. Le fait qu'on ait parlé à des arbres et qu'on ait embrassé des grenouilles ne compte pas.

— Bref, profite bien de ton dimanche, lance-t-elle. À moins que tu veuilles aller à une autre chasse aux champignons avec moi aujourd'hui ?

— Je ne peux pas, décliné-je. Je dois apporter ma tenue appropriée de boulot au pressing.

———

Le lundi matin, j'ai à peine commencé à bosser que Gunther entre dans mon bureau avec une expression indéchiffrable sur son visage rasé de près, même si ses yeux verts brillent de manière menaçante.

— Je croyais que les farces étaient terminées, remarque-t-il sans prendre la peine de me saluer.

— Eh bien, oui, je réponds. Et si c'est ta façon d'en démarrer une, elle a l'air nulle.

Il agite son téléphone devant mon visage.

— Tu veux bien m'expliquer ?

— C'est un smartphone ?

Il ricane et appuie sur une icône sur son écran.

Dès que j'entends ma voix émaner du haut-parleur, je comprends que j'ai de gros ennuis.

— Les idées incroyables de Honey Hyman sous l'effet du pied bleu, annonce ma voix d'un ton enjoué.

Rien que ça, c'est déjà très grave, mais ma voix continue.

— Idée numéro un : Timber, une application de rencontre pour les arbres.

Neuf

MERDE. J'AI VRAIMENT MERDÉ.

— Je peux tout expliquer, lâché-je.

Il hausse ses sourcils si expressifs.

— M'expliquer pourquoi tu as pris des narcotiques ?
J'aimerais beaucoup entendre ça.

Mince. Je m'apprêtais à prétendre que le pied bleu
était une marque de vodka et que j'étais juste bourrée.

Je prends une inspiration pour me calmer.

— Je suis virée ?

Et si oui, vais-je aller en prison ? Et puis, pourquoi
l'idée de ne plus revoir Gunther me dérange-t-elle
presque autant que celle d'aller en taule ?

Il hausse les épaules.

— Je n'ai pas encore décidé.

— Pour ma défense, j'ai mangé ça le week-end,
marmonné-je. Je n'étais pas défoncée au travail.

Il ricane.

— C'est la meilleure excuse que tu aies trouvée ?

— Écoute, répliqué-je, sentant l'agacement me gagner, un mode par défaut quand il s'agit de Gunther. Ce n'est pas comme si je me droguais régulièrement. Mon amie et moi cherchions des champignons et on est tombées sur un pied bleu, alors on en a mangé un peu.

Il lève les yeux au ciel – et il doit être le seul être humain capable d'avoir l'air sexy en faisant ça.

— Ouais, c'est *très* logique. Et si ça avait été un champignon empoisonné ?

— Mon amie est experte dans ce domaine. J'aurais plus de chance de manger un *turducken* empoisonné en sa présence.

Il n'a pas l'air convaincu.

— Imaginons que tu trouves une valise remplie de cocaïne au lieu de champignons hallucinogènes... tu la snifferais aussi ?

Je hausse les épaules.

— Sûrement pas. J'ai vu assez de films comme *True Romance* pour savoir que les valises appartiennent généralement à des mafieux.

— Ah oui ? C'est la seule raison ?

Grr. Difficile d'argumenter quand votre adversaire a raison – et quand il est si sexy qu'il vous empêche de vous concentrer.

Je pousse un soupir bruyant.

— OK, *maman*. Les drogues, c'est mal. Je peux me remettre au boulot, maintenant ?

Il incline la tête, un sourire sur ses lèvres pleines.

— Tu es sûre de ne pas vouloir écouter certaines de

tes idées géniales ?

Avant que je n'aie pu refuser, il appuie à nouveau sur l'écran et – oh, surprise ! – ma voix légèrement pâteuse se remet à parler et énonce cette perle de sagesse :

— Idée numéro vingt-sept : un autre coupon de réduction Grignote & Croque. Vous aurez droit à un doux baiser gratuit de la part de Gunther Ferguson si vous achetez un bocal de son miel personnel. Idée numéro vingt-huit : faire un moule des lèvres de Gunther, puis fabriquer du rouge à lèvres de cette forme… avant de le vendre avec un coupon « deux pour le prix d'un ». Idée numéro vingt-neuf : Oubliez le rouge à lèvres. Fabriquer un porte-serviette avec un moule de ses…

Il tapote à nouveau l'écran.

— Tu as compris l'idée.

Je sens mes joues devenir aussi rouges qu'un panneau *stop*.

— Je me rappelle vaguement avoir eu des idées en lien avec des coupons, j'admets d'une voix étranglée. Au moins, je pensais au boulot.

Son sourire devient encore plus diabolique.

— Si tu pensais au boulot, pourquoi autant de tes idées incluent le fait de me prostituer ? demande-t-il, avant d'ajouter en feignant d'être sérieux : juste pour mettre les choses au clair, j'aimerais garder accès à toutes les parties de mon corps, ainsi qu'à Buzz Beerin.

Est-ce que je me sentirais mieux si je tombais à travers le sol… jusqu'au *lobby*, peut-être ?

Avec un petit rire, Gunther sort de mon bureau, pendant que je me demande comment je vais pouvoir survivre à ça.

Puis, mon téléphone sonne.

Un message de Gunther.

Tu veux une idée supplémentaire à ajouter à ta liste ?

Avant que je n'aie pu répondre « Non merci. », il en envoie une.

Décréter une journée nationale des champignons. Ce sera comme Halloween, sauf que tout le monde se déguisera en fongus.

C'était vraiment mon idée ? Ça ressemble plus à un truc qu'inventerait Peach.

Que quelqu'un m'abatte.

————

Comme d'habitude, quand Gunther s'en va – dans ce cas précis, pour aller déjeuner, sûrement – je suis tentée d'aller faire une farce dans son bureau.

Je m'en empêche, même si c'est très difficile.

Merde. Je dois trouver un autre moyen d'évacuer cette énergie sexuelle accumulée.

C'est à ce moment-là que je réalise quelque chose. J'ai accès à cette salle de sport luxueuse et *gratuite*, et je n'en ai pas encore profité, pas une seule fois.

Eh bien, rien ne vaut le présent.

Je vais chercher un en-cas dans le garde-manger et prends l'ascenseur.

La salle de sport est aussi chic que la première fois

que je l'ai vue. Elle propose même des tenues et des chaussures de sport gratuites ; tout est neuf, et un casier gratuit est aussi fourni pour y placer nos affaires.

J'en bave presque d'envie.

Une fois que j'ai enfilé le coûteux legging de marque et la brassière de sport, j'entre dans la salle de sport. J'ai tellement d'options à ma disposition que j'en ai la tête qui tourne. Pour préserver ma santé mentale, je décide d'essayer un peu tout, en commençant par les haltères, parce que j'ai lu que c'était très bon pour renforcer notre masse musculaire.

Je m'approche d'un banc de développé-couché et cherche un coach professionnel.

Il n'y en a aucun dans le coin, et ça vaut peut-être mieux. Je voulais savoir si ça raffermirait mes seins.

Autant essayer par moi-même.

Hmm. Quel serait le poids le plus raisonnable pour une personne de ma taille ?

Un type chétif qui a l'air plus faible que moi est en train de soulever une barre avec des poids de dix kilos de chaque côté, je pense donc pouvoir en être capable aussi sans trop de problèmes.

Je place les dix kilos et me couche sur le banc.

Et c'est parti.

Je soulève l'haltère.

Elle est plus lourde que ce à quoi je m'attendais.

Je l'abaisse lentement, puis la relève.

Hmm. C'est beaucoup plus lourd que ce à quoi je m'attendais, mais ça fait du bien d'exercer les pectoraux. Je ne savais même pas que j'en avais.

Par sécurité, je ne vais recommencer qu'une seule fois. C'est ma première fois, après tout.

J'abaisse la barre jusqu'à ma poitrine.

Puis, je tente de la relever... mais elle ne bouge pas.

Merde.

Je pousse de toutes mes forces, mais je ne réussis qu'à faire rouler la barre de ma poitrine à mon cou.

Oh, oh. J'avais déjà la respiration laborieuse. Maintenant, elle est totalement coupée.

Je commence à me tortiller et je commence même à hurler – mais rien ne sort.

Putain.

C'est vraiment comme ça que je vais mourir ? On me donnera sûrement un Darwin Award – comme à ce couple nu qu'un chauffeur de taxi a retrouvé mort en 2007. Apparemment, ils avaient décidé de faire l'amour sur le toit d'un gratte-ciel et ils sont tombés, privant ainsi le monde de leur patrimoine génétique alors qu'ils étaient en pleine reproduction.

Soudain, des mains fortes attrapent la barre et la soulèvent.

Je prends une brusque inspiration, et il a une odeur masculine, avec des traces de cire d'abeille et de fumée.

Je cligne des paupières et regarde mon héros – dans son débardeur qui exhibe ses muscles délectables et brillant de sueur dans toute leur gloire.

C'est Gunther, bien sûr.

Il n'était pas parti déjeuner, finalement, mais faire du sport.

Sérieusement. Que quelqu'un m'abatte.

Dix

IL ME FUSILLE DU REGARD, LE VISAGE SOMBRE.

— Qu'est-ce qui t'a pris ? lâche-t-il en remettant la barre sur son support.

— Je voulais raffermir les muscles de mes seins, marmonné-je en me redressant en position assise.

Mon esprit est encore embrouillé par l'absence d'oxygène et l'air parfumé de Gunther qui l'a remplacé.

Il plie un genou à côté du banc et examine mon cou, les yeux plissés d'un air furieux.

Oui ! J'ai toujours voulu jouer au docteur avec lui.

— Tu vas avoir un bleu, annonce-t-il.

Je grimace et me frotte la gorge.

— Je ne m'attendais pas à ça.

— J'espère bien que non, putain, grommelle-t-il avant de froncer les sourcils. Tu es sûre que tu n'es pas encore défoncée ?

Je secoue la tête, puis prends conscience de quelque chose.

— Tu viens d'enfreindre ta propre règle sur les gros mots !

Il ignore mon accusation.

— Promets-le, ordonne-t-il.

Je place une main sur mon cœur.

— Je jure sur mes frais de livraison gratuits et mes 10 % de réduction que je ne suis pas défoncée.

Son expression s'adoucit un peu.

— À partir de maintenant, tu t'entraîneras avec moi.

M'entraîner avec lui ? Je vais le voir dans cette tenue régulièrement ?

Suis-je encore défoncée, finalement ? Les hallucinogènes peuvent-ils provoquer un trip sexy ?

— Je suis sérieux, insiste-t-il, se méprenant sûrement sur mon expression décontenancée. Tu as perdu le privilège d'aller à la salle de sport toute seule.

Je me hérisse à ces mots.

— C'était juste cinq kilos.

— Vraiment ? Cette barre pèse vingt kilos, et tu as placé des poids de cinq kilos de chaque côté. D'après mes calculs, ça fait trente kilos.

— OK, c'est un peu lourd, c'est vrai, j'admets d'un ton penaud. Je n'ai pas réussi à soulever un bébé bison de vingt-deux kilos, une fois.

Il plisse le front.

— Où as-tu trouvé un bébé bison ?

Je me masse à nouveau la gorge et me rends compte que je me sens beaucoup mieux.

— Mes parents sont propriétaires d'une ferme. Aile

de Buffle est né d'une femelle bison gestante qu'ils avaient recueillie.

Il m'observe avec une fascination évidente.

— C'était marrant ? De grandir dans une ferme, je veux dire. Pas de soulever du bétail.

Je ricane.

— C'était un peu comme grandir dans un zoo… mais c'était juste à cause de mes sept sœurs.

Il étire enfin les lèvres en une esquisse de sourire.

— J'avais un chat et un petit frère, et rien que ça, ça me donnait parfois l'impression de vivre dans un zoo.

Je me redresse.

— Tu aimes les chats ?

Il soupire.

— J'étais trop occupé pour en adopter un après avoir emménagé tout seul, mais c'est sur ma liste de choses à faire.

— Cool, dis-je.

Je résiste à l'envie de lui demander s'il serait prêt à devenir le père adoptif de mon psychopathe meurtrier. Dans l'éventualité où une apocalypse se déclencherait et où on devait se marier pour préserver notre espèce.

Il examine à nouveau mon cou et fronce les sourcils.

— Tu te sens mieux ?

— Je vais bien, assuré-je, et c'est presque vrai.

— Va te changer alors, et je te raccompagnerai à ton bureau.

C'est plus un ordre qu'une suggestion. Je scrute les

équipements autour de nous et me mets à bouder, déçue.

— Je ne vais pas pouvoir faire de sport du tout ? C'était ma première tentative.

— Je te propose un truc. Si tu te sens bien demain, je te montrerai comment utiliser le banc d'haltères correctement.

Waouh.

Je ne pense qu'à cette promesse pendant que je me change et qu'il me ramène à notre étage.

C'est aussi la seule chose que j'ai en tête quand je termine ma journée et rentre chez moi.

Même dans mes rêves, je transpire en faisant de l'exercice avec Gunther... mais le genre qui entraîne mes muscles pelviens.

———

Puisque le lendemain matin, je vais *très bien,* je retourne à la salle de sport et attends Gunther près de ce banc diabolique.

Hmm. Pourquoi mon cœur bat déjà aussi fort ? Croit-il que j'aie déjà fait un peu de cardio ?

Avant que je n'aie pu trouver une explication, Gunther approche – et rend la situation encore pire, parce qu'il porte la même tenue très flatteuse qu'hier.

— Qu'est-ce que c'est que ça ? demandé-je en indiquant la fine barre qu'il tient.

Mieux vaut me concentrer là-dessus plutôt que de baver sur son physique.

Il retire la barre qui a failli me tuer et explique :

— C'est une barre pour femme. Plus fine et légère… tu arriveras plus facilement à la tenir.

— Ça semble sexiste, maugréé-je. C'est comme si tu disais que mes mains délicates ne pouvaient pas tenir les choses aussi bien que toi.

Il soupire.

— C'est comme ça qu'on les appelle, des barres olympiques pour homme ou pour femme.

Je ricane.

— Tout le monde dit tout le temps « sois un homme » ou « il a des couilles », mais ça n'en est pas moins sexiste.

— Touché. Ça te va si on appelle ça « la barre fine » et « la barre épaisse » ? Ou « la légère » et « la lourde » ?

Je me gratte le menton, mimant une expression songeuse.

— Je me demande ce qui vaudrait mieux pour l'égo trop sensible de la barre *masculine.* Si on dit que c'est une barre « plus lourde », on risquerait de lui donner une image de soi problématique. Et « épaisse » a un sous-entendu très phallique qui risquerait…

Il lève les yeux au ciel.

— On va partir sur « légère » et « lourde ». Bon… continue-t-il en prenant un ton bien plus autoritaire. Couche-toi sur le banc.

J'obéis, et j'ai des flash-back des rêves de la nuit précédente, dans lesquels il m'a aussi ordonné de me coucher avant que l'on ne passe aux choses sérieuses.

— Je vais jouer ton spotter, dit-il.

Je le regarde en clignant des paupières, très distraite par son entrejambe plus proche de mon visage que jamais. Et dans ce short de sport, la bosse est bien visible. Avec effort, je m'oblige à me détourner de ces pensées coquines.

— Qu'est-ce que ça veut dire ?

Il s'accroupit et pose les mains près de mes coudes.

— Si tu n'arrives pas à la soulever toi-même, je t'aiderai, comme ça.

Il effleure légèrement mes coudes.

Nom des pectoraux surdéveloppés d'Arnold Schwarzenegger !

Son contact me provoque une décharge qui me parcourt tout le corps avant de s'arrêter quelque part au niveau de mon clitoris.

Soudain, je me sens puissante. Prête à tout.

— Je vais la soulever, déclaré-je d'une voix rauque.

— Bien parlé, approuve-t-il avec enthousiasme. Mets-toi en colère contre le poids.

Je ne suis pas sûre d'être en colère, mais je pousse la barre comme si elle se dressait entre moi et un Walmart le jour du Black Friday.

Waouh.

J'arrive à la lever – la barre, je veux dire.

— Un, compte Gunther, irradiant toujours d'énergie. Ralentis juste un peu tes mouvements. Essaie de les rendre plus maîtrisés.

Je comptais être lente et maîtrisée sur la descente, de toute façon – la dernière chose dont j'ai envie, c'est de laisser tomber ce truc. Quand je relève le poids, j'y vais lentement aussi et comprends pourquoi il m'a suggéré de faire ça.

Comme ça, je sens vraiment les muscles que je suis censée entraîner.

— Deux, dit-il.

— La barre légère est plus facile à manier, j'admets.

— Ne parle pas, me conseille-t-il. Concentre-toi sur ta respiration. Expire au moment de soulever.

Je la ferme et fais ce qu'il m'ordonne – et je sens la différence.

— Cinq, six, sept, huit, compte-t-il.

Quand j'arrive à quinze, il me dit d'arrêter.

— Beau boulot, me félicite-t-il. Tu es sûre de ne jamais avoir soulevé d'haltères avant ça ?

Pour une raison inconnue, je bombe le torse – sûrement de fierté.

Gunther observe ma peau exposée avec approbation.

Waouh. Je fais une seule séance de développé-couché, et mes seins sont déjà irrésistibles ?

— Tu as de la pompe, dit-il.

— Quoi ?

Je regarde mes pieds au cas où mes baskets auraient un problème – ou qu'un tuyau pour pomper de l'eau leur aurait poussé dessus.

— C'est ce qu'on dit quand les muscles semblent plus gonflés après un exercice.

Il lève le bras pour bander le muscle, et son biceps gonfle comme un ballon de chair sexy.

Je suis sans voix. A-t-il fait ça pour illustrer le mot ou pour essayer de me faire ovuler ?

— Je ne crois pas que « pompe » soit le bon mot pour décrire ton biceps, remarqué-je quand je me sens capable de parler sans baver.

Un sourire apparaît sur ses lèvres pleines.

— Puisque tu es la police de la langue aujourd'hui, donne-moi un meilleur mot.

— Engorgé.

Est-ce que je parle toujours de son biceps ?

— Très bien. « Avoir de la pompe », c'est quand ton muscle a l'air *engorgé*. Ça arrive quand tu pousses tes muscles jusqu'à leur limite et que tout le sang afflue vers cette zone. Les gens qui font du sport aiment quand leurs muscles ont l'air plus gros, même si c'est temporaire.

Hmm, hum. Mon esprit doit se rouler dans la fange, parce que je suis en train d'imaginer un autre scénario dans lequel le sang afflue pour rendre quelque chose plus gros – un processus qu'on associe aussi au mot « engorgé ».

— Tes pectoraux ont même rougi, continue-t-il. Ce qui est rare.

Il regarde ma poitrine d'un air approbateur.

— Je suis un peu jaloux. Comme tu t'apprêtes à le voir, ma poitrine ne rougit jamais, même quand j'ai de la pompe.

— Une seconde. Tu vas soulever des poids aussi ?

Et pourrais-je assister à ça sans me jeter sur lui, vagin en avant ?

— Ne t'en fais pas, répond-il. Tu n'auras pas à jouer mon spotter.

— Ah non ?

Il va surtout falloir me *stopper* avant que je ne laisse tomber ma culotte.

— Je vais soulever des poids bien trop lourds pour que tu puisses m'aider, explique-t-il. Et je ne suis pas sexiste. Peu d'hommes seraient capables de jouer mon spotter.

Comme pour me le prouver, il empile assez de poids sur la barre pour faire voler un éléphant, si on les plaçait sur une balançoire géante. Et je ne parle pas de Dumbo.

— C'est tout ? demandé-je d'une voix ouvertement sarcastique.

Il est en train de frimer, c'est évident.

Il regarde les poids en fronçant les sourcils.

— Tu as raison. Je n'avais pas pris en compte le poids de la barre légère.

Il s'avance vers un support et prend deux petits poids de deux kilos à ajouter de chaque côté de cette monstruosité.

Fascinée, je le regarde se coucher, inspirer assez d'air pour gonfler un ballon d'anniversaire et soulever la barre d'un geste fluide et ferme.

Bordel.

Les bouts de la barre plient sous l'effet de la gravité, mais les bras de Gunther l'abaissent, puis la relèvent, et recommencent cet exploit herculéen quinze fois d'affilée. Sur les dernières répétitions, il émet un grognement guttural qui génère un tas de fantasmes pornographiques de lui en train de jouir, de se décharger en moi après une séance de pilonnage brutale et…

— Comment j'étais ? demande-t-il d'un seul coup.

Merde. Il s'est déjà levé du banc, et il me regarde comme si j'étais folle.

Et je le suis. Comment expliquer le chemin que viennent de prendre mes pensées sinon ?

Je me racle la gorge.

— Tes va-et-vient étaient plutôt fluides, je réponds avec un regard appuyé sur sa poitrine. Et tu as de la pompe.

Ce serait inapproprié si je léchais une goutte de sueur sur son torse ? Ou bien sur son visage ?

— À ton tour, dit-il d'un ton autoritaire en retirant tous les poids.

Je me couche, et mon cœur accélère à nouveau à la proximité de la bosse dans son short. Je commence à tellement bien le connaître que je vais finir par donner un nom à son sexe.

Peut-être M. Suce & Lèche ? Ça rappellera Grignote & Croque, mais sans les sous-entendus cannibales.

— Tu as tout compris, lance Gunther avec une énergie démente. Vas-y, mets-toi en colère contre ce poids.

En colère, non. Excitée… oui.

Je donne tout ce que j'ai et soulève la barre en expirant.

— C'est ça, me félicite Gunther. Maintenant, recommence comme ça encore quatorze fois.

S'il était aussi doué pour me motiver à l'étage, je serais l'employée la plus acharnée de toute l'histoire des entreprises. J'arrive jusqu'à quinze et, à la dernière répétition, il a à peine besoin d'aider mes coudes ; à cette idée, ma tête me tourne un peu quand je m'assois – ou bien c'est parce que tout mon sang s'est accumulé dans mes pectoraux.

Il m'examine, inquiet.

— Tu vas bien ?

Je hoche la tête une fois que je me suis ressaisie.

— Tu veux faire une dernière séance ? Trois est un bon chiffre.

Je parviens à hocher à nouveau la tête.

— À ton tour maintenant.

Il sourit, ajoute plus de poids que la première fois et se couche.

Son visage est sexy quand il est tendu par l'effort, très viril et sauvage, un peu comme celui d'un bûcheron.

Grr. Pour détourner mon attention de mes pensées impures, je me mets à compter ses répétitions en imitant son ton motivant – ce qui est facile, parce que je suis sincèrement excitée par ce qu'il fait, même si ce n'est pas dans le bon sens.

— Quatorze… quinze ! m'exclamé-je tandis qu'un autre grognement orgasmique s'échappe de ses lèvres serrées. Excellent boulot.

Ouf. Je suis même contente que ce soit mon tour.

Avec un peu de chance, je brûlerai un peu de cette énergie nerveuse qui me parcourt les veines.

Mais non. Même après deux séances, la sensation de pompe n'est pas exclusive à ma poitrine. Elle est aussi dans mes parties intimes.

— Prête pour les pectoraux papillon ? demande-t-il.

— Pour quoi ?

Est-ce une autre blague en rapport avec mon nom ? Les papillons aiment-ils le miel ?

— C'est un type d'exercice, précise-t-il en indiquant une machine qui ressemble à un chevalet de torture.

Quand il voit mon expression sceptique, il s'assoit sur le siège devant l'engin quadrillé, attrape les poignées qui y sont fixées et tire jusqu'à ce que ses mains soient contre sa poitrine.

Oh mon Dieu. À la fin de ce geste, ses pectoraux fléchissent avec force et semblent énormes – ce qui me donne très envie de les lécher.

OK. Je comprends, maintenant. Le nom « pectoraux papillon » de cet exercice doit faire référence au Bombyx du mûrier, un papillon censé être aphrodisiaque et qui peut mettre les femmes dans tous leurs états, comme je le suis à cet instant.

— Tu vois ? dit-il en recommençant. Ce mouvement ressemble à un battement d'ailes.

— Bien sûr. Mais les ailes d'un albatros, pas d'un papillon.

Il arque un sourcil au moment où ses mains se rapprochent à nouveau.

— D'abord, je crois qu'il y avait un compliment

caché quelque part là-dedans. Ensuite, qui a dit qu'on parlait des lépidoptères ?

Je lève les yeux au ciel.

— Des lépidoptères ?

Il fait une autre répétition.

— C'est le nom scientifique des papillons. Vu que tu as confondu la créature avec le verbe, je me suis dit que j'allais être plus précis.

— Arrête de parler, ordonné-je en imitant sa voix du mieux que je peux. Concentre-toi sur ta respiration. Expire en t'envolant.

Il sourit.

— Ce poids ne me correspond pas, en fait. Je te montrais juste ce qu'il fallait faire.

Il déplace la petite tige des poids sur l'appareil de torture et l'amène jusqu'en bas.

— Là, il y a du *challenge*, se vante-t-il en recommençant le même mouvement.

Ça n'a toujours pas l'air de lui demander trop d'efforts, avec tous les poids qui se soulèvent. Ses lèvres tentantes sont pincées fermement.

Comme la dernière fois, je fais diversion en comptant pour lui. À la moitié de sa séance, je sens mes cheveux se hérisser sur ma nuque, comme si quelqu'un avait marché sur ma tombe.

Je me retourne et en découvre la cause : Tiffany. Elle est sur un vélo elliptique et me lance un regard mauvais.

Je fais semblant de ne pas l'avoir vue, et j'attends que Gunther ait fini.

Quand je laisse tomber mes fesses sur la machine de torture et pousse les poignées devant mon visage, Gunther fronce les sourcils.

— Tu ne contrôles pas ton geste, remarque-t-il en se penchant. Serre bien la poignée.

Il referme ses grosses mains autour des miennes et presse légèrement mes doigts. Sûrement pour illustrer ses propos.

Ma première réaction à cette instruction, instinctive et puissante, est de regretter que cet endroit ne propose pas de culottes de rechange pour aller avec les tenues de sport.

— Pousse comme ça maintenant.

Il rapproche mes mains en avant lentement.

Je m'efforce de ne pas m'évanouir tandis que la démonstration continue.

— À la fin, bande tes muscles ici.

Il indique un point juste en dessous de ma clavicule.

Je bande mes muscles là où il me l'a indiqué, même si j'ai surtout envie de croiser les jambes pour fléchir d'autres muscles.

— Beau boulot, me félicite-t-il.

Il commence à compter pour moi ; je suis sûre que je suis en train de développer un fétichisme pour les nombres entre un et quinze.

— Je crois que tu devrais t'arrêter là, annonce Gunther quand j'ai fini mes battements d'ailes.

Je fronce les sourcils.

— Pourquoi ? Tu me crois trop fragile ?

Parce que j'ai assez d'énergie pour m'attaquer au

double des poids que j'ai déjà soulevés… avant de monter M. Suce & Lèche très fort après ça.

— Je suis sûr que tu pourrais le supporter, répond-il d'un ton rassurant.

Le soulevé de poids ou son sexe ?

— Ah oui ? Alors, pourquoi on s'arrête ?

Il soupire.

— C'est une erreur fréquente chez les débutants, ils forcent trop et ils sont trop courbaturés le lendemain. Ça les décourage de revenir.

— Je serais courbaturée à ce point-là ? m'enquis-je en jetant un bref coup d'œil à sa bosse.

— J'ai déjà vu des gens qui n'arrivaient plus à marcher le lendemain, répond-il.

Quand il me voit écarquiller les yeux, il s'empresse d'ajouter :

— C'était un jour où on s'était focalisés sur l'entraînement des jambes, et de toute façon, plus tu t'entraîneras, moins tu auras mal. Et il faudra t'étirer, aussi.

Je m'humidifie les lèvres.

— Je suis prête à y consacrer du temps… et je suis très flexible.

Ses yeux émeraude pétillent.

— Excellente attitude. N'oublie pas de bien manger une heure avant et après chaque entraînement.

Je ravale mon excès de salive.

— Assouvir sa faim avant une séance épique ? C'est très pragmatique en effet.

Il essuie une perle de sueur sur sa poitrine.

— N'oublie pas aussi de bien t'hydrater.

— Bonne idée.

C'est vrai que j'ai perdu des quantités exubérantes de liquide… et de *partout*.

— OK, lâche-t-il. Pour terminer la séance d'aujourd'hui, si on passait au hammam ?

Ma mâchoire se décroche presque tandis que je nous imagine dans le hammam en question, avec toute sa chair dure comme la pierre, sur laquelle couleront d'autres perles de sueur, et tous les massages qu'il me proposera pour apaiser mes muscles douloureux, tout le…

— À tout à l'heure ?

Il a l'air confus – sûrement à cause de mon expression rêveuse.

— Ouais. À tout à l'heure !

Je me précipite au vestiaire comme une folle, et c'est là que je tombe sur Tiffany.

— Je vous ai vus, tous les deux, me lance-t-elle d'une voix mauvaise.

— Et ?

— Et tu es un vrai cliché, répond-elle.

J'arque un sourcil.

— Tu vois ce que je veux dire, ajoute-t-elle en claquant la porte de son casier. Tu veux coucher avec le patron pour progresser dans ta carrière.

Je lève les yeux au ciel avec autant d'insolence qu'à l'époque où on était au lycée.

— Quelle carrière ? Je suis là pour le projet de coupons, c'est tout. Mais je trouve intéressant que tu aies aussitôt tiré cette conclusion précise.

Elle prend une inspiration pour rétorquer quelque chose, mais je n'attends pas et me dirige plutôt vers mon casier.

À mon grand soulagement, Tiffany ne me suit pas.

J'ouvre mon casier, me déshabille, me couvre avec une serviette et me précipite à la recherche du hammam.

Quand je le localise, je sens la déception m'envahir jusque dans mon clitoris.

Gunther n'est pas là.

Il ne peut pas, pas sans enfreindre tous ces grands tabous sociaux. Le hammam attenant au vestiaire des femmes n'est pas mixte – ce dont je me serais rendu compte si mon esprit n'avait pas été embrouillé par mes hormones hors de contrôle.

Bon, tant pis. Je profite quand même du hammam avant de prendre ce dont j'ai désespérément besoin – une douche froide.

Onze

LE LENDEMAIN MATIN, J'AI DU MAL À ME CONCENTRER sur mon boulot. Ma poitrine est douloureuse après les exercices d'hier et mes parties intimes le sont aussi, parce que j'ai peut-être fait un usage excessif de mon vibromasseur en fantasmant sur une version bien plus cochonne de cet entraînement.

Je parviens quand même à être un peu productive, mais juste au moment où je parviens enfin à me concentrer, Gunther passe la tête dans mon bureau.

— Tu veux entraîner tes épaules avec moi, aujourd'hui ?

Mon cœur bondit dans ma poitrine.

— Une louve est-elle surprotectrice envers ses petits ?

Il sourit.

— Je vais prendre cette réponse bizarre pour un oui.

Niveau frustration sexuelle, regarder Gunther exercer ses épaules est encore pire pour ma libido que l'entraînement d'hier. Et ce n'est rien comparé à la fois où on a entraîné nos muscles dorsaux, ni au jour suivant, et l'entraînement le plus frustrant de tous est sûrement celui durant lequel il a bandé ses bras gros, forts et qui ne demandent qu'à être touchés. Ainsi, pendant les semaines qui suivent, nous allons nous entraîner ensemble le jour, et je me masturbe à l'excès le soir. Ces dernières sessions sont si variées que je finis par être à court d'idées et par visiter *Caresser le Pétunia*, un blog écrit par ma camarade de couvée, Lemon.

Il s'avère que je suis fan de la technique appelée « longue vie et prospérité ». C'est celle où on écarte les doigts en forme de *V* comme pour le salut vulcain.

———

Je suis assise dans mon bureau en train de m'éventer après ma dernière session d'entraînement avec Gunther quand Ashildr arrive, une carte festive à la main.

— C'est l'anniversaire de Tiffany, annonce-t-il. Tu veux bien signer ça pour elle ?

Super. Tiffany me lance des regards mauvais à chaque fois que nos chemins se croisent, et maintenant, je dois trouver un truc sympa à lui dire.

Je devrais peut-être me contenter d'un « J'espère que tu t'assagiras en vieillissant. Tu es beaucoup trop conne en ce moment. », ou bien d'un « Je te souhaite plein de positivité dans ta vie. C'est peut-être la seule solution pour effacer cette expression de connasse aigrie de ton visage. »

Du coin de l'œil, je vois Gunther entrer dans son bureau, ce qui me donne une idée. Je pourrais peut-être dire un truc du genre « Que tous tes rêves se réalisent… à part celui qui inclut M. Suce & Lèche. Pour ce qui est de celui-là, je préférerais que tu te ratatines sur toi-même et meures. »

Non. Impossible.

Avec un soupir, j'écris « Félicitations », puis je gribouille mon nom en espérant qu'elle n'arrive pas à le déchiffrer.

Au moment où je rends son marqueur à Ashildr, une goutte de liquide rouge tombe sur papier blanc.

Une goutte de sang.

Le temps semble ralentir, et je sens mon corps se vider de toutes ses forces tandis que je regarde une autre goutte rejoindre la première, puis une autre, émanant de la narine gauche d'Ashildr.

— Tu vas bien ? j'entends Ashildr demander.

Sa voix me semble venir de très loin, comme si j'étais tout au fond d'un puits.

— Pourquoi tu es aussi pâle ?

J'entends un fracas. Je crois que c'est la porte de mon bureau, mais ça pourrait tout aussi bien être le bruit de ma conscience qui s'envole.

D'un coup, mes yeux roulent dans mes orbites, et je m'évanouis.

Douze

J'OUVRE LES YEUX EN CLIGNANT DES PAUPIÈRES ET m'aperçois que je suis dans les bras forts de Gunther. Il est agenouillé par terre, et je sens des décharges parcourir ma peau partout où on se touche.

Je ferme à nouveau les yeux et me demande pourquoi je fais ce rêve – celui dans lequel Gunther se sert de moi pour entraîner ses biceps. Et si c'est le cas, pourquoi ne suis-je pas dans les airs ? M'a-t-il posée le temps de reprendre des forces ? Tout ce que je sais, c'est que ma présence dans la salle de sport expliquerait pourquoi j'ai le vertige. J'ai dû soulever trop de poids lors de la dernière séance.

— Elle vient de reprendre connaissance, j'entends dire Ashildr au loin. Je crois.

Oh merde. Ce n'est peut-être pas un rêve.

Tout me revient d'un coup. Ashildr qui se met à saigner, et moi qui défaille comme une gourde, et Gunther qui a dû tout voir.

Je garde les yeux fermement fermés cette fois. Je n'ai vraiment pas envie de voir à nouveau Ashildr saigner du nez, parce que je m'évanouirais une seconde fois. Rien que de penser à cette scène me rend vaseuse.

— Vous voulez bien partir ? murmuré-je. J'ai besoin de tout l'oxygène présent dans cette pièce.

Avec un peu de chance, aucune goutte de sang n'a coulé dans mon bureau.

— Laisse-nous, aboie Gunther de sa voix autoritaire, digne d'un commandant de l'armée.

— Remets-toi bien, marmonne Ashildr, puis je l'entends détaler.

Je jette un coup d'œil à travers mes cils.

Ouf. Il a emporté la carte, son nez et toute trace de sang. Maintenant, je n'ai plus qu'à me débarrasser de Gunther, et je ne mourrai peut-être pas d'humiliation, finalement.

— Comment tu te sens ? demande Gunther d'une voix douce.

Je me sens ridicule. La première fois que j'ai entendu Ashildr me parler de son problème de nez, j'aurais dû acheter un humidificateur d'air à mettre dans mon bureau.

— OK, lâche Gunther en me soulevant comme une mariée ou une paire d'haltères. Allons-y.

Il commence à m'emporter avec lui, et je m'agrippe instinctivement à ses épaules avant de me rendre compte de ce que je suis en train de faire. Je me trémousse dans ses bras, mais il me serre comme un étau, ou une paire de menottes.

Et maintenant, j'ai des idées coquines en tête.

— Où tu m'emmènes ? demandé-je en faisant mon possible pour ne pas trop inhaler son délicieux parfum qui m'enveloppe.

— À l'hôpital.

Quand il m'annonce ça, on est déjà à mi-chemin de l'ascenseur.

À l'hôpital, je risque de me retrouver face à encore plus de sang, alors m'amener là-bas reviendrait à soigner l'alcoolisme avec du Spirytus Stawski – une vodka polonaise composée à 96 % d'alcool.

— Repose-moi, ordonné-je.

Je me trémousse encore en vain, repoussant ses épaules aux muscles durs comme la pierre.

Malgré ma requête bruyante, tous les sbires de Grignote & Croque autour de nous ont le nez sur leur écran et font comme si le spectacle de Gunther en train de porter une collègue femelle et belliqueuse dans ses bras était aussi ordinaire que le blues du lundi matin.

— Vraiment, je vais bien, grogné-je une fois qu'on est dans l'ascenseur.

Il me presse plus fort contre sa poitrine le temps d'appuyer sur le bouton de l'ascenseur avec son coude.

— Les gens qui vont bien ne s'évanouissent pas.

Devrais-je lui dire la vérité ?

Hors de question. C'est la dernière chose dont j'ai envie. Il va soit se moquer de moi, soit avoir pitié, et je ne sais pas lequel serait le pire.

— Je devais être en hypoglycémie, lâché-je.

Oups. De toute évidence, c'était la mauvaise excuse.

Ses yeux s'écarquillent comme une loupe pointée sur un insecte une journée ensoleillée.

— Tu as oublié de manger ? Encore ?

Encore ? Ah, c'est vrai. Le jour où j'ai cru qu'on allait s'embrasser, j'ai donné la même excuse.

Merde. Après cet incident, il m'a cassé les pieds pour que je mange pendant un bon moment. Le pire, c'est que, depuis qu'on s'entraîne ensemble, il n'arrête pas de me répéter que je dois prendre un bon apport calorique après les séances, et il partage souvent ses boissons protéinées avec moi.

Il est temps de rétropédaler.

— J'ai juste commis une erreur. J'étais occupée. Quand tu...

— Arrête, lâche-t-il avant de me reposer délicatement au sol.

Vais-je devenir la première personne au monde à me faire virer pour avoir omis de manger ? Ou la première employée à recevoir une fessée à côté de l'ascenseur ? Gunther sort une barre protéinée de la poche intérieure de sa veste de costume.

— Mords là-dedans.

Je ravale un « va te faire foutre » et obéis, grognant intérieurement en voyant avec quelle intensité il m'observe – comme s'il ne me croyait pas capable d'avaler.

Je mâche de manière très appuyée et déglutis bruyamment. Puis, pour faire bonne mesure, j'ouvre la bouche pour lui montrer que j'ai avalé ma bouchée.

Ses yeux pétillent.

— Bien. Maintenant, on va à la cafétéria.

L'ascenseur s'ouvre au moment où je demande :

— Pourquoi ?

Il me pousse dans l'ascenseur.

— Parce que c'est dans ce genre d'endroit qu'on va pour manger ?

Je grogne.

— Octothorpe, désactive les fonctions Wikipédia agaçantes.

À ma grande stupéfaction, un petit haut-parleur au-dessus de sa tête répond d'une voix de *chipmunk* :

— Toutes les notifications sont déjà désactivées dans l'ascenseur.

— Super, grommelé-je. La machine à café ne dispose pas d'une intelligence artificielle, mais l'ascenseur, si. Je redoute le moment où je me mettrai à parler à un siège de toilette.

Gunther appuie sur le bouton de la cafétéria, un petit sourire étirant ses lèvres.

Je plaque les mains sur les hanches.

— Tu n'as jamais répondu à ma question.

Il soupire.

— Puisque tu as oublié de manger, je vais te superviser.

Mes mains retombent le long de mes flancs.

— Quoi ?

— On va déjeuner ensemble. En utilisant de vraies assiettes. C'est un concept étranger pour toi, je sais.

Je lève les yeux au ciel.

— Et tu comptes aussi me donner la béquée ?

Je suis bien contente que mon mensonge n'ait pas inclus l'oubli d'autres fonctions corporelles. De toute évidence, il meurt d'envie de trouver d'autres trucs à superviser.

Le sourire de Gunther est purement infâme.

— La béquée, ce sera la solution de dernier recours.

Hmm. Pourquoi cette idée me paraît-elle un peu sexy ?

Non. Arrête ça. Ça ne va pas du tout.

À moins que si ? J'en ai marre de la nourriture du garde-manger, même si c'est gratuit. En parlant de ça…

— On va parler affaires pendant qu'on mangera ?

— Pourquoi ? demande-t-il en imitant ma voix de tout à l'heure.

— Ashildr m'a dit que, quand c'était une réunion d'affaires, les repas de la cafétéria étaient gratuits.

Gunther ricane.

— On *peut* parler affaires, mais on n'est pas obligés. Quoi qu'il en soit, c'est moi qui offre.

— Oh. Je suppose que ce ne serait pas la fin du monde si je mangeais du homard en ta compagnie… juste pour cette fois.

L'ascenseur s'ouvre et, tout en sortant, Gunther lance par-dessus son épaule :

— Pas juste cette fois. Tous les jours.

Oh.

Tous les jours. Ensemble.

Je n'ai pas le temps de décider ce que je pense de ce nouveau développement, parce que je dois accélérer le pas pour tenir le rythme avec ses longues enjambées, tandis qu'il me guide vers le restaurant chic. Il rejoint aussitôt l'espace fermé et exclusif où il y a une cheffe de rang, des serveurs et des menus sur papier plastifié, avec une police d'écriture Centeria Script raffinée.

— Bonjour, Monsieur Ferguson, dit la cheffe de rang d'une voix aussi mielleuse que mon prénom. Voulez-vous une table de réunion ou votre place personnelle ?

— La personnelle, répond-il.

Elle hoche la tête et nous amène à la plus jolie table de cet espace – avec des couverts qui ont l'air en platine et une vue sur Manhattan qui me laisse sans voix.

Quand je sors de ma transe, je regarde le menu, et marmonne un juron quand je vois les prix exorbitants.

— Sois polie, me sermonne Gunther, mais son ton est moins sévère que d'habitude.

Je tourne une page.

— Je croyais que les prix étaient réduits ici.

Il hausse les épaules.

— La section libre-service l'est. De toute façon, vu qu'on a volé un chef cuisinier à un restaurant étoilé du guide Michelin, je pense que ces prix sont plutôt raisonnables.

— Si tu le dis.

Il se penche et prend un ton conspirateur.

— Si ça peut rassurer l'amoureuse des bonnes affaires en toi, je vais plus ou moins me payer moi-même.

Ah, c'est vrai. Il m'arrive d'oublier qu'il est le

propriétaire de tout ce qui a trait au Grignote &
Croque, y compris ce restaurant.

— Dans ce cas-là, je vais prendre le « Terre et
Mer », annoncé-je, nommant le plat le plus cher du
menu. Je veux être sûre que tu fasses un bon profit.

— Tu as de la chance, répond-il avant de faire signe
au serveur.

En quoi serais-je chanceuse ? Avant que je n'aie pu
lui poser la question, le serveur arrive avec un joli
panier de pain.

Gunther commande un « Terre et Mer » pour moi
et un toast à l'avocat accompagné d'œufs Bénédicte
pour lui.

Deux repas ? Vu ce que je l'ai vu faire à la salle de
sport, ça paraît logique.

— Tu commandes toujours des trucs qui ne sont pas
sur le menu ? demandé-je une fois le serveur reparti.

— Les toasts et les œufs sont sur le menu du
brunch, explique Gunther. Dans tous les cas, le chef a
toujours les ingrédients à disposition, vu que je
commande souvent ce *combo*.

Hmm. Alors, pourquoi ai-je de la chance de prendre
un steak et du homard ?

— Tu es végétarien ?

Il secoue la tête.

— Je m'en tiens aux aliments pauvres en fer.

C'est vrai. Il a déjà mentionné ce problème, mais vu
que c'était dans le contexte des prises de sang, j'ai
réprimé ce souvenir, comme tout ce qui a trait à ma
phobie.

Zut. Rien que d'y penser, je me sens à nouveau étourdie.

— Mords dans un morceau de pain, ordonne-t-il. Tu as l'air pâle à nouveau.

Avec un soupir, j'obéis.

Le pain est délicieux, surtout la croûte croustillante, et je me sens vraiment mieux après ça.

— Tu as désormais de nouvelles responsabilités dans ce boulot, remarque Gunther quand je relève les yeux.

— Ah oui ?

Il prend un petit pain dans le panier.

— Tu vas prendre une photo de tous tes petits-déjeuners et dîners, avant de me les envoyer.

Je commence à me hérisser, mais je me retiens. Ce sont mes mensonges qui m'ont entraînée dans cette situation.

— Et si je refuse ? Tu me donneras la béquée ?

— Pire encore. Chaque photo manquante te coûtera 1 % de ton bonus.

— Je vais avoir un bonus ?

— À partir de maintenant, oui.

Il voit l'intérêt dans mes yeux et prend un air triomphant.

— Ou plus précisément… tu en auras *peut-être* un.

Très bien. Je veux bien prendre des photos, si je suis payée pour ça plus tard. Après tout, certaines personnes postent ce genre de trucs sur leurs réseaux sociaux gratuitement.

— Tu les veux à quelle heure ?

Le coin de ses lèvres pleines tressaille.

— À quelle heure tu manges, en général ?

Je lui réponds, et il hoche la tête d'un air approbateur.

— Tu pourras m'envoyer les photos juste après.

— D'accord. Il ne faudrait pas que je repousse mes repas.

— Un truc comme ça.

— Très bien. Je vais essayer.

Il fronce les sourcils.

— Pas « essayer ». Le faire.

— OK, Yoda.

— Si tu as besoin que je te le rappelle, je pourrai t'envoyer un message. Mais si je fais ça, autant que je partage d'autres de tes excellentes idées hallucinogènes. Comme celle-ci.

Il sort son téléphone et appuie sur une touche de l'écran.

— Colorier tous les panneaux routiers en violet, dit ma voix.

Je grimace.

— C'est du chantage ?

Il écarte les mains.

— J'ai dit que je ne les enverrais qu'à *toi*, et pas à tout un groupe de personnes.

Ouais. C'est bien du chantage.

Le serveur revient avec un plateau.

Je me mets à baver. Tout a l'air délicieux. Mon « Terre et Mer » ressemble à l'un de ces faux repas qu'ils fabriquent pour les pubs, avec de la colle, des éponges et du cirage à chaussures. Sauf que celui-là est bien réel. Mieux encore, ce chef-d'œuvre culinaire est aussi savoureux qu'il en a l'air et – à en croire l'expression béate sur le visage de Gunther – son plat est excellent, lui aussi.

Est-ce à cela que ressemblerait Gunther s'il me dévorait, moi ?

Je manque de m'étrangler avec mon homard.

Gunther me lance un regard noir.

— Je ne t'ai jamais dit de manger si vite que tu t'étoufferais avec.

Aurais-je envie qu'il m'étrangle tout en me dévorant ?

Grr. Sérieux ? J'ai besoin d'une distraction, et vite, avant que mon visage ne commence à prendre la même teinte que le homard dans mon assiette.

— Parle-moi de toi, lâché-je.

Ouais. Un sujet bien plus sûr – à moins qu'il me dise qu'il aime manger des pots de miel percés.

Gunther incline la tête.

— Qu'est-ce que tu veux savoir ?

Je hausse les épaules.

— Un truc que peu de gens savent ?

Il ouvre la bouche, puis semble changer d'avis.

— Je ne suis pas sûr de pouvoir te faire confiance pour ce genre de choses, finit-il par admettre.

Je me frotte presque les mains de jubilation.

— Oh, allez. Arrête de me titiller comme ça.

— Peut-être que tu pourrais me dire un truc embarrassant sur toi ?

Diabolique.

— Tu as déjà les idées que j'ai eues quand j'hallucinais. Qu'est-ce qu'il te faut de plus ?

— Un truc plus personnel, répond-il.

— Très bien, cédé-je en plongeant un morceau de homard dans du beurre. J'aime les films d'horreur.

Ça a commencé comme une tentative de thérapie par exposition, mais j'ai découvert que la vue du sang à l'écran ne me dérangeait pas du tout – sûrement parce que je sais qu'en réalité, c'est juste du sirop de glucose ou de chocolat avec du colorant alimentaire rouge, ou même des CGI dans les films plus récents.

Il semble à deux doigts de s'étrangler avec sa purée d'avocats.

— Tu es voyante ou quoi ?

— Pourquoi ?

— Le secret honteux que j'hésitais à te confier a un rapport avec les films d'horreur. Ceux vraiment affreux.

Je le regarde en plissant les yeux.

— Impossible.

— Si. J'aime les films « machin vs bidule » que tout le monde déteste.

Je laisse tomber ma fourchette avec un hoquet.

— Moi aussi.

Il a l'air sceptique.

— Tu es en train de me dire que tu es la première personne que je rencontre qui soit comme moi ?

Je suis tout aussi sceptique.

— À supposer que tu n'aies pas tout inventé.

— Quel est ton film préféré ? demande-t-il. Ne réfléchis pas.

— *Freddy vs Jason*. Et le tien ? Vite.

— *Alien vs Predator*, répond-il sans hésitation.

— Il est encore pire que le mien… et tu as répondu si vite. Tu ne mens peut-être pas, finalement. Putain. Je n'arrive pas à croire que j'ai rencontré un autre fan des « versus ».

Sa bonne humeur se voile.

— Sois polie, s'il te plaît.

Je lève les yeux au ciel, prends un couteau et commence à couper mon steak pendant que Gunther m'observe avec une désapprobation grandissante.

— Je vais essayer de ne plus dire de gros mots à partir de maintenant, dis-je. Promis, juré.

— Il n'y a pas que ça, répond-il avec un signe de tête vers mes mains. Tu devrais tenir ton couteau dans la main droite.

— Ah, vraiment ?

— C'est pour ça qu'il était à la droite de ton assiette, continue-t-il. Et puisqu'on parle des bonnes manières à table, tu ne devrais pas utiliser ta fourchette à homard pour ton steak.

Il fait un geste vers la fourchette normale à gauche de mon assiette.

— Autre chose, cher monsieur ? demandé-je avec assez de sarcasme dans la voix pour tuer un cheval.

Il hoche la tête, tout à fait sérieux.

— Les pointes de ta fourchette ne devraient pas être tournées vers toi.

Il prend sa fourchette et son couteau pour mimer le geste de couper un steak imaginaire.

— Compris.

Je prends les bons couverts dans les bons appendices, et coupe lentement le steak comme il me l'a montré, tout en levant les yeux au ciel.

— Merci, dit-il.

— Aucun problème, je mens. Dis-moi, quel est le film « versus » que tu aimes le moins ?

Il se gratte le menton.

— *King Kong vs Godzilla.*

— Ce n'est même pas un film d'horreur.

— Ouais. Peut-être. Et toi ?

— Si on sort des films d'horreur, *Scott Pilgrim vs le Monde.*

Il hoquette d'un air théâtral.

— Ce film est tellement sous-coté. Pourquoi tu ne l'aimes pas ?

Je souris.

— Ce sont justement les critiques positives qui me posent problème. Pour être un vrai film de « versus », il faut contenir des scènes d'horreur ringardes et de mauvaises critiques.

Ses yeux émeraude pétillent et il me rend mon sourire.

— Mais tu dois bien admettre que le casting est incroyable.

— Vraiment ?

— Complètement. L'un des ex diaboliques est ensuite devenu La Torche, puis il a été rendu célèbre en tant que Captain America. Un autre a été Superman, et une autre encore Captain Marvel.

Je goûte les asperges grillées dans mon assiette, et même ce légume ennuyeux à un goût délicieux ici.

— Tricheur, je réponds. J'ai l'impression que tu aimes autant les films de superhéros que ceux de « versus ». Peut-être même plus.

Il secoue la tête avec véhémence.

— Non. Les films « versus » auront toujours une place particulière dans mon cœur. Mais qui n'aime pas les bons gros *blockbuster* de superhéros ?

— Moi, répliqué-je en étrécissant les yeux. Laisse-moi deviner. Ton préféré est *Captain America*. Chris Evans est un modèle de vertu propre sur lui dans cette franchise. Tu te sens sûrement proche de lui.

Il baisse les yeux sur son costume parfaitement ajusté, puis les relève sur moi.

— Ce serait comme si je disais que tu dois être une fan de *Les hommes qui n'aimaient pas les femmes* parce que l'héroïne a des tatouages et des piercings.

J'agite ma fourchette d'un air triomphant.

— J'aime *vraiment* ce film, tout autant que les versions suédoises et les livres, donc ma logique fonctionne.

— Eh bien, mon héros préféré est Deadpool. Il n'est pas si propre sur lui.

— C'est ça. Joué par Ryan Reynolds, le propre sur lui. Regarde *La proposition*. Tout est dit.

Il pousse un soupir.

— Tu es incorrigible.

— Si tu sous-entends par là qu'il est futile d'argumenter avec moi, alors oui. Ne t'embête pas à essayer.

Je goûte enfin la purée de pommes de terre, et sans surprise, elle est divine.

— Je n'arrive pas à croire que tu tolères tous ces gros mots dans *Deadpool*.

Il ricane.

— Ce n'est pas parce que je pense que lâcher des vulgarités au boulot n'est pas professionnel que je suis prude.

— Tu es sûr de ça ?

— Oui.

Il lance un regard envieux à mon assiette.

— Comment est ton plat riche en fer ?

— Délicieux, je réponds d'un ton penaud. Et je suis désolée, la prochaine fois, je commanderai autre chose.

— Pas la peine. Laisse-moi vivre par procuration à travers toi.

Hmm.

— Comme ça ?

Je me sers de la bonne main pour planter doucement ma fourchette dans un morceau de steak, puis je la porte à ma bouche dans un geste sensuel, et mâche lentement.

Waouh. Le bœuf doit vraiment beaucoup lui manquer. Son regard vorace me rappelle celui d'un loup affamé.

Gunther rajuste sa cravate.

— J'ai plus l'impression que tu m'aguiches.

Pour une raison inconnue, il a la voix un peu rauque.

— Désolée, dis-je sans le penser une seule seconde.

À la salle de sport, il m'aguiche tout le temps avec sa chair masculine. Ce n'est que justice si je l'aguiche avec la version bovine dans mon assiette.

— Dis-moi autre chose sur toi, demande Gunther, changeant volontairement de sujet.

Je mange un morceau de homard de la manière la moins aguicheuse possible – je vais même jusqu'à renoncer à le tremper dans le beurre.

— Comme tu le sais déjà, j'aime les Ramones. Mais aussi les Sex Pistols. Ou devrais-je dire les *bip* Pistols ?

Il grimace.

— Les Ramones sont les auteurs de la chanson de *Spiderman* à donner la migraine que tu avais lancée dans ton bureau ?

— Et tu oses te qualifier de fan de superhéros ? répliqué-je en faisant claquer ma langue. Quel est ton musicien favori ?

— Kenny G. répond-il en souriant tendrement.

Je recrache mon homard.

— Ce jazzman ringard ?

— Non, rétorque-t-il en plissant les yeux. Le talentueux musicien.

— Fais-moi écouter une chanson à lui, le défié-je.

Gunther sort son téléphone et lance *quelque chose*. Au début, j'ai l'impression d'être à l'enterrement d'Enya, puis un saxophone triste entre en jeu, et c'est à ce moment-là que je me rends compte que ce sont plutôt les funérailles du concept même de bonne musique.

— Éteins ça, le supplié-je.

Il baisse le son jusqu'à ce qu'on entende à peine le saxo, mais c'est encore trop fort.

— En entier, insisté-je. Et préviens tes avocats, mes oreilles vont porter plainte.

— Tu es folle, lâche Gunther en serrant son téléphone toujours en train de miauler d'un geste protecteur. C'est de l'excellente musique.

— C'est horrible.

— Eh bien, le public a parlé, répond-il en éteignant enfin ce crime contre l'humanité. Kenny G. est l'artiste le plus rentable de tous les temps, avec plus de soixante-quinze millions de disques vendus.

— Oh, ce silence, quel bonheur, lâché-je en essuyant la sueur imaginaire sur mon front. Les Ramones ont quasiment inventé le punk rock, un tout nouveau genre de musique.

— Kenny G. a redéfini le concept de musique de détente.

Je ricane.

— Musique de détente. Ça devrait plutôt s'appeler « viol des oreilles ».

Gunther ouvre la bouche pour rétorquer, mais le serveur arrive et examine nos assiettes presque vides.

— Quelqu'un a encore de la place pour le dessert ?

Gunther et moi échangeons un regard interrogateur.

— Tu veux qu'on partage quelque chose ? suggéré-je.

— Je ne mange pas d'aliments sucrés en général, répond-il. Mais je peux prendre une cuillerée de ce que tu choisiras.

— Vous avez de la glace ? demandé-je au serveur.

Il redresse le dos.

— Nous avons de la vanille, du chocolat, du thé vert et du beurre de noix de pécan.

Waouh.

— Prenons de la vanille, demandé-je avant d'adresser un sourire à Gunther. Je suis sûre que c'est ton parfum préféré.

Gunther marmonne quelque chose d'inintelligible pendant que le serveur s'éloigne.

— Alors, tu aimes travailler chez Grignote & Croque ? demande Gunther.

J'arque un sourcil.

— C'est une menace ? Ou bien tu t'assures qu'il s'agisse bien d'un déjeuner d'affaires pour pouvoir déduire ça de tes impôts ?

Il soupire.

— Il faudra bien plus que quelques blagues pour me pousser à te menacer de licenciement. Pour ce qui est des impôts, je…

— Ne te méprends pas, j'approuverais de tout cœur, si tu arrivais à récupérer un peu d'argent du gouvernement pour ce déjeuner, assuré-je en englobant la table d'un geste. Dans ta tranche d'imposition, ça doit bien faire 40 % de réduction.

Il ricane.

— C'est mon comptable qui t'a demandé de faire ça ?

Avant que je n'aie pu répondre, le serveur revient avec un beau plateau de glace. Une fois qu'on est à nouveau seuls, je plonge la main dans ma poche et demande :

— Ça te dérange si je transforme ça en *sundae* ?

Gunther fronce les sourcils.

— Non, mais…

Il se tait en me voyant sortir un petit sachet de M&M's, et me regarde garnir la glace avec. Ensuite, je sors une poignée de caramels, les sors de leur emballage et les ajoute à ma création, suivis d'un sachet d'oursons en gélatine.

Il finit par sortir de son hébétude.

— Tu te balades toujours avec des sucreries dans tes poches ?

— Seulement quand je travaille dans un endroit qui en propose gratuitement dans son garde-manger, je réponds.

— OK, mais pourquoi ne pas avoir directement commandé un *sundae* ?

Je le regarde comme s'il était abruti.

— Et payer double ?

— Je t'ai dit que c'était moi qui payais.

Je hausse les épaules.

— Je n'ai pas envie que quiconque gaspille de l'argent, même toi.

— OK, vas-y alors.

Il me regarde, fasciné, pendant que j'ajoute quelques autres produits du garde-manger sur le dessert, mais quand je sors des *Reese's Pieces*, il grimace.

— Si tu veux toujours partager, évite tout ce qui contient du beurre de cacahuète, s'il te plaît.

Je me fige au milieu de mon geste.

— Tu es allergique ?

Il hoche la tête, mais a l'air incertain.

Bon, peu importe.

— Le *sundae* contient déjà bien assez d'ingrédients, annoncé-je en fanfare. Tu peux attaquer.

Il en met une cuillerée dans sa bouche et émet un son approbateur.

— Je ne suis pas sûr que mon dentiste apprécie les effets de tout ça, mais c'est délicieux.

Je mange une cuillerée à mon tour et hoche la tête. Je ne suis peut-être pas aussi accro au sucre que ma sœur Lemon, mais j'apprécie un bon *sundae* de temps en temps – surtout quand c'est gratuit.

— Tu sais pourquoi on appelle ça un *sundae* ? demande Gunther. Avec cette drôle d'écriture ?

Je secoue la tête.

— Je sens que tu t'apprêtes à faire du *mansplaining*.

Il pose sa cuillère.

— Pas si tu n'as pas envie de savoir.

J'engloutis une autre bouchée.

— Eh bien, tu as piqué ma curiosité. Pourquoi ça s'appelle et ça s'écrit comme ça ?

— Je devrais peut-être te laisser frustrée.

À en croire nos séances de sport, il est très doué

pour me frustrer – à tel point que je doive me servir du blog de masturbation de Lemon.

— Tu sais que je peux me servir de cette invention appelée Google ?

— Ne fais pas ça. Je vais t'expliquer, répond-il.

Il lèche sa cuillère, puis prend un ton professoral.

— À l'époque, les sodas à la crème glacée étaient très populaires, mais il existait des lois qui les interdisaient le dimanche, alors…

— Une seconde, pourquoi ?

— Ils étaient si bons qu'ils étaient considérés comme un péché.

— Hmm. Ils mettaient la barre assez bas, niveau péché, avant l'invention des Oreos frits et de Pornhub.

Il sourit.

— Ouais. Ils ont dû inventer un autre dessert glacé plus acceptable et qu'on puisse savourer le dimanche. Il est devenu associé à ce jour précis, mais ils l'ont écrit autrement en respect pour le dimanche, « sunday » en anglais.

Si on suit cette logique, si M. Suce & Lèche est scandaleusement bon – et il y a de fortes chances pour que ce soit le cas –, je devrai trouver une version plus acceptable le dimanche. Peut-être ne pourrais-je le lécher qu'à travers un préservatif ?

— L'addition, s'il vous plaît, dit Gunther au serveur quand il passe près de nous, interrompant mes réflexions lexicographiques.

Puis il se tourne vers moi.

— Désolé. Je dois filer, j'ai une réunion.

Je pointe du doigt l'assiette à dessert vide.

— On avait fini, de toute façon.

Gunther prend l'addition au serveur et laisse tomber une liasse de billets dessus.

— Même heure, même endroit, demain ?

— OK.

Mon cœur perfide accélère – sûrement pour se venger de tout ce cholestérol que j'ai consommé.

— On repart ensemble ? proposé-je en bondissant sur mes pieds.

Il se rapproche de moi, le regard plein de regret.

— La réunion a lieu en centre-ville, je ne peux donc t'accompagner que jusqu'à l'ascenseur.

— Ça marche.

Sérieux, mon cœur, qu'est-ce qui te prend ?

Le trajet jusqu'à l'ascenseur est un peu gênant – de mon point de vue, en tout cas, parce que j'ai l'impression que des coussinets de chat pétrissent mon ventre. Ce qui me rappelle un truc…

— Ça te dirait d'adopter un chaton ? lâché-je.

Il ralentit le pas et tourne son regard émeraude et incrédule vers moi.

— Un quoi ?

— Un bébé chat. Tu sais, une toute petite créature adorable qui miaule. Ça te dit quelque chose ?

— Pourquoi ?

Je soupire.

— Tu as mentionné que tu aimais les chats, et je devais te poser la question, mais…

— Je voulais dire, pourquoi as-tu des chatons à donner ?

— Oh. Mon matou a défloré le chat femelle de ma camarade de couvée.

Il se remet à marcher d'un pas vif.

— Ça m'a l'air vaguement incestueux.

— C'est ce que j'ai dit !

Il me tient la porte de la cafétéria ouverte avec un sourire.

— Et puis, au risque d'être à nouveau accusé de *mansplaining,* je dois te préciser que l'équivalent féminin de « matou » est « minette ».

— Je suis à peu près sûre que le terme « minette » est un autre nom pour parler de l'ecstasy, comme la drogue MDMA, je réponds en passant la porte.

— Ce n'est pas parce qu'on appelle cette drogue comme ça que ça ne peut pas aussi qualifier un chat de « femelle ». Le mot « ecstasy » a aussi d'autres significations.

Il s'arrête près de l'ascenseur et a la gentillesse d'appuyer à la fois sur les flèches du bas et du haut.

Je regarde ses doigts, et l'imagine sans mal me faire hurler d'extase – sans requérir la moindre drogue.

Je me racle la gorge, la bouche soudain devenue sèche.

— Ma sœur appelle son chat femelle une « reine ».

— On emploie ce terme dans le contexte de la reproduction. En anglais, la mise bas des chattes s'appelle « queening », même si je ne sais pas bien pourquoi.

— Quelque chose que tu ne sais pas ? L'univers risque d'exploser.

Je souris pour rendre mes paroles moins désagréables, puis ajoute :

— C'est peut-être parce que, dans les stéréotypes, les femelles ont la réputation d'être raffinées et pointilleuses, comme les reines.

— Peut-être.

L'ascenseur s'ouvre, et Gunther le regarde, puis moi.

C'est mon imagination ou il est réticent à l'idée de me quitter ?

— Au revoir ? hasardé-je doucement.

— Ouais, répond-il, mais sans se diriger vers l'ascenseur.

— Demain, même heure, même endroit ? demandé-je.

J'ai aussitôt envie de me gifler. Pourquoi je dis ça comme si c'était un rencard ?

— Oui. Demain, répète-t-il.

Mais il n'avance toujours pas vers les portes de l'ascenseur sur le point de se refermer.

Une nouvelle porte d'ascenseur s'ouvre, avec la flèche vers le haut au-dessus cette fois. Le mien, en d'autres termes.

— Je ferais mieux d'y aller, dis-je, mais sans bouger.

— Oui, acquiesce-t-il en faisant un pas vers moi. Il ne faudrait pas qu'on soit en retard.

Comme en réponse, les portes de l'ascenseur se referment.

À l'unisson, nous tendons la main pour appuyer à nouveau sur le bouton du bas.

Bordel de merde. Son doigt touche le mien, et j'ai l'impression que mon clitoris est devenu un composant du moteur de l'ascenseur.

J'écarte vivement la main.

La porte du bas s'ouvre à nouveau.

Je l'imagine surtout s'abaisser devant moi.

Gunther pointe du doigt l'ascenseur qui monte tout en rivant son regard au mien.

Sérieux ?

Ses yeux vert émeraude semblent aussi profonds que l'océan, tandis que ses lèvres remuent.

— Vas-y.

Je ne peux pas, alors je réponds :

— Toi d'abord.

— Les dames d'abord, insiste-t-il.

Mais sa façon de me regarder ne me donne pas l'impression d'être une vraie dame.

— L'âge avant la beauté, je parviens à articuler.

— Je n'ai que deux ans de plus que toi, rappelle-t-il d'une voix rauque, mais toujours sans bouger.

C'est ridicule. Il se comporte comme dans le garde-manger : il fait semblant de vouloir m'embrasser, alors qu'on sait tous les deux que c'est tout sauf vrai.

— Est-ce que ce serait inapproprié si on s'enlaçait pour se dire au revoir ? m'enquis-je.

Parce qu'il faut bien qu'on fasse *quelque chose* pour sortir de cette impasse ridicule. Il fronce ses sourcils sombres.

— À moins qu'on doive d'abord remplir un formulaire pour les Ressources Humaines qui nous autoriserait à nous étreindre ? demandé-je.

Cela semble suffire à rompre le sort qui le paralysait. En un clin d'œil, il m'enveloppe de ses bras forts et me presse contre ses délicieuses courbes dures.

Waouh. Il a quelque chose de particulièrement dur dans la poche. Est-ce que c'est… ?

Avant que je n'aie pu aller au bout de cette pensée – ou avant que je n'aie pu me demander comment on épelle « câlingasme » –, Gunther me lâche et plonge dans la cabine d'ascenseur comme s'il était en retard pour une transplantation d'organe.

Je me dirige vers mon ascenseur en chancelant, mais je n'ai plus envie de remonter dans mon bureau.

Non. Je dois aller à la salle de sport, parce que c'est l'endroit le plus proche d'une douche froide.

Treize

Q**UAND JE RENTRE CHEZ MOI CE JOUR-LÀ, J'OUVRE LE** frigo pour prendre un burrito saucisse, œufs et fromage de la marque Grignote & Croque.

Il y en avait deux pour le prix d'un, et j'en ai acheté tellement que j'ai fini par m'en lasser. Avec un soupir, je le place dans le micro-ondes et, en attendant, j'ouvre une boîte de pâté pour chat. Mon chat ne daigne manger que cette marque et ce parfum, et comme par hasard, elle n'est jamais en solde.

— Lapinou ? l'appelé-je.

Il débarque dans la pièce, et saute gracieusement sur le meuble de la cuisine sur lequel j'ai posé son bol.

Celle qui me nourrit s'est à nouveau attiré ma colère. Elle devrait toujours manger des repas qui coûtent moins cher que les miens. Et qui sont moins nutritifs.

Mon téléphone sonne. Un message de Gunther.

C'est l'heure du dîner, et je n'ai pas ce qu'on m'avait promis. Voilà l'une des idées pratiques de ton message vocal, qui reste entre toi et moi pour l'instant : « *Bannir toutes les robes à pois. Et les céramiques à pois. Peut-être même les bandes dessinées où figure Polka-Dot Man.* »

Je me donne une tape sur le front, et Lapinou lève les yeux de son bol, l'air mécontent.

Si celle qui me nourrit veut souffrir, elle n'a qu'à demander. Mes griffes et mes dents s'exécuteraient avec plaisir.

Je prends une photo de mon misérable burrito, l'envoie à Gunther et réfléchis à une réplique cinglante pour aller avec – mais mon téléphone sonne.

Mon cœur rate un battement.

C'est Gunther ?

Non. Pearl.

— Tiens, voilà la plus dégoulinante de mes sœurs, lancé-je en décrochant.

— Très drôle, réplique-t-elle. Comment allait Gunther aujourd'hui ?

Je souris.

— Quelqu'un a besoin de sa dose de ragots du soir ?

— Tu le sais très bien. Raconte, maintenant.

Très bien. Je lui raconte tout ce qui s'est passé depuis la dernière fois qu'on a discuté.

— Donc, dit Pearl quand j'ai terminé, il va prendre un chaton ?

— C'est tout ce que tu as à dire sur ce déjeuner ?

— Qu'y a-t-il d'autre à dire ? Mon opinion est toujours la même. Tu *vas* coucher avec lui. Tout ça, ce ne sont que des préliminaires prolongés. Économisezmoi un peu de temps passé au téléphone et lancez-vous.

Mon téléphone émet un *bip*, annonçant un message de Blue.

Moi aussi, je gagnerais du temps, si je pouvais cesser d'écouter vos conversations ineptes.

Je vous jure, parfois, je regrette de ne pas être née enfant unique.

— Oui, bien sûr. Je vais me sacrifier pour l'équipe. Tu avais une position et un emplacement particuliers en tête ?

Pearl émet un son songeur exagéré.

— La position… cow-girl inversée ? L'emplacement… et je suppose que tu ne parles pas de la chatte ou du derrière… si ce n'était pas aussi loin, je te suggérerais le Palace Hôtel. Tu sais, là où aura lieu le mariage.

Je manque de m'étrangler avec mon burrito.

— Quel mariage ?

— Tu n'as pas vu ? dit Pearl.

— Vu quoi ?

Blue intervient via message :

C'est pourtant très tape-à-l'œil.

Je fusille mon écran des yeux.

— De quoi tu parles ?

— Tu as regardé ton courrier ? demande Pearl.

Je secoue la tête, avant de me rendre compte que Pearl ne me voit pas – contrairement à Blue, j'en suis sûre.

— Je vais le faire tout de suite.

Je prends une grosse bouchée de mon dîner, puis je vais ouvrir mon courrier et le parcours à la recherche d'un truc tape-à-l'œil. Et bordel, je le trouve. Un truc qui est aux enveloppes ordinaires ce que Liberace était à la race humaine.

— Ce sont de vrais joyaux ? demandé-je dans le téléphone tout en ouvrant l'objet ostentatoire.

— Sûrement, répond Pearl. Et avant que tu ne poses la question, *oui*, tu as le droit de le mettre en gage.

Ce n'est pas ce que je m'apprêtais à demander, mais c'est une excellente idée. Je sors la lettre et hoquette. Elle n'est pas en papier. C'est une fine couche d'or, et des mots sont gravés dedans.

Vous et un accompagnateur êtes invités au mariage de Mlle Gia Hyman et Son Altesse Royale, Anatolio Cezaroff.

Et ainsi de suite.

Incroyable. Jusqu'à aujourd'hui, je croyais que le meilleur tour de magie de la carrière de Gia avait été de sortir avec un vrai prince, mais elle allait même l'épouser maintenant. Dans l'hôtel où elle effectue son spectacle de magie.

— Elle aura le titre de princesse une fois que ce sera fait ? demandé-je, les yeux toujours posés sur l'invitation.

— Pas sûr, répond Pearl. Mais si oui, elle va nous obliger à l'appeler exclusivement « Princesse Gia ».

Pour la défense de Gia, c'est ce que je ferais aussi.

— C'est tellement injuste, marmonne Pearl. C'était *mon* rêve d'épouser un prince, pas le sien. Tout ce qu'elle voulait, c'était devenir le David Blaine féminin. Ou Copperfield. Ou Goliath.

— Goliath n'était pas un David, il a été tué par l'un d'eux.

— Ça s'appelle une blague, rétorque Pearl d'un ton sarcastique. Et puis, Goliath était un géant, ça convient très bien à l'égo du personnage de magicienne de Gia.

Je détourne enfin les yeux de cette invitation grotesque.

— Tu vas amener quelqu'un ?

— Non, ce sera un job payé pour moi. On m'a dit qu'il y aura de riches amateurs de fromage là-bas, alors j'ai supplié Gia de me laisser apporter les hors-d'œuvre.

Je souris.

— Qui contiennent tous du fromage, j'en suis sûre.

— C'est l'opportunité de toute une vie.

— Et le reste de notre couvée ? l'interrogé-je.

Blue répond aussitôt : *J'emmène Max. Tu devrais inviter Gunther.*

— Oliver va emmener son habitant de Floride, dit Pearl. Évidemment, Lemon viendra avec son nouveau mari danseur. Holly aura son concepteur de jeux vidéo et Blue, son espion. Je n'ai pas parlé à Pixie depuis plusieurs jours, mais je parie…

— Nos parents seront là ? demandé-je, inquiète.

— Non, ils vont rater le mariage de leur première-née.

Un message de Blue intervient : *C'est Gia la première-née, pas Holly ?*

J'ignore mes sœurs et prends soudain conscience de

l'énormité de la situation. Si je suis la seule sœur célibataire des huit, toute la puissance de l'attention impie de ma mère sera sur moi – et elle s'inquiète déjà pour mes perspectives de rencards à cause de mes piercings et tatouages, même si elle ne l'a jamais admis.

Merde. Si je n'emmène personne, ma mère va se mettre dans la tête qu'elle doit « avoir une discussion » avec moi – et je n'ai pas envie de l'entendre m'énumérer tous les bénéfices des orgasmes pour la millionième fois.

Je me pince l'arête du nez et m'efforce de trouver quoi faire. Ma vie amoureuse désastreuse n'arrange rien, surtout ma dernière relation foireuse. Je croyais que c'était du solide, entre Spike et moi. J'avais fait tatouer son nom sur mon corps et – un engagement encore plus grand – j'avais annoncé à mes parents qu'il était « le bon ». La vie et les hommes étant ce qu'ils sont, deux mois plus tard, j'avais dû admettre à mes parents que lui et moi avions « pris la décision consciente de nous désaccoupler » – ce sont ses mots, pas les miens –, et j'ai transformé son nom en tatouage de *piñata* en forme de licorne, avec un piercing en forme d'anneau dans son membre bien monté d'équidé. Juste pour être claire, c'est la licorne qui est bien montée, pas Spike. Ce dernier était plutôt moyen, au mieux.

— Tu ferais mieux de répondre vite, dit Pearl, me tirant de mes réflexions moroses. Tu sais comment peut être Gia.

Oui, et non. Quand on était enfants, une Gia

mécontente signifiait du poivre dans votre culotte ou du dentifrice sur les cupcakes à la place du nappage. Mais que peut-elle me faire aujourd'hui ? À bien y réfléchir, il sera bien plus simple de confirmer rapidement ma présence à son mariage et de ne jamais le découvrir.

— Je vais m'en occuper tout de suite, je réponds. On se reparle demain.

Quatorze

LE LENDEMAIN, TANDIS QUE JE M'ENTRAÎNE AVEC Gunther, je ne peux m'empêcher d'éprouver un certain enthousiasme à l'idée qu'on va déjeuner ensemble après ça. Je le réprime autant que possible, mais il pétille comme les bulles d'une bouteille de soda qu'on aurait secouée. Je fais de mon mieux pour ne pas songer à ce que ça veut dire et conserve une attitude décontractée. Une fois dans la cafétéria, nous prenons nos commandes et bavardons du boulot pendant un certain temps, puis je me souviens qu'il ne m'a jamais dit s'il voulait prendre ce chaton.

— Tu me dois encore une réponse, remarqué-je au moment où le serveur arrive avec nos plats.

C'est la même chose que ce qu'a commandé Gunther hier, mais pour nous deux cette fois.

Il hausse un sourcil.

J'attends que le serveur soit parti avant de préciser :

— Cette proposition tentante que je t'ai faite.

Ses sourcils sont rejoints par un léger pli sur son front.

— Tu sais, insisté-je. Celle qui concerne une chatte… ou un chat.

À en juger son raclement de gorge bruyant, mes paroles ont failli le faire s'étrangler.

— Tu parles du chaton né d'un inceste ?

Avec un sourire, je hoche la tête, et goûte les œufs Bénédicte avant de gémir de plaisir.

Il semble être encore en train de s'étrangler.

— J'ai quelques craintes concernant ce *chaton*.

— Lesquelles ?

Je réfléchis à quel couteau utiliser pour couper mes œufs, puis je décide de les trancher avec ma fourchette pour éviter un autre sermon sur les bonnes manières à table.

Il fronce les sourcils en voyant mon geste, je suppose que j'ai quand même fait une bourde. Mais au lieu de me réprimander, il demande :

— Les chats peuvent-ils être piqués par les abeilles ?

— Oui, je réponds, me souvenant d'un incident à la ferme de mes parents. J'ai déjà assisté à ça et la réaction du chaton a été assez bénigne, mais mes parents l'ont quand même emmené chez le vétérinaire parce qu'une petite minorité de chats est allergique, comme pour les humains.

Il se gratte le menton.

— Quelles sont les probabilités pour que le chaton que tu me donnes soit l'un de ces cas rares ? J'ai plus d'abeilles autour de chez moi que la plupart des gens.

— Les risques sont faibles, mais il existe des EpiPens pour chats, juste au cas où. Tu gardes tes abeilles en intérieur ? Ou tu comptes laisser ton chat se balader dehors ?

— Je n'ai aucune abeille chez moi, répond-il avec certitude. Mais oui, je pense que ce serait mieux pour le chat s'il pouvait sortir.

Hmm. Mon psychopathe meurtrier aimerait-il vivre en partie dehors ? Non. Ce ne serait pas pratique à Manhattan ; c'est peut-être plus faisable dans la zone du New Jersey où on peut avoir des ruches.

Je goûte le toast à l'avocat et le trouve bien trop délicieux pour un truc aussi simple.

— Dans le cas peu probable où ton chat s'avérerait allergique, tu pourrais installer un parc à chat grillagé dehors.

Il hoche la tête.

— J'en ferais peut-être construire un pour moi aussi. Enfin, un patio, je veux dire. En ce moment, je ne peux pas manger de pastèque dehors quand il fait chaud, j'attire bien trop d'attention indésirable.

J'imagine du jus de pastèque coulant sur son torse nu, et je compatis avec les abeilles.

— Eh bien voilà. Tout le monde est gagnant.

Pendant le restant du repas, nous discutons de nos goûts en dehors de la musique et des films. Quand on vient nous proposer un dessert, je prends à nouveau une glace, mais cette fois, mon *sundae* est encore plus raffiné, parce que je suis venue préparée avec des ingrédients supplémentaires.

— Qu'est-ce que tu en dis ? demandé-je quand j'ai terminé.

— Je trouve que ça ressemble plus à un banana split, maintenant, répond Gunther. Et je trouve que, te balader avec une banane dans la poche pour économiser quelques cents, c'est un peu exagéré.

— C'est juste un moyen d'arriver à mes fins.

Mais sa mention de bananes dans des poches me rappelle… quand on s'est enlacés l'autre jour, j'aurais pu jurer sentir…

— En parlant de moyens d'arriver à nos fins, dit-il. La fête d'entreprise de ce vendredi est destinée à créer des liens plus forts entre collègues. En tant que nouvelle membre de l'équipe, tu en aurais bien besoin, je voudrais donc m'assurer que tu seras présente.

Je le regarde en clignant des paupières.

— Il y a une fête d'entreprise ?

Vient-il de lâcher un juron entre ses dents ?

— Tu étais censée recevoir une invitation. Tous les autres en ont eu une.

— Oh ? Envoyée par qui ?

— Tiffany.

Quelle garce.

— On dirait qu'elle a omis de m'inviter.

— Désolé pour ça, dit-il avec sincérité. Considère ça comme ton invitation officielle.

Oh merde. Pourquoi a-t-il fallu que je l'ouvre ? La sueur de la salle de sport que j'avais soigneusement essuyée revient, et mes muscles courbaturés se raidissent. C'est déjà assez dur de devoir aller à ce mariage royal sans personne pour m'accompagner ; maintenant, je dois aussi composer avec cette fichue fête d'entreprise. Je n'ai rien à me mettre. Je n'ai aucune idée de…

— On dirait que je te demande de dormir sur un lit de clous, remarque-t-il.

Tout ce qu'entend mon esprit mal tourné, c'est « dormir » et « lit », ainsi qu'un truc en rapport avec le fait d'être clouée.

— Pourquoi devrais-je aller à un endroit où je suis indésirable ?

Il fronce les sourcils.

— Je suis sûr que Tiffany a juste oublié de t'inviter.

— Ouais. C'est ça. C'est une vraie sainte.

— Eh bien, mettons de côté cette histoire d'invitation, je pense que tu devrais venir, insiste-t-il. Et si tu ne le fais pas, je veux que ce soit pour de bonnes raisons… et je n'en vois aucune.

Je grogne de frustration.

— Comment tu réagirais si j'insistais soudainement pour que tu viennes à un événement aléatoire ?

Il sourit.

— Je répondrais « Merci d'avoir pensé à moi. »

— Ah ouais ? Dans ce cas-là, tu es officiellement invité à m'accompagner au grand mariage chic de ma sœur.

Voilà. Je crois qu'une partie de moi avait très envie de l'inviter, mais maintenant que les mots sont sortis de ma bouche, j'ai envie de les ravaler. S'il vient avec moi, ça posera un nombre incalculable de problèmes. Il rencontrerait le tas de cinglées qu'est ma famille. Ladite famille croira que je vais l'épouser – l'homme qui a gâché ma vie. Et ce n'est que le début.

Une seconde. Je m'inquiète pour rien. Jamais il n'acceptera cette proposition démente. Il n'est pas…

— Oui, répond-il, me faisant sursauter.

— Hein ?

Son sourire devient malicieux.

— Oui, je viendrai à ton truc si tu viens au mien.

Oh, bordel.

— Mon « truc » est un mariage royal.

Il arque les sourcils en forme de point d'interrogation horizontal.

— Royal ?

— Ouais.

Je lui explique comment ma sœur Gia a rencontré son prince casse-cou et conclus par :

— Imagine à quel point tu devras être rigide et convenable pendant cette sauterie.

Il hausse les épaules.

— Ça me donne encore plus envie d'y aller. Je ne suis pas toi.

Merde. J'avais oublié que « rigide » et « convenable » étaient ses autres prénoms.

— Je n'ai rien à me mettre pour ces deux événements, marmonné-je.

Mon mode opératoire habituel, c'est d'acheter une robe le temps de la sortie, puis de la rapporter, mais ça m'a valu d'être blacklistée d'un nombre incalculable de magasins.

Ses yeux se mettent à pétiller.

— Et si *je* t'achetais une robe ?

C'est diabolique.

— Tu essaies de me tenter avec un truc gratuit ?

— Ça marche ?

Je secoue la tête, mais faiblement, et je crois qu'il s'en rend compte.

— Ai-je dit *une* robe ? Je voulais dire *des* robes, une pour chaque événement, bien sûr.

Le mot « diabolique » n'est pas assez fort pour le décrire. Une robe adaptée au mariage de Gia coûtera sûrement une fortune – sans parler de la torture consistant à localiser une boutique qui ne me refusera pas, d'essayer des trucs, de ne pas les salir, puis de les rapporter.

— Si j'accepte, tu iras chercher les robes sans moi ? Et tu les enverras chez moi ?

Je baisse les yeux sur ma tenue et ajoute :

— Tu sais, comme tu l'as fait avec ces tenues de travail ringardes.

Il examine les vêtements achetés pour moi d'un air appréciateur.

— Oui, même si tes habits n'ont rien de ringard.

Mon mode marchandeuse est activé désormais.

— Et pour les cadeaux de mariage ?

Il plisse les yeux.

— Tu veux que j'achète un cadeau pour le mariage de *ta* sœur ?

— Touché, avoué-je en mangeant ce qu'il reste de

ma glace. Je suppose qu'avec le boulot que tu m'as donné, je peux me permettre de payer ça.

Et je trouverai peut-être une bonne affaire entre temps.

— Dans ce cas, c'est décidé.

Il fait signe au serveur d'apporter l'addition et, quand elle arrive, Gunther jette une liasse de billets dessus. Un pourboire exubérant, si vous voulez mon avis, surtout sachant que Gunther est le propriétaire de cet endroit.

— Tu veux qu'on reparte à notre étage ? demandé-je.

Le souvenir du câlin d'hier remonte à la surface avec le pouvoir de toutes mes hormones. Ses yeux brillent d'un vert plus vif.

— Allons-y.

Quinze

Nous prenons l'ascenseur dans un silence anormalement tendu. Je ne sais pas pour Gunther, mais en ce qui me concerne, je n'arrive pas à me sortir notre câlin d'au revoir de la tête. Mais quand on arrive devant son bureau, il s'y glisse lâchement. Pas de câlin, pas même de « on se voit plus tard ».

Je ravale ma déception. Son comportement est logique. Les collègues autour de nous ne considéreraient sûrement pas un câlin comme approprié, sans parler de l'assurance immobilière premium que Gunther devrait payer si le cerveau de Tiffany explosait sur les murs sous l'effet de sa jalousie.

Je passe le reste de la journée à travailler, mécaniquement, perdue dans mes pensées. Quand je rentre chez moi, trois colis m'attendent : un étiqueté Louis Vuitton, un Christian Dior et le dernier, Manolo Blahnik.

Pendant que mon chat m'observe en plissant les

yeux, j'ouvre les cartons comme un carcajou enragé. En quelques secondes, j'en ai sorti tout le contenu.

Deux robes de soirée, une noire et une rouge, ainsi qu'une paire de hauts talons dorés qui peuvent aller avec les deux. Je ravale ma salive et examine les robes.

Les deux vont exhiber *beaucoup* de peau, surtout la rouge.

Je suppose que ça ne dérange pas Gunther que mes tatouages soient visibles durant un événement festif.

Certaine que Pearl ne me le pardonnerait jamais si je ne la tenais pas au courant, j'enfile la robe noire et passe un appel vidéo à la petite commère.

— Waouh, dit-elle. Il a encore plus envie de toi que je ne le pensais.

— Ouais, c'est ça.

J'enfile la robe rouge, et ma sœur se met à siffler quand je lui montre le résultat.

— Mets la rouge pour le mariage, ordonne-t-elle. S'il ne te saute pas dessus après avoir vu ça, j'augmente l'année de fromage gratuit que je t'ai promise à une décennie.

— Un engagement très dégoulinant.

Elle regarde la caméra en étrécissant les yeux.

— Tu seras la personne la plus sexy de la soirée. Parmi celles qui auront notre visage, en tout cas. Je suis bien contente de devoir porter une tenue de serveur et de ne pas faire partie de la compétition.

Je souris d'un air narquois.

— Heureusement que Gia et moi n'avons pas le

même visage. Elle serait en rogne, si j'étais plus sexy qu'elle à son mariage.

Pearl me rend mon sourire.

— Elle sera seulement en rogne si tu portes une robe blanche.

Pendant que l'on continue de bavarder, je me prépare à dîner, prends une photo et l'envoie à Gunther. Tout ça sans en dire un seul mot à Pearl, parce qu'elle penserait qu'on est engagé dans un genre de BDSM bizarre, ou un truc tout aussi ridicule.

— Je dois y aller, dit Pearl. La gestation d'Atone la rend très grincheuse, et elle a besoin d'attention.

— Dis-lui bonjour de ma part, je réponds avant de raccrocher.

À cet instant précis, la cause de ladite gestation fait irruption dans la pièce, l'air grognon.

Tu te souviens de ton but dans la vie, celle qui me nourrit ?

Ouais, ouais.

Je lui sors une boîte de pâté pour chat avant d'oser attaquer mon repas.

———

— Je peux manger un morceau de ton steak ? demande Gunther tandis que je viens de commander mon déjeuner le lendemain.

— Je suppose, je réponds. Mais ton taux de fer, alors ?

Il me montre l'intérieur de son bras musclé et veiné.

— Je fais une prise de sang aujourd'hui, alors je pense que ça ne fera pas de mal d'en manger un petit morceau.

Je suis bien contente d'être assise, parce que mes genoux se mettent à trembler si violemment que je me serais sûrement écroulée.

Gunther se redresse.

— Tu es *encore* en hypoglycémie ?

Merde. Il m'a donné l'une de ses boissons protéinées à la salle de sport, alors si je continue de prétendre que mon taux de sucre dans le sang est trop faible, il me fera manger encore plus, et je deviendrai aussi grosse que la Maison Internationale des Pancakes. Une tentation étrange me démange. Pour une raison inconnue, j'ai le sentiment de pouvoir lui confier mon secret. Peut-être parce qu'il m'a révélé son fétichisme honteux pour Kenny G.

— Donne-moi ton téléphone, ordonné-je.

L'air perplexe, il obéit.

Je porte un doigt à ma bouche, puis j'emporte son téléphone et le mien à une table hors de portée de voix – au cas où Blue nous écouterait.

À mon retour, Gunther me regarde comme si j'avais perdu la boule, alors je murmure :

— Ma sœur Blue a travaillé pour une certaine agence gouvernementale, qui aime fourrer son nez dans les objets électroniques de tout le monde. À cause de ça, je ne révèle jamais un secret en présence d'appareils électroniques.

L'expression inquiète de Gunther devient intriguée.

— Des secrets ?

— *Un* secret. Au singulier.

Je prends une inspiration.

— Ce n'est pas mon taux de glucose dans le sang qui m'a fait pâlir, mais ça a bien un rapport avec le sang.

— Le sang ? Pourquoi ? C'est cette période du mois ?

Il a dit ça d'un ton parfaitement décontracté, mais je grimace en pensant aux images que cela évoque dans ma tête. De toute évidence, nos rôles ont été inversés : c'est le mec qui mentionne les menstruations sans ciller, et la fille qui en est dégoûtée.

— Ce n'est pas ça, je réponds une fois que je me suis ressaisie. Mais je n'aime pas parler de sang. Ou en voir. Ou y penser. J'ai surtout un problème avec l'idée des prises de sang.

Ce que je n'ajoute pas, c'est que je n'aime pas imaginer que les gens auxquels je tiens perdent du sang, parce que je ne veux pas qu'il pense que je le place dans cette catégorie.

Parce que ce n'est pas le cas.

C'est plus une réaction générique.

Ouais. Je vais m'en tenir à ça.

Il écarquille les yeux.

— Alors, la fois où tu t'es évanouie…

— Le nez d'Ashildr était sec et…

— N'en dis pas plus, m'interrompt Gunther. Je ne veux pas que tu revives cet incident et que tu te sentes encore pire.

— Merci.

— Mais pourquoi avoir menti à propos de ton hémophobie ?

Je plisse le nez.

— Je ne suis pas hémophobe.

Il hoche la tête avec sagesse.

— Désolé d'essayer de te mettre une étiquette, mais tu vois ce que je veux dire. Pourquoi avoir prétendu que c'était à cause de ton taux de sucre dans le sang ?

— C'est évident, non ? répliqué-je en scrutant son regard. C'est une faiblesse… alors, je n'en ai jamais parlé à personne.

Il ricane.

— Ce n'est *pas* une faiblesse.

— Je ne suis pas d'accord.

— Ça te rassurerait si je te disais que ma phobie me fait paraître bien plus faible que la tienne ?

— Peut-être. Ce sont les clowns ?

Il ouvre la bouche, mais le serveur arrive avec nos plats.

Quand il repart, Gunther prend sa fourchette.

— Alors, tu es toujours d'accord pour ce morceau de steak ?

J'écarte sa main d'une tape.

— Bien essayé. Crache le morceau.

Il regarde mon steak avec envie, puis secoue la tête.

— Ça n'en vaut pas la peine.

— Si. Tu dois me le dire. Tu ne peux pas évoquer un truc comme ça et te taire ensuite. Et puis, je t'ai parlé de ma peur.

— Très bien.

Il tend à nouveau la main, et je lui coupe un morceau de viande. Je prends même mes couverts dans les bonnes mains.

Une fois qu'il a terminé sa bouchée, il regarde furtivement autour de lui et murmure :

— L'arachibutyrophobie.

Je cligne des paupières.

— Les araignées ?

— Ça, c'est l'arachnophobie. *Arachne* signifie « araignée » en grec.

— Et ta peur à toi, qu'est-ce qu'elle signifie en grec ?

Je parie que c'est la phobie d'avoir des compagnons de déjeuner au vocabulaire restreint.

Il regarde à nouveau autour de lui.

— *Arachi* veut dire « noix moulues » et...

— Aïe. Alors, c'est la peur de te faire écrabouiller les testicules ? Tous les hommes l'ont, non ?

Il soupire.

— Je n'ai pas terminé. *Butyr* veut dire « beurre », alors...

— Beurre de noix ?

On ne parle plus des testicules, j'espère... j'aurais peur de ça, moi aussi.

— Le beurre de cacahuète, pour être plus précis, répond-il avec dégoût. C'est la peur d'en avoir collé à mon palais.

Je plisse les yeux.

— Tu ne m'as pas dit que tu étais allergique ?

Il hausse ses épaules musclées, comme quand il fait le développé-couché.

— Tu n'es pas la seule à savoir mentir pour dissimuler ta phobie.

Je le dévisage, momentanément à court de mots.

— Certains trouvent ça ridicule, mais au fond, c'est surtout la peur de suffoquer, explique-t-il, sur la défensive.

Je secoue la tête avec véhémence.

— Je ne trouve pas ça ridicule. Je trouve que ça craint.

— Merci, répond-il. Mon père m'a dit que j'avais vu mon cousin faire un choc anaphylactique après avoir mangé du beurre de cacahuète. Sa gorge s'est bloquée, et il a fallu l'amener aux Urgences pour le sauver. C'était très effrayant, surtout pour un enfant. Je ne me souviens pas de tout ça, mais c'est une explication plausible à ma phobie.

Je tends la main et la pose sur la sienne.

— Je suis désolée que ce soit arrivé à ton « toi » enfant.

Mal à l'aise, il écarte doucement sa main.

Merde. Ai-je encore outrepassé les limites employé/employeur ?

— Ce n'est pas si grave, assure-t-il, mais il n'a pas l'air convaincu. Tant de gens sont mortellement allergiques aux cacahuètes de nos jours, que j'en vois rarement. Je suppose qu'il est moins facile d'éviter la vue du sang.

— Malheureusement, oui.

Il rive son regard au mien.

— Il y a aussi eu un élément déclencheur pour ta condition, ou es-tu juste… ?

— Oui, je réponds. Mais si je te le dis, ça reste entre nous.

— Bien sûr.

— Non, rétorqué-je en agitant mon couteau.

Puis, craignant d'avoir l'air un peu trop menaçante, je le repose.

— Je suis sérieuse. Tu vas rencontrer ma famille au mariage, et je ne veux pas qu'ils sachent, pour cette histoire de sang ni pour l'élément déclencheur.

Il place une main sur sa poitrine.

— Si je raconte ton secret, que ma bouche se remplisse de beurre de cacahuète.

Je lance un regard furtif à nos téléphones, puis je murmure :

— Dans ma famille, on appelle cet événement le « massacre de la mésange zombie ».

J'attends qu'il pouffe de rire, mais il a l'air horrifié – une réaction appropriée –, alors je continue.

— Tu te souviens de cette ferme que possèdent mes parents ?

Il hoche la tête de manière presque imperceptible, comme s'il craignait que le moindre mouvement brusque me fasse fuir.

— Eh bien, mes parents possèdent toutes sortes d'animaux, et à un moment donné, ils ont hébergé un *parus major*, plus communément appelé mésange charbonnière.

Toujours aucune trace de sourire sur son visage. Impressionnant. Je continue en l'observant de près.

— Le plus important, c'est que cet oiseau est aussi surnommé la « mésange zombie », à cause de sa soif de cerveaux. Dans la nature, elles dévorent ceux des chauves-souris, mais il s'est avéré que, dans une ferme, elles n'éprouvaient aucun problème à s'en prendre aux poulets.

— Oh non, marmonne-t-il.

— Oh oui. C'est Blue, ma camarade de couvée, qui a découvert la scène, et elle a une peur panique des oiseaux depuis. Ma sœur Gia, la mariée royale du mariage où nous allons bientôt nous rendre, a été la deuxième à arriver sur les lieux, et depuis, elle est germophobe.

Il a l'air perplexe, et se demande sûrement pourquoi je cache ma propre expérience si j'ai deux sœurs à même de me comprendre.

— Bref, continué-je. Quand elles sont rentrées à la maison en courant pour nous raconter ce qui s'était passé, je me suis esquivée et j'ai fait le truc le plus bête de ma vie : je suis allée voir la scène de crime.

— Pourquoi ? murmure-t-il.

Je pousse un soupir frustré.

— Je ne sais pas à quoi je pensais. J'étais *obsédée* par l'envie d'avoir l'air d'une dure à l'époque, alors je voulais peut-être tester mon courage.

Je tressaille.

— Je n'ai eu qu'un bref aperçu de ce qui était arrivé

à ces poulets, mais ça m'a suffi. Depuis lors, je suis incapable de regarder une seule goutte de sang.

Avec un sourire tendu, j'ajoute :

— Complètement idiot, hein ?

Je crois qu'il ne se rend pas compte de ce qu'il fait quand il pose la main sur la mienne.

— Tu n'étais pas idiote. Juste curieuse. J'aurais sûrement fait la même chose quand j'étais gosse.

Ne. Pas. Renifler. Il me prend déjà pour une gourde.

Je prends une grande inspiration, et une fois que j'ai repris le contrôle de mes émotions, je jette un regard empli de gratitude à sa main réconfortante. Malheureusement, c'est à ce moment-là qu'il la retire, gêné.

— Et si on parlait d'autre chose ? suggéré-je en m'efforçant de prendre un ton enjoué.

— Ouais, d'accord.

— Une seconde, dis-je avant d'aller chercher nos téléphones.

À mon retour, il demande :

— Tu penses vraiment que le gouvernement se soucie de ce que tu viens de me dire ?

Je couvre le micro de mon téléphone et chuchote :

— Pas le gouvernement lui-même, mais une certaine sœur qui a travaillé pour lui et qui a appris à jouer les fouineuses.

— Oh. Je vois. Je n'arrive toujours pas à croire qu'elle n'est pas au courant de ton problème.

— Personne ne sait. Tu es la première personne à qui j'en parle.

Et si Blue nous écoute en ce moment et meurt de curiosité, c'est bien fait pour elle.

Ses yeux pétillent.

— Merci de me faire confiance.

Je crains d'être à nouveau à deux doigts de renifler, alors je balaie ses mots gentils de la main.

— Et toi ? demandé-je avec nonchalance. Je suppose que tu n'as pas gardé ça secret ?

Il plisse le front.

— Mes parents savent. Et j'en ai parlé à mon ex… celle avec qui c'était devenu sérieux. Mais c'est à peu près tout.

— Tu parles de Tiffany ?

Il me regarde à nouveau comme si j'étais folle.

— Tiffany et moi sommes brièvement sortis ensemble au lycée. Ce n'était pas sérieux du tout. Je ne l'aurais jamais embauchée, sinon.

— Hmm.

Il sourit.

— Et puis, n'oublie pas que j'étais un ado lycéen, et que ce genre de truc n'est pas autorisé.

— Je répète : Hmm.

Devrais-je m'accorder la permission de me sentir spéciale ? Peut-être. Mais chaque chose en son temps.

— Qui était cette ex, alors ?

Son sourire s'évanouit.

— Elle s'appelait… s'appelle encore Chelsey. Elle aimait beaucoup le beurre de cacahuète, alors j'ai été obligé de lui cracher le morceau quand on a emménagé ensemble. Si j'avais su qu'elle romprait nos fiançailles un an plus tard, j'aurais menti et dit que j'étais allergique.

Je ne lui prends pas la main cette fois, mais j'en ai très envie.

— Je suis désolée, dis-je doucement.

Il hausse les épaules.

— Pas grave. Elle m'a rendu service. Je ne suis pas fait pour me marier.

Ah non ? Non pas que ça m'intéresse, mais n'est-ce pas le genre de truc qu'on dit aux filles *avant* de leur faire du chantage pour les obliger à travailler pour vous, puis de leur proposer de s'entraîner avec vous, de déjeuner ensemble et…

— Et toi ? demande-t-il. Des relations sérieuses ?

Super. Je vais devoir lui parler de ça aussi, maintenant ?

Je n'ai pas vraiment le choix.

Avec réticence, je lui parle de Spike – mais pas de tout, surtout pas du tatouage.

— C'est vraiment nul, dit Gunther.

— Ouais, acquiescé-je. Et ça ne s'est pas arrêté là. Une semaine plus tard, quand je lui ai dit d'aller crever, il est parti en virée avec ma moto et l'a bousillée.

Gunther étrécit les yeux.

— Il s'est cassé quelque chose, au moins ?

— Oui. La hanche… comme une vieille dame.

— Tant mieux, répond Gunther, me prenant par surprise. Ça lui apprendra, à ce connard.

Je lui souris.

— Tu aurais aimé que Chelsey se casse la hanche ?

Il ouvre la bouche pour répondre, mais le serveur revient et nous propose un dessert. Selon la tradition, je commande de la glace, et une fois le serveur reparti, Gunther change de sujet et se met à parler boulot… ce que je ne lui reproche pas du tout.

Après le repas, nous marchons tous les deux vers les ascenseurs, en silence – parce que je me demande si on va s'enlacer pour se dire au revoir. Quant à savoir à quoi il pense, c'est un mystère.

Pour ma défense, la dernière fois qu'il a pris l'ascenseur pour descendre et moi, pour monter, on s'est serrés dans les bras, alors il y a un précédent.

Il s'arrête.

Moi aussi.

Il appuie sur la flèche du bas.

Moi, sur celle du haut.

Il baisse les yeux vers moi, une drôle d'expression sur le visage.

OK.

J'en ai marre.

Je me lance.

Seize

Je fais un pas vers Gunther.

Il fait un pas vers moi.

Soudain, je sens un regard malveillant me transpercer le dos, et Gunther regarde par-dessus mon épaule, l'air stupéfait.

— Tiffany, dit-il avant que je n'aie eu le temps de me retourner.

— Bonjour, dit-elle d'une voix si mielleuse que ses cordes vocales doivent avoir du diabète. Quelle surprise de tomber sur vous.

Un ascenseur s'ouvre, celui qui monte.

— C'est pour vous deux, dit Gunther en tenant la porte et en nous faisant signe de monter.

Je ne sais pas pour Tiffany, mais en ce qui me concerne, j'ai l'impression de marcher sur la planche.

Quand les portes se referment, toute trace d'amabilité quitte le visage trop maquillé de Tiffany.

— Tu vas continuer à nier que tu couches avec le patron ? demande-t-elle.

Je lui montre les dents en un sourire mordant.

— Tu vas prétendre avoir « oublié » de m'inviter à la fête d'entreprise ?

Elle se redresse.

— La fête de départ en retraite de M. Ferguson ? J'ai sciemment décidé de ne pas t'inviter, bien sûr.

Une seconde. Comment Gunther pourrait-il prendre sa retraite ? C'est impossible.

C'est alors que je comprends.

— Monsieur Ferguson senior, tu veux dire ? demandé-je bêtement.

Le père de Gunther ?

Elle renifle d'un air moqueur.

— On pourrait s'attendre à ce qu'une arnaqueuse se souvienne de l'homme qu'elle a escroqué. Mais après tout, il doit y avoir tellement de victimes que tu dois avoir du mal à suivre.

Je pousse une série de jurons à voix haute, et pas seulement à l'attention de Tiffany. Mes mots les mieux choisis expriment mes sentiments à l'idée d'aller à la fête de départ en retraite du père de Gunther.

L'ascenseur s'arrête, les portes s'ouvrent, et je vois Ashildr en compagnie de quelques autres collègues, ce qui me fait ravaler le reste de ma tirade.

Comme la lâche qu'elle est, Tiffany s'empresse de sortir de la cabine, mais je ne la pourchasse pas. Au lieu de ça, je marche lentement le temps de digérer l'annonce du départ en retraite qui m'a fait l'effet d'une bombe. Le père de Gunther sera forcément présent, ce qui veut dire que je risque de tomber sur lui. Je n'ai pas envie de l'affronter. Tiffany avait peut-être raison de ne pas m'inviter.

Mais pourquoi Gunther veut-il que je vienne ? Ne se rend-il pas compte du problème ?

Le pire, c'est que je ne peux pas me dégonfler. Pas alors que Gunther m'a déjà acheté une robe chic et qu'il a accepté de m'accompagner au mariage à condition que j'assiste à la fête.

Merde.

Quand Gunther revient de évitons-de-penser-à-ce-qu'il-vient-de-faire, j'envisage d'entrer dans son bureau pour évoquer mes craintes concernant le fait de rencontrer son père ; mais le pansement au creux de son coude est très dissuasif, alors je me dégonfle et me promets d'aborder le sujet demain.

Je ne le fais pas. Même si j'ai amplement le temps pendant qu'on s'entraîne ensemble et qu'on déjeune, j'ai du mal à trouver le courage d'en parler. Par contre, j'en apprends plus sur Gunther : par exemple, il est allé à l'université du Michigan grâce à sa bourse de football et a passé un diplôme de science dans un cursus appelé le *packaging*, un truc qui se rapporte à l'industrie des biens de consommation, et pas du tout à son paquet.

Le lendemain est le jour de la fête, il est donc trop tard pour reculer. Au lieu de ça, j'arrive au boulot en avance pour pouvoir repartir plus tôt, et quand j'arrive chez moi, Pearl m'attend déjà, son kit de maquillage à la main.

— Ça va être marrant, dit-elle avec un grand sourire.

— C'est discutable, je réponds.

Puis, je me laisse tomber sur une chaise de mon salon et la laisse se déchaîner sur mon visage.

Après ce qui me semble durer une heure, elle place un miroir devant moi.

— Tu es magnifique, tu ne trouves pas ?

— Tu m'as fait le même maquillage pour mon déguisement de Harley Quinn d'Halloween, au lycée.

— Ne me remercie pas, répond-elle fièrement.

— Ce n'était pas un compliment.

Elle tamponne mes joues avec une dernière touche de fond de teint.

— Je m'en fous. Tu es sublime. Surtout avec ces chaussures.

Je regarde les engins de torture à hauts talons que Gunther m'a achetés, et soupire. Puis, je regarde l'horloge. Ouais. Si je ne veux pas être très en retard, ce maquillage et ces chaussures vont devoir suffire.

— Merci, dis-je avec réticence. Je ferais mieux d'y aller.

———

Quand le taxi me dépose sur les lieux – au Metropolitan Pavilion –, je suis à deux doigts de demander au chauffeur de me ramener chez moi.

Mais non. Je n'ai pas fait tout ça pour me dégonfler maintenant.

J'entre dans un claquement de talons, mes fesses se balançant de manière tout sauf naturelle grâce à ces pompes « baisez-moi » de la marque Manolo Blahnik – ou quel que soit leur nom.

L'agent de sécurité me laisse entrer – foutu Gunther – et, bien trop tôt, j'entre dans la salle de bal de deux mille trois cents mètres carrés, remplie d'employés de Grignote & Croque en train de boire, grignoter et croquer.

La musique – si on peut appeler ça comme ça – ressemble aux cris furieux d'un bébé engendré par une musique d'ascenseur et une ritournelle de camion de glace… qui aurait un pénis en forme de saxophone.

J'ai soudain une intuition et me sers de mon téléphone pour identifier l'artiste responsable.

Eh oui. Kenny G. Ou ce à quoi sa musique ressemblerait après avoir été remixée par un DJ. Si cette atrocité sort des haut-parleurs, alors Gunther ne doit pas être bien loin.

Je lève les yeux de mon téléphone et me rends compte que je suis peut-être un peu médium, parce qu'il est juste là.

Et merde. En théorie, il est pareil que d'habitude. Mêmes cheveux noirs coiffés en arrière, même costume élégant, mais il a quelque chose de différent. De meilleur. Il est peut-être allé chez le coiffeur ? Ou bien c'est son costume le mieux ajusté ?

Le résultat, c'est que j'ai envie de lécher son visage ciselé, à commencer par ses lèvres sexy.

— Salut, dit-il d'une voix rauque tout en me parcourant des yeux.

Il doit sans doute passer en revue – de manière désapprobatrice – les tatouages qu'il n'avait pas encore vus.

— Tu veux ma photo ? lâché-je.

Il semble tiré de sa transe provoquée par les tatouages.

— Tu es éblouissante.

Je lève les yeux au ciel.

— C'est moi que tu complimentes, ou tes talents pour choisir les robes ?

Avec un sourire, il prend deux flûtes de champagne à un serveur et m'en tend une.

— Quelque chose me dit que tu aimes les boissons gratuites.

Si j'aime ça ? Je les adore.

— Merci.

Quand je prends la flûte, mes doigts effleurent les siens, et je me sens déjà enivrée. Je fais un signe de tête vers l'immense pile d'alcool au loin et demande :

— C'est alcool à volonté ?

— Bien sûr. C'est une fête.

Ce serait le bon moment pour lui demander si je pourrais esquiver son père, qui semble être la principale raison de cet événement. Juste au moment où j'ouvre la bouche, Gunther dit :

— Viens, j'aimerais te présenter quelqu'un.

Il s'avance à travers la foule d'un pas décidé, et je le suis comme un mouton. Nous nous arrêtons à trente centimètres de l'énorme bar, à côté d'un gentleman aux cheveux gris et à l'air familier, qui porte une chemise hawaïenne.

Oh non. C'est…

— Papa, lance Gunther, confirmant mes soupçons. Je te présente Mlle Hyman.

Dix-Sept

J'ENGLOUTIS MON CHAMPAGNE D'UNE TRAITE. ET C'EST parti.

— Honey, s'il vous plaît.

— Quel joli nom, affectueux, pour votre patron, remarque le père de Gunther en plissant les yeux. Si je ne prenais pas ma retraite aujourd'hui, j'aurais insisté pour que tout le monde au bureau m'appelle « honey », à partir de maintenant.

Gunther grogne.

— Arrête, papa. Tu sais qu'elle ne m'a pas appelé comme ça.

Le père de Gunther me lance un regard innocent.

— Ah non ?

— Non. C'est *moi* qui m'appelle Honey, expliqué-je. Vous pouvez m'appeler comme ça.

Ce ne sera peut-être pas aussi affreux que je le craignais.

Le père de Gunther tend la main.

— Dans ce cas-là, appelez-moi Gunther.

— Ah ?

Je me tourne vers Gunther… le jeune Gunther, je veux dire.

— Pendant tout ce temps, tu m'as caché que tu étais un Junior.

Gunther Senior se plaque une main sur la bouche de manière théâtrale.

— Désolé, fils. Tu vas te faire appeler G.J. au bureau maintenant, comme à la maison.

— Pas nécessairement, je réponds avec sérieux. Au bureau, on le surnomme déjà M. Chouchou.

Son père émet un petit rire, et Gunther grommelle :

— Ça ressemble à un nom de chat.

— Quoi donc ? demande Ashildr en sortant de la foule.

Merde. Cet endroit est-il assez humide ? La dernière chose dont j'ai envie, c'est que le nez d'Ashildr soit trop sec et se fasse *seppuku*. Si je m'évanouis devant Senior, je ne m'en remettrai jamais. Pire encore, il croira que je prends de la drogue.

— À ce qu'il paraît, on me surnomme M. Chouchou au bureau, répond Gunther.

Ashildr pâlit – ce qui est une bonne chose, parce que ça éloigne le sang de son nez.

— Monsieur, dit-il d'un ton solennel. Je n'ai jamais entendu personne vous appeler comme ça. Si c'est le cas, j'y mettrai fin aussitôt.

Senior se penche et me murmure à l'oreille :

— Ashildr est un employé modèle.

— Merci, monsieur, répond Ashildr, l'air à deux doigts de se mettre à pleurer. Et félicitations, encore une fois.

Senior lève son verre et vide ce qu'il reste du liquide ambré au fond. Il a dû boire le reste plus tôt – ce qui explique peut-être son humeur joviale.

— Si je peux vous emprunter une seconde… dit Ashildr au jeune Gunther.

— Tu aurais dû dire « puis-je vous emprunter une seconde… Monsieur Chouchou », le corrigé-je.

Gunther me fusille de son regard émeraude avant de suivre Ashildr.

Zut. Je suis toute seule avec l'homme de qui j'essayais de me cacher maintenant. J'ai toujours tellement de chance.

Comme pour confirmer mes craintes, Senior prend une expression plus sérieuse.

— Gunther m'a parlé de vos progrès.

— Ah oui ?

Lui a-t-il parlé des farces ? Du câlin ? De mon évanouissement ?

Senior hoche la tête.

— Il m'a dit que vous faisiez un boulot phénoménal.

Je manque de laisser tomber ma flûte vide.

— C'est la première fois que j'entends ça.

Senior soupire.

— S'il y a bien une chose que Gunther a encore à apprendre dans le domaine du management, c'est comment complimenter quand c'est mérité.

Je m'efforce de retrouver contenance.

— Je suppose que, maintenant que vous prenez votre retraite, Gunther devra venir me voir personnellement pour me dire que mon travail est phénoménal.

Les rides de sourire au coin des yeux de Senior se plissent.

— C'est pour ça que j'ai dû prendre ma retraite. Peut-être que, maintenant, mon fils réussira à donner des compliments tout seul.

Je me racle la gorge. Il est temps de me lancer.

— Monsieur. À propos du lycée… je voulais…

— N'en dites pas plus, m'interrompt Senior. Je n'ai gardé aucune rancune envers vous. Au contraire, votre parcours de rédemption me réchauffe le cœur.

Il m'adresse un large sourire, et je comprends d'où Gunther tient son sourire sexy.

— Je suis heureux de l'avoir écouté, à l'époque, quand il a suggéré que je retire ma plainte et que je demande au principal d'être clément avec vous.

Je fais un pas en arrière.

— Quand vous dites « il », vous parlez de Gunther ?

— De qui d'autre ?

Je cligne des paupières sans comprendre.

— Pourquoi Gunther m'aurait-il mouchardée s'il ne voulait pas m'attirer d'ennuis ?

Senior me regarde comme si j'étais aussi bête que j'en ai l'impression.

— Ce n'est pas Gunther qui m'a prévenu.

— Non ? Alors, c'était qui ?

Senior jette un bref regard vers la foule, avant de reporter son attention sur moi.

— Même si c'était il y a un moment, je ne me sens pas à l'aise à l'idée de trahir une confession qu'on m'a faite. J'espère que vous le comprendrez.

Je jette un rapide coup d'œil vers l'endroit où il a eu l'air de regarder.

Évidemment.

Tiffany.

J'aurais dû m'en douter.

Mon cœur accélère.

Pendant tout ce temps, j'ai cru que Gunther avait gâché ma vie, alors que c'était elle. D'abord en me balançant à Gunther Senior, puis en laissant ce couteau pénétrer sa peau.

OK, cette histoire de couteau était peut-être un peu plus ma faute.

D'accord, peut-être plus qu'un peu.

— Te voilà, dit une femme âgée et séduisante à Senior après avoir esquissé un sourire à fossettes.

— Coucou, *honey*, lui répond Senior avant de se tourner vers moi. Je parlais de ma femme, cette fois. Désolé si c'est perturbant.

— Ah, vous êtes Honey, dit la nouvelle venue en me tendant la main. Je suis Jennifer. La mère de Gunther. *Votre* Gunther.

Le mien ? Je lui serre la main avec un « ravie de vous rencontrer ».

Elle étreint Senior de manière possessive.

— *Mon* Gunther vous a-t-il bien divertie ?

Avant que je n'aie pu répondre, Tiffany s'avance. Mes poils se hérissent ; j'étais pourtant convaincue que seuls les chats avaient ce genre de réaction.

— Bonsoir, Jen, dit Tiffany de son ton le plus mielleux. Félicitations, M. Ferguson.

C'est sexiste, de ne pas appeler « Jen » Mme Ferguson ? Et ce serait inapproprié si je commençais à étrangler Tiffany devant tout le monde ? Je ne veux pas l'étouffer, juste…

— Et si on les laissait discuter ? propose la mère de Gunther, alias Jennifer pour la plupart des gens, alias Jen pour les connasses malpolies. Tiffany a sans doute un tas de mots gentils à adresser à l'homme qui lui a trouvé son emploi actuel.

Ah. Alors, Senior a demandé à Gunther de l'embaucher ? Je ne sais pas pourquoi, mais je suis bien contente que ça n'ait pas été l'idée de Gunther.

Je laisse Jennifer m'entraîner vers une partie moins bondée du bar, et nous commandons toutes deux un autre verre – un Cosmo pour elle et un thé glacé Long Island pour moi.

Puis, elle m'entraîne plus loin, hors de portée de voix de Senior et de Tiffany, et murmure :

— Mon époux est merveilleux, mais il a un défaut. Il est trop amical avec les jeunes femmes qui croisent sa route, même quand ce sont les ex-petites amies de notre fils. Juste pour vous prévenir, c'est la *seule* raison de la présence de *cette femme* ici.

Elle indique d'un geste une belle femme dans la foule.

Je cligne des paupières et l'examine de plus près. Blonde aux yeux bleus, les lèvres boudeuses et beaucoup de fond de teint à des endroits aléatoires du visage. Quand l'inconnue remarque que Jennifer la regarde, elle la salue de la main et lui adresse un sourire de pin-up.

— Qui est-ce ? demandé-je.

— Chelsey, répond Jennifer avec dégoût. Même après qu'elle a rompu avec mon fils, mon mari l'a laissé garder son travail dans l'une de ses franchises. Et maintenant, elle est ici.

Chelsey ? Celle qui a rompu leurs fiançailles ? Qu'est-ce qui a pris à Senior ?

D'un seul coup, je ne suis plus sûre de qui je choisirais, si je ne pouvais n'étrangler qu'une seule personne ce soir.

— Désolée, reprend Jennifer. Chelsey n'a plus aucune importance maintenant, et elle ne vaut pas la peine qu'on lui prête la moindre attention.

— Je suis d'accord, acquiescé-je d'un ton ferme.

Jennifer esquisse un sourire contagieux et demande :

— J'ai entendu dire que vous vous entraîniez ensemble, Gunther et vous.

— Juste avec Junior, précisé-je.

Elle me prend le coude.

— Et que vous déjeuniez ensemble tous les jours.

Je souris.

— Gunther vous confie beaucoup de choses, hein ?

— C'est un bon garçon.

Elle me lâche le coude et me murmure à l'oreille :

— Tout ce que je voulais vous dire, c'est… n'oubliez pas de remplir le formulaire 66669 des Ressources Humaines.

Pourquoi ce chiffre me paraît-il familier ? Ah, oui : 666 et 69. C'est le formulaire pour quand on sort ensemble.

Une seconde…

— On ne sort pas ensemble, lâché-je.

— Qui a dit le contraire ? répond-elle avec un clin d'œil. Mais si ça arrive, évitez de vous attirer des ennuis. L'un comme l'autre. Je parle d'expérience, puisque j'ai aussi rencontré mon époux au travail et que tout a failli dégénérer quand…

— Encore cette histoire ? lance Gunther Junior en sortant de la foule.

Il se tourne vers moi et ajoute :

— Ma mère adore raconter à tous ceux qui veulent bien l'écouter la façon dont ils se sont rencontrés, mon père et elle.

— Quand tu auras mon âge, tu embêteras les gens avec le récit de la façon que tu as rencontré ta femme, toi aussi.

Pour une raison inconnue, Jennifer me lance un regard appuyé, avant de déclarer :

— Puisque, pour l'instant, c'est mon tour, je vais raconter l'histoire.

Et c'est ce qu'elle fait. Apparemment, son mari et elle étaient un cliché : il était le patron et elle, la secrétaire. Puis, lors d'une fête d'entreprise, ils se sont saoulés et pelotés devant tout le monde. Vu que Senior était le patron, un connard des Ressources Humaines a tenté de virer Jennifer pour « comportement inapproprié », mais finalement, Senior a viré le connard à la place et l'a épousée.

— Et si c'était à refaire, je recommencerais, dit Senior quand lui et Tiffany nous rejoignent.

Il s'incline et tend la main à sa femme.

— Tu veux danser ?

Jennifer rougit et le laisse l'emmener avec lui, me laissant en compagnie de Gunther et de Tiffany.

— Ce n'est pas ta chanson préférée ? remarque Tiffany quand une balade rock commence.

Elle me regarde et ajoute d'un ton supérieur :

— C'est « Don't Speak », de No Doubt.

— Dans ce cas, ça ne peut pas être sa chanson préférée, rétorqué-je. Cet honneur revient à l'une des affreuses musiques de Kenny G.

Gunther ouvre la bouche pour intervenir, mais son souffle se coince dans sa gorge quand il repère quelque chose derrière moi.

Je me retourne.

Merde.

C'est Chelsey, et elle arrive vers nous.

C'est ma punition pour avoir craché sur *Scott Pilgrim vs le monde* ? L'univers m'oblige-t-il à affronter un tas d'ex diaboliques ?

— Salut, dit-elle d'un ton de séductrice.

Ses yeux sont rivés sur Gunther, et le reste de son corps fait comme si Tiffany et moi n'existions pas.

— Qu'est-ce que tu fais ici ? lui demande froidement Gunther.

— C'est ta chanson, répond Chelsey avec un geste vers le haut-parleur le plus proche. Je me suis dit qu'on pourrait danser ensemble. En souvenir du bon vieux temps.

Je suis certaine que Gunther arbore la même expression qu'il aurait s'il avait du beurre de cacahuète collé au palais.

— Comme tu le sais, je ne danse qu'avec mes petites amies.

À ma grande stupéfaction, il me prend la main.

— Honey, tu veux danser avec moi sur ma chanson préférée, hors celles de Kenny G. ?

— Avec plaisir, je réponds.

Qu'est-ce que je pourrais dire d'autre ?

— Honey, c'est son prénom, intervient Tiffany. Pas une marque d'affection.

Chelsey daigne enfin prendre mon existence en compte.

— C'est *elle*, ta petite amie ?

— Fais attention, dit Tiffany. Elle est capable de t'attaquer au couteau.

J'ai l'impression qu'elle veut ajouter autre chose, mais le regard noir de Gunther la fait taire.

Devrais-je leur expliquer que mon mode opératoire de la soirée est l'étranglement, plutôt que les coups de couteau ?

Non.

Je prends Gunther par le coude, adresse un sourire

diabolique à ses deux ex et l'entraîne sur la piste de danse.

— Merci, dit-il avec emphase. Je t'en dois une.

— En guise de remboursement, j'aimerais que tu m'aides à ne pas avoir l'air ridicule pendant qu'on danse.

Il fronce les sourcils.

— Tu ne sais pas danser ?

— Je peux faire du *mosh*.

Il regarde vers Chelsey, ou peut-être Tiffany.

— Elles ne méritent pas tant de méchanceté.

Je ricane.

— Je ne traitais personne de moche. Le *mosh* est le nom d'une danse punk.

Je me penche légèrement en avant, puis je soulève une jambe du sol, la replie et donne un coup de pied en avant, manquant de frapper Gunther au menton. Pour bien illustrer le *mosh*, je saute sur la jambe qui vient de frapper et agite les bras, passant à deux doigts de donner des coups de poing à quelques employés tout proches.

Gunther me regarde d'un air rayonnant.

— Et si on dansait plutôt comme tout le monde ?

Il englobe la piste de danse d'un geste.

Hmm.

Tout le monde est collé l'un à l'autre, style salle de bal.

Qu'est-ce qui m'a prise de le traîner ici ?

— Tu peux le faire, dit-il d'un ton rassurant.

Ou bien je vais me ridiculiser devant ses parents et ses ex.

— Tu peux mener ?

Il prend une posture de gentleman, mains tendues. Je place mes mains dans les siennes, et retiens mon souffle.

Avec un sourire suffisant, il m'attire tout contre lui. Et je veux dire, beaucoup trop près. Assez pour que je sente la cire d'abeille et la fumée sur sa peau, mêlée à quelque chose de délicieusement masculin. Assez près pour sentir la fermeté des muscles de ses jambes qui touchent les miennes.

— Maintenant, on se balance, me murmure-t-il à l'oreille, joignant le mot à la parole.

Nom d'un Sex Pistol.

Ai-je trop bu, ou est-ce ma réaction normale à sa proximité ?

Mes tétons sont aussi durs que s'ils étaient collés contre une sculpture de glace, ma culotte me supplie de trouver un sèche-linge et mon cerveau s'est transformé en *smoothie* d'hormones.

— C'est ça, murmure-t-il. Tu te débrouilles très bien.

Ah oui ? Je ne marche pas sur ses pieds, c'est déjà ça. Je ne suis pas non plus en train de peloter M. Suce & Lèche, même si je sens cette créature grossir dans le pantalon de Gunther – sans doute à cause de la friction inimaginable causée par notre danse.

Gunther doit se rendre compte que j'ai remarqué son excitation. Il met un peu de distance entre nous –

un geste qui, paradoxalement, me donne encore plus envie de lui sauter dessus.

— La chanson est presque terminée, murmure-t-il.

Ses lèvres effleurent mon lobe d'oreille en une caresse délicate, qui m'aurait fait jouir sur place si mon oreille avait échangé sa place avec mon clitoris style *Freaky Friday*.

— Alors, qu'est-ce qu'on fait maintenant ? demandé-je, à bout de souffle.

— On boit ? suggère-t-il. Loin des autres, dans l'idéal.

— D'accord.

Je jette un coup d'œil furtif aux « autres ». Tiffany et Chelsey semblent être en train de se chicaner, l'air toutes les deux sur le point de se tirer les cheveux – ou l'utérus – d'une seconde à l'autre.

Gunther quitte sa position de danse et s'incline devant moi, avant de suivre mon regard, sourcils froncés.

— Je peux te demander un service ?

— Oui ?

Faites que ce soit un truc sexuel.

— Quand on aura pris ces verres, tu pourras faire semblant de passer un bon moment ?

Hmm. Ça ne devrait pas être trop dur. Je passe toujours un bon moment quand on est ensemble, et l'ajout d'alcool ne devrait qu'accroître cet effet. Pour des raisons évidentes, je me contente de répondre :

— Je vais faire de mon mieux. Ce sera la performance de ma vie.

— Je suis sûre que ça te demandera un effort herculéen.

Gunther appelle le barman et demande un whisky pur pour lui et un autre thé glacé Long Island pour moi.

— Santé, lancé-je.

Je fais tinter mon verre contre le sien et le sirote. C'est délicieux, ce qui veut dire que le barman n'a pas eu la main trop lourde avec le gin, le rhum ou la vodka.

J'entends la voix de Chelsey au loin, mais le seul mot que je comprends est « garce », ou bien c'était « farce » ? Ou « grâce » ?

— On devrait sûrement écarter tes parents de ces deux-là, remarqué-je. Des griffes sont sur le point de sortir, et il ne faudrait pas qu'ils deviennent des dommages collatéraux.

Il fait un geste vers la piste de danse sur notre gauche.

— Je pense qu'ils ont un coup d'avance sur toi.

C'est vrai. Jennifer et Senior sont en train de danser la Macarena – je crois que c'est bien cette chanson qui émane des haut-parleurs, en tout cas.

— C'est aussi Kenny G. qui a écrit cette horreur ? m'enquis-je.

— C'est une chanson de Los del Rio, et mon père est un grand fan.

Un écho de la voix de Tiffany me parvient aux oreilles, et ça ressemble à « pute », même s'il est possible qu'elle ait juste dit « poutre » ou « peinture ».

— On devrait jouer à un jeu à boire, proposé-je à

Gunther. Chaque fois que ces deux-là disent un truc méchant, on boit un coup.

Il sourit.

— C'est parti.

Juste à temps, Chelsey insulte Tiffany de « racoleuse », de « râleuse » ou – mais c'est peut-être mon obsession pour les bonnes affaires qui déforme mon ouïe – de « rabais ».

On boit.

Tiffany traite Chelsey de « traînée », d'« aînée » ou de « trouée ».

Je souris et bois, imitée par Gunther.

En représailles, Chelsey traite sa rivale de « vache » ou de « tache ».

Gunther nous commande une autre tournée de verres, et nous buvons nos gorgées obligatoires en l'honneur de cette insulte bovine. Tiffany hausse la voix et parle de la mère de Chelsey, à moins qu'elle l'ait qualifiée d'« amère », et nous buvons à nouveau.

La bataille continue un bon moment, tout comme nos gorgées d'alcool. Jusqu'à ce que Tiffany trouve la corde sensible sur laquelle tirer – parce que Chelsey lui jette son verre au visage et s'en va d'un pas furieux.

— Je n'aurais jamais cru être reconnaissante envers Tiffany, grommelé-je en buvant un autre coup pour respecter les règles du jeu. Je suis bien contente que Chelsey se soit tirée d'ici.

Gunther se contente de boire, mais l'expression soulagée sur son visage est indubitable. Soit il est content que son ex-fiancée soit partie, soit que le jeu à boire soit terminé.

Pour ce qui est de Tiffany, elle regarde autour d'elle d'un air indigné et s'éloigne, sûrement pour sécher ses vêtements trempés – l'un des meilleurs « deux pour le prix d'un » que j'aie jamais vu.

— Tu veux qu'on retourne danser ? propose Gunther d'une voix un peu pâteuse.

Hmm. Un autre slow est en cours, alors c'est tentant.

— On n'est plus obligés de faire semblant de passer un bon moment, remarqué-je malgré tout.

— Je ne fais pas semblant, répond-il. Et toi ?

Je secoue la tête.

— Dans ce cas-là… dit-il en me tendant la main avec galanterie. La piste de danse t'attend.

J'accepte sa main, et son contact me provoque une décharge qui me donne le tournis… à tel point que je perds l'équilibre une seconde. Le slow se termine, et une autre chanson démarre. Elle est rapide et semble très appropriée pour une entreprise : tout le monde scande les paroles, qui parlent d'un clerc.

— C'est aussi Kenny G ? demandé-je à Gunther.

— Non, répond-il en levant légèrement les yeux au ciel. Cette chanson est mon père tout craché. Il aime les chansons qui ont des noms de danse. Je crois que celle-ci s'appelle « Twerk ».

Hmm. Ils ne parlent donc pas d'un clerc. Oh, et ça explique aussi pourquoi tout le monde secoue son popotin sur la piste de danse.

— Tu paries combien que la prochaine chanson sera « Gangnam Style » ? hurle Gunther. Soit ça, soit « La Bamba ».

— J'ai envie d'essayer, je réponds en haussant la voix et avec un hoquet.

Ses narines se dilatent.

— Laquelle des trois ?

— Retourne-toi.

Il a l'air hésitant.

— Prude, marmonné-je en lui tournant le dos.

OK. J'ai vu Miley Cyrus faire ça. Je m'accroupis près du sol et secoue les fesses.

Mince. C'est plus difficile que je le croyais, mais j'ai une stratégie : je me concentre sur le fait de remuer les tatouages sur chacune de mes fesses de haut en bas. Les tatouages en question se trouvent être des tétons dessinés de manière très réaliste, alors combinés à ce que je suis en train de faire, ça me donne l'impression d'être une artiste burlesque – c'est peut-être ce qui me pousse à propulser mon derrière en arrière, en plein dans l'entrejambe de Gunther.

Était-ce un grognement de douleur ou de plaisir ? Je me retourne pour vérifier, mais ce n'est pas clair. Tout ce que je sais, c'est que sa bouche est ridiculement sexy.

— Merci, dit-il avec une bonne dose de fierté masculine.

Une seconde.

— Je viens vraiment de lâcher que tu avais une bouche sexy à voix haute ?

Son sourire arrogant me donne ma réponse, mais si

je trouvais déjà sa bouche sexy avant, elle est désormais irrésistible.

J'arrête de twerker et pivote – ou bien j'effectue une pirouette, si on considère ça comme un mouvement de danse.

Hmm. J'ai sûrement bougé trop vite. La pièce devient floue et j'ai du mal à tenir droite.

— Attends, dit Gunther.

Il pose une main dans le creux de mon dos pour me soutenir et se penche vers moi.

— Tu veux admirer ma bouche de plus près ?

Je ris – un peu trop fort, à en croire la façon dont tout le monde tourne la tête. Il se lèche les lèvres de manière aguicheuse.

Très bien. Je referme le poing autour de sa cravate chic et l'attire vers moi.

Nos lèvres entrent en collision. Il a le goût du caramel, des chênes et du charbon, avec une note d'alcool – sûrement due à tout ce whisky.

Je viens vraiment de dire que sa bouche était sexy ? J'aurais dû être plus généreuse. Elle est délicieuse. Merveilleuse. Sublime.

La pièce se met à tourner autour de nous et tout disparaît sauf ce baiser.

Il m'attrape les fesses, les pouces près des dessins de tétons gravés dans ma peau.

Merde.

J'ai l'impression qu'il stimule mes vrais tétons – sûrement parce qu'ils sont si durs et pressés si fort contre les kilomètres de tissus qui séparent nos corps.

Je m'écarte avec une grande réticence et hoquette :

— Il faut qu'on sorte d'ici.

Il me prend la main et m'attire entre nos collègues en train de se trémousser. Des gens doivent souvent nous bousculer, parce qu'on n'arrête pas d'osciller d'un côté et de l'autre comme des pendules dans un ouragan.

Dehors, une flotte de voitures noires attend, et nous sautons dans l'une d'elles au hasard.

— Chez moi, ordonné-je.

Le chauffeur sourit.

— Et quelle est l'adresse ?

À ma grande surprise, Gunther la lui donne.

Comment a-t-il… ?

Laissez tomber. Il m'a envoyé les vêtements que je porte en ce moment. Et qui grattent, maintenant que j'y réfléchis.

— Ta bouche est sexy aussi, dit Gunther d'une voix rauque et grave.

Peut-être aussi un peu pâteuse.

Je pense pouvoir trouver une meilleure utilité à ma langue qu'en lui répondant, je la laisse donc plutôt entrer dans un combat de lutte avec la sienne.

Par les couilles des Ramones, la seule prise de lutte que je connais, c'est le *stunner*, et j'ai l'impression que c'est exactement ce que Gunther fait à ma langue.

Miam.

Nous continuons de lutter comme ça un moment ; il s'arrête, émerveillé, chaque fois qu'il sent la tige dans ma langue, et je fonds en une flaque parfumée à l'ocytocine quand il joue avec.

Le temps semble ralentir. Ou accélérer. Tout devient flou, c'est une certitude.

À un moment donné, nous nous mordillons les lèvres, un geste que je n'arrive pas à décrire avec une métaphore liée à la lutte. Plus tard, des mains glissent le long de ma mâchoire, ses gros doigts me donnant l'impression d'être aussi délicate qu'une princesse fée.

Puis cette foutue voiture s'arrête.

Qu'est-ce qui se passe ? On est déjà arrivés ? Et où sommes-nous ?

Avec réticence, je décroche mes lèvres de celles de Gunther et regarde par la fenêtre.

Ah. C'est bien ça. C'est mon immeuble.

Gunther plonge son regard en fusion dans le mien.

— Et maintenant ?

J'ai envie qu'il monte, mais une partie de moi se souvient qu'on ne peut pas dire « Viens me baiser, fort. » Il faut être un peu plus subtil. Je réfléchis. Le problème, c'est que j'ai du mal à trouver une alternative.

Puis, j'ai une idée.

— Viens rencontrer le père de ton futur bébé.

Gunther sort de la voiture sans plus d'encouragement, mais le chauffeur regarde dans le rétroviseur, un sourcil haussé. Je suppose qu'il y a une limite entre la perversion et le scénario que je viens de sous-entendre, dans lequel un homme en met un autre enceint.

— Je parlais de son bébé à fourrure, grommelé-je tandis que Gunther m'ouvre la porte.

Le chauffeur n'a pas l'air de me croire, ou bien il ne pense pas que cette explication rende ça plus acceptable.

Gunther lâche un hoquet et déclare :

— Je crois que je savais que c'était ce que tu voulais dire.

— Lapinou, clarifié-je juste au cas où.

— Ce n'est pas un chat que tu as ? s'étonne Gunther en me tendant la main. Je suis sûr que tu as mentionné un chaton... à moins qu'on les surnomme aussi « lapinous » ?

Non. Peut-être. Je sais qu'on peut qualifier les bébés chèvres de « gosses ». Mais comment appelle-t-on un bébé lapin ?

Aucune idée, et je suis trop excitée pour obliger mon cerveau à faire autant d'efforts.

— Mon chat s'appelle Lapinou, expliqué-je en prenant sa main tendue pour me lever.

Pour une raison inconnue, la rue se met à tourner autour de moi.

La voiture part en faisant crisser ses pneus, et j'entraîne Gunther avec moi, le faisant vaciller un peu.

— Si tu peux appeler ton chat Lapinou, alors j'ai un super nom pour le chaton, annonce-t-il.

Nous faisons quelques pas vers l'immeuble, puis je demande :

— C'est un secret ?

— Ah, répond-il. Je croyais l'avoir déjà dit.

— Non.

— Bee, annonce-t-il avec fierté.

Je digère ce qu'il vient de dire, ce qui me prend tellement de temps qu'on est déjà dans l'ascenseur quand je m'enquiers :

— Pour un chat mâle ou femelle ?

Sa réponse arrive aussi à retardement.

— Peu importe, dit-il tandis que j'ouvre ma porte d'entrée. Si c'est un mâle, ce sera un diminutif de Beeowulf. Autrement, ce sera pour Beeatrix.

— Je parie que tu n'as jamais remporté de concours d'orthographe à l'école, remarqué-je en lui faisant signe d'entrer.

Dès qu'il met un pied dans l'appartement, Lapinou approche et se frotte contre sa jambe – ce qu'il n'a jamais fait à personne de toutes ses neuf vies.

— Le papa du bébé ? demande Gunther en le scrutant.

Je hoche tristement la tête. Ma pitoyable excuse vient juste de s'évaporer.

— Je sais ce que tu penses. Certains chats ont l'air d'avoir mangé un canari et d'en être très satisfaits, mais celui-là donne plus l'impression d'avoir torturé le pauvre oiseau avant de lui avoir arraché toutes ses plumes, de » avoir privé de sommeil pendant un an et de l'avoir obligé à écouter une musique de Kenny G.

Gunther ignore cette insulte. Les yeux toujours posés sur le chat, il demande :

— Son panier est dans ta chambre ?

— Non, lâché-je. Je veux dire… oui. Tu veux le voir ?

Il hoche la tête.

Oui ! Je guide Gunther jusqu'à la chambre et ferme la porte avant que Lapinou n'ait pu nous suivre. Je n'ai absolument pas envie que le chat explique que son panier est en fait perché sur une haute étagère dans le salon. Gunther a l'air étourdi tandis qu'il examine les murs – sûrement parce qu'il n'a jamais vu autant de posters de groupes cool au même endroit. Je pose la main sur son épaule musclée pour attirer son attention, puis laisse échapper :

— Ta bouche n'a pas seulement l'air sexy. Ses baisers le sont tout autant.

Hmm. Qui aurait cru que *cette* phrase serait celle que Gunther attendait depuis tout ce temps ? Il y a tant d'avidité dans son regard quand il se tourne vers moi, et avant que je n'aie pu réagir, il s'empare de ma bouche.

Bordel. Pourquoi le temps est-il aussi bizarre ? Un instant, je suis au beau milieu du baiser le plus torride de toute ma vie, et le suivant, Gunther me retire ma robe de soirée pendant que mes doigts déboutonnent son pantalon.

Nous nous arrachons le reste de nos vêtements comme si on participait à une compétition de celui qui déshabillera l'autre le plus vite – que Gunther gagne sans mal. Je suis totalement dénudée alors qu'il a encore son boxer. Il s'écarte hors de ma portée avant que je n'aie pu le lui enlever.

Je comprends alors pourquoi il s'est dérobé aussi vite. Il veut prendre le temps de bien me regarder.

— Waouh, murmure-t-il une fois l'examen terminé.

C'est soit un bon « waouh », soit un mauvais « waouh », tout dépend de ce qu'il pense de mon mélange de piercings et de tatouages. Oh, et de mon corps, bien sûr.

Je me rapproche de lui, déterminée à revendiquer ce boxer. Mais d'abord, je ne peux m'empêcher de suivre des doigts les sillons de son torse nu.

— Cet entraînement est vraiment bénéfique pour ton corps.

Il balaie cette remarque d'un geste, me prend la main et me fait tournoyer tout en expliquant :

— Je veux te voir de dos.

Ça veut dire que le « waouh » était positif ? Pourquoi demander à voir plus de choses qui vous répugnent, hein ?

— C'est comme une œuvre d'art, remarque-t-il en me tournant à nouveau face à lui.

— Comme ? répété-je, indignée.

— Désolé, répond-il en prenant mon visage en coupe dans ses grandes paumes chaudes. Littéralement une œuvre d'art. Belle. Complexe. Inspirante. Oh, et les tatouages sont cool aussi.

Je souris, abaisse son boxer… et hoquette.

— Waouh. Et c'est un « waouh » positif.

En fait, « waouh » n'est pas assez fort pour décrire la taille et la perfection de M. Suce & Lèche. En général, un simple « waouh » ne fait pas se contracter mes muscles pelviens d'impatience. Il ne me donne pas non plus l'eau à la bouche, sans parler de ma...

— Avant que l'on n'aille plus loin, dit-il d'une voix un peu pâteuse. J'ai une question.

— Je suis clean et je prends la pilule, débité-je. Mais on devrait utiliser les préservatifs que j'ai achetés en solde : ils ont une date d'expiration.

Il étire les lèvres en un sourire sexy.

— Je suis clean aussi, et les préservatifs sont une bonne idée. Beaucoup de préservatifs. Surtout ceux dont la date n'est pas expirée. Mais ce que je voulais demander, c'était : tu as vraiment des tétons sur les fesses, ou je suis si excité que j'hallucine des tétons là où il n'y en a pas ?

— Ce n'est pas une hallucination. Juste un rêve érotique.

De manière aussi séductrice que possible, je fais glisser mes doigts le long des bouts pointus de mes tétons percés.

Les pupilles de Gunther se dilatent et un grognement bas vibre dans sa poitrine. En un clin d'œil, mon dos se retrouve plaqué au matelas, et la pièce se met à tourner si vite que c'est comme si le temps accélérait à nouveau. Quand je reprends mes esprits, mon téton droit est dans la bouche de Gunther et l'autre entre ses droits.

Oh mon Dieu. En général, je dois expliquer aux novices en tétons percés ce qu'ils doivent faire, mais il fait ça comme un pro. Il lèche, suce et mordille – sans douleur – tout en appliquant une pression délicate avec ses doigts de l'autre côté, tout ça sans pincer ni tirer trop fort, ce qui pourrait poser problème avec les piercings.

Je me rends compte que ces simples caresses sur mes tétons m'excitent, ce qui n'est encore jamais arrivé. Pas tant que j'étais éveillée, en tout cas.

Peut-être ne suis-je pas totalement éveillée, à cet instant ? Ça expliquerait mes pensées floues. Quoi qu'il en soit, je compte bien en profiter.

Dans un éclair de lucidité, j'ai une révélation : Gunther a des tétons aussi. Génial. Je commence à jouer avec, leur donnant des petits coups et les pinçant jusqu'à ce qu'ils soient autant en érection que M. Suce & Lèche.

Gunther lâche mon téton le temps de grogner. Puis, il fait glisser sa langue le long de mon ventre avec assurance.

Je ne voudrais pas faire un usage excessif de ce mot, mais *waouh*. Sa langue exquise et talentueuse lèche autour de mon nombril, puis continue plus bas, jusqu'à se retrouver exactement là où j'en ai envie.

Je referme la main dans les cheveux de Gunther, ébouriffant sa coiffure soignée. Je sens son sourire narquois contre – nom de code – Pot, puis sa langue rusée dessine un cercle autour de la tige plantée dans mon clitoris.

— Putain, hoqueté-je.

Il s'arrête et me regarde, les yeux en fusion.

— Sois polie, s'il te plaît.

— Désolée, je réponds sagement.

C'est *comme* ça qu'il aurait dû me motiver à parler comme une dame. En débarquant dans mon bureau, plongeant à genoux sous mon bureau… et je n'aurais pas prononcé un seul juron.

Gunther reprend son travail de première importance.

Sa langue chaude devient le centre de mon monde, puis un orgasme à crisper les doigts de pieds me fait voler en éclats – c'est la première fois que ça arrive aussi vite. Enfin, à supposer que ça ait vraiment été rapide et que le temps ne soit pas en train de me jouer des tours.

Mais Gunther ne s'arrête pas là. Il adoucit ses coups de langue et élargit ses cercles, ce qui me permet de me ressaisir. Mais très vite, il me tire un nouvel orgasme, et je hurle si fort que j'en ai mal à la gorge.

— Des idées ? demande-t-il en levant la tête et en m'adressant un sourire de travers.

— Je pense qu'on peut être deux à jouer à ce jeu.

Je le repousse et me penche au-dessus de lui, prête à faire ce qui a toujours été sous-entendu par le magnifique nom de son sexe : sucer et lécher.

Encore waouh.

Sa peau de velours est délicieusement salée tandis que je referme la bouche autour de son membre dur comme l'acier.

— Putain, grogne Gunther d'une voix gutturale.

Je m'écarte.

— Sois poli !

Il esquisse un sourire tourmenté.

— Nouvelle règle. Tout est permis au lit, *putain*.

— Putain, oui.

Je glisse à nouveau M. Suce & Lèche dans ma bouche, et rien que pour souligner mon propos, je referme la main autour de ses bourses. Leur poids lourd est étonnamment plaisant au toucher. Les abdominaux ciselés de Gunther se contractent et un flot de « putain » s'échappe de sa bouche.

Pourquoi est-ce que je me sens à ce point aux commandes ? Aucune idée, mais j'aime ce délire mégalo, et j'arrête de sucer un instant. Puis, quand l'objet de mon attention tressaute d'impatience, je le lèche deux fois avec volupté.

— J'ai besoin d'être en toi, grogne Gunther.

— Mes sept mots préférés, haleté-je.

Une seconde. Cette remarque était-elle trop dévergondée ?

Au cas où, j'ajoute la vérité :

— Quand c'est toi qui les dis.

Il regarde autour de lui avec empressement.

— Tu as mentionné des préservatifs.

Hmm. Mon esprit est si embrumé – d'excitation, j'en suis sûre – que j'avais complètement oublié. J'ai *très* envie de sentir sa peau nue en moi, mais puisque mon statut de traînée a récemment été remis en question, je décide de jouer la sécurité et de retrouver les préservatifs pour lui en donner un. Oui, je me suis humiliée moi-même au point de devoir résister à la très forte envie de lui enfiler ce préservatif avec ma bouche – un tour que j'ai effectué sur assez de bananes pour nourrir tous les singes du Zoo du Bronx pendant un an.

Bon, tant pis. En fait, M. Suce & Lèche est encore plus alléchant avec le reflet rougeâtre apporté par la capote.

— À quatre pattes, ordonne Gunther d'une voix rauque.

J'obéis et demande par-dessus mon épaule :

— C'est une excuse pour revoir mes tétons de fesses, hein ?

En réponse, il approche son visage dudit tatouage, mais pas pour l'examiner de près. Au lieu de ça, il lèche, nom de code, Pot par-derrière ; sa langue effectue une manœuvre assez astucieuse pour battre le champion du monde des échecs.

Ma bouche devient sèche, et ça n'a rien d'étonnant : toute l'humidité de mon corps est descendue là où se trouve la langue de Gunther.

Le temps doit à nouveau me jouer des tours, parce que je suis à nouveau à deux doigts de l'orgasme ; et c'est à ce moment-là que Gunther échange sa langue contre M. Suce & Lèche.

— Putain ! nous exclamons-nous en même temps.

Dans mon cas, c'est parce que la façon dont il m'étire me fait basculer et jouir si fort que mes genoux et mes bras manquent de flancher. Dans le sien, c'est sûrement parce que les parois de Pot enserrent M. Suce & Lèche comme si sa vie en dépendait tandis que je jouis.

— C'est si bon, grogne Gunther en s'enfonçant en moi une fois.

Deux fois. Trois fois.

Putain de merde. Est-ce un autre orgasme que je sens se contracter au creux de moi ? Je croyais que deux, c'était le max, et seulement quand on a beaucoup de chance. Ouais. Il est en train de grandir, et la façon dont les pouces de Gunther pressent les tatouages de tétons sur mon derrière ne fait qu'accélérer le processus, parce que ce sont des zones érogènes, pour moi – d'où les tatouages.

— Plus vite, hoqueté-je.

Oh merde. Il devait se contenir jusqu'ici. Maintenant, il me pilonne comme si nos vies en dépendaient, et la pression sur mes tatouages de tétons s'intensifie à mesure qu'il resserre sa prise sur mes fesses.

Des gémissements désespérés s'échappent de ma gorge. L'orgasme qui grandissait en moi aura bientôt la taille d'un tsunami et s'apprête à toucher terre.

Gunther émet un grognement sonore, et son sexe durcit encore plus quand il atteint l'orgasme.

Oui. Oui. Oui. Je suis poussée par-dessus bord, et je jouis si violemment que mes genoux et mes bras flanchent.

C'est dément.

Je me retrouve sur le ventre, dans une flaque de béatitude.

— Tu vas bien ? murmure Gunther en me caressant le dos.

— Je vais bien mieux que bien, je réponds d'une voix assoupie. Ferme-la maintenant. S'il te plaît.

Avec un petit rire, il enroule son corps autour du mien comme une couverture de muscles.

OK. C'est officiel. C'était forcément un rêve, ce qui veut dire qu'il est temps de repartir dans un sommeil sans rêves… et c'est ce que je fais sans tarder.

Dix-Huit

Je me réveille et le regrette aussitôt amèrement.

Le monde tourne comme dans un module d'entraînement de la NASA, et j'ai l'impression que mon crâne est un arbre mort picoré par un pivert assoiffé de Long Island.

Ai-je vraiment bu assez d'alcool pour me sentir aussi misérable ?

Je scrute les environs à travers mes cils. Oh merde. Voilà la preuve que j'ai beaucoup trop bu – et que ce qui s'est passé entre Gunther et moi n'était pas un rêve, comme une partie de moi l'espérait. Il est là, délicieusement nu et *dans mon lit.*

Je ferme les yeux et tente l'impossible – un semblant de pensée cohérente.

C'est parti.

Gunther et moi avons couché ensemble.

Non. On s'est lancés dans des ébats époustouflants.

Correction : c'était le genre de truc qui m'empêchera d'apprécier ça avec tout autre homme.

À moins que… oserais-je espérer que ça ait été médiocre, mais que l'alcool m'ait donné l'impression que c'était mieux que tout ce que j'avais jamais connu ? Si l'ivresse peut rendre un type ordinaire sexy, peut-être que le thé glacé Long Island a eu cet effet ?

Attendez. Je suis concentrée sur le mauvais problème.

J'ai couché avec l'homme qui a gâché ma vie.

Une seconde. C'est une information obsolète. D'après ce que son père m'a dit hier soir, cet honneur revient à Tiffany, et il n'existe pas assez de thés glacés Long Island au monde pour me pousser à coucher avec elle.

Mais Gunther m'a quand même fait du chantage pour m'obliger à travailler avec lui. Ce qui me rappelle un truc, je suis le pire cauchemar des Ressources Humaines : une employée qui a couché avec son patron.

Soudain, un son horrible retentit ; ça ressemble à des griffes de chat qui m'écorchent le cerveau.

Je jette un coup d'œil au réveil : 8 heures 15.

Merde. J'ai quinze minutes de retard pour donner son petit-déjeuner à Lapinou, et c'est justement à ça que ressemblent ses miaulements dans mon cerveau en pleine gueule de bois. À bien y réfléchir, l'ai-je nourri hier soir ? Non. J'avais trop faim de Gunther pour accomplir mon devoir de parent de boule de poils.

Gunther se couvre les oreilles avec ses paumes.

— Pour l'amour du ciel, faites que ça s'arrête.

— Je m'en occupe.

Je sors mes jambes flageolantes du lit et j'attends que la pièce arrête de tourner.

— Ne regarde pas, dis-je à Gunther avant de me lever.

— Ce n'est pas un peu trop tard pour ça ? grommelle-t-il.

Mais il détourne quand même la tête.

OK, ça prouve qu'il se souvient de ce qu'on a fait hier soir, lui aussi.

Parfait.

J'enfile mon kimono à motifs de crânes que j'ai eu gratuitement grâce au programme de fidélité d'un site internet d'accessoires punk. Je glisse mes pieds dans les chaussons que j'ai aussi reçus gratuitement, après avoir conseillé une boutique de chaussures à mes sœurs. Je sors de la chambre et me retrouve face au visage grognon de mon chat affamé.

Sais-tu POURQUOI *je t'appelle « celle qui me nourrit » ? Ou pourquoi je vais peut-être te renommer « celle qui avait autrefois des globes oculaires » ?*

— Désolée, mon grand, dis-je avant de me précipiter à la cuisine pour lui servir le double de sa quantité de nourriture habituelle.

Tout en remuant sa petite queue de lapin, exclusive à sa race, Lapinou dévore sa pâtée avec une vivacité qui lui ressemble peu, me faisant me sentir si coupable que je lui resserre une part.

Il me regarde d'un air un peu moins grognon dès que je dépose cette portion supplémentaire.

Très judicieux de ta part. Je vais peut-être te laisser conserver tes fichus yeux. Ce serait fastidieux de devoir torturer et tuer ton chien d'aveugle.

Je finis de prendre soin de mon chat en lui remettant de l'eau fraîche. Puis, j'en verse aussi dans deux grands verres et ajoute un peu de sel et de sucre, puis une touche de jus de citron. Pour finir, je récupère une boîte de comprimés dans mon armoire à pharmacie, et j'emporte le tout dans la chambre.

À ma grande déception, Gunther est déjà habillé à mon retour.

— Tiens, lancé-je en lui fourrant un verre dans la main.

Je pose le mien sur la table de chevet, ouvre la boîte de comprimés et lui en tends deux, avant d'en avaler deux autres.

— C'est quoi ? demande-t-il.

— Une alternative économique à la Gatorade, je réponds avec un geste vers son verre.

Je repose la boîte de comprimés et ajoute :

— Et de l'acétaminophène sans ordonnance, la même chose que du Tylenol, mais en bien moins cher.

— Un remède contre la gueule de bois qui est aussi une bonne affaire ?

Il sourit, ce qui le fait grimacer.

— Merci.

Il prend le comprimé et vide son verre.

— De rien.

Je bois le mien plus lentement – parce que je ne sais pas quoi dire ensuite.

— Il faut qu'on parle, dit Gunther au moment où je termine.

D'habitude, ce n'est pas l'homme qui redoute d'entendre une femme prononcer cette phrase ? Mon cœur se serre, et je repose mon verre.

— Qu'on parle ? répété-je en lançant un regard appuyé au lit. De quoi ?

Il frotte sa mâchoire mal rasée.

— Je suis désolé pour hier soir.

— Pardon ? m'exclamé-je en portant instinctivement les mains à mes hanches. Tu es *désolé* ?

Il grimace.

— L'alcool est un facteur d'atténuation. Il diminue l'activité du cortex préfrontal, ce qui impacte notre rationalité et nos prises de décision.

J'étrécis les yeux.

— L'absence de rationalité et les piètres décisions de qui sommes-nous en train de parler ?

Indice : il n'y a pas de bonne réponse à cette question.

— Des miennes, répond-il.

Je m'approche de lui et enfonce mon doigt dans sa poitrine beaucoup trop dure.

— C'est un honneur de coucher avec moi, et il est hors de question que je laisse quelqu'un se comporter comme si c'était une erreur.

Il soupire et fait un pas en arrière.

— Tu déformes mes propos.

— Ah oui ? Vraiment ? Monsieur Erreur.

— Je suis ton patron, ce qui rend la dynamique de pouvoir malsaine.

Pourquoi le fait qu'il qualifie ça de « malsain » rend-il la chose plus sexy ?

— Tu n'es mon patron que de manière temporaire.

— Ce n'est pas une excuse. Et l'alcool n'en est pas une non plus.

Il s'assoit au bord du lit et continue :

— Je prends l'entière responsabilité de ce qui s'est passé, et je suis prêt à travailler auprès des Ressources Humaines. Ils ont des formations et…

— La ferme, lâché-je vertement. Tu ne m'as mis aucune pression, tu ne m'as pas obligée à faire quelque chose que je ne voulais pas.

— Mais le…

— Tu préfères que tes couilles restent attachées à ton corps ? demandé-je en sortant mon fidèle canif.

Je l'ouvre d'un grand geste et mime le fait de couper deux avocats d'une branche.

Gunther ricane.

— Tu ne t'évanouirais pas à la vue du sang ?

— Merde, lâché-je en rangeant le couteau. Voilà pourquoi je ne parle jamais de mon secret à personne.

— Alors… reprend-il en soupirant à nouveau. Je pense que mon argument se tient.

— Quel argument au juste ?

Il fronce les sourcils.

— Je ne sais plus trop.

— Dans ce cas, j'accepte tes excuses.

— Non, lâche-t-il d'un ton ferme. Nous n'aurions pas dû avoir de relation intime au-delà de nos rapports appropriés et approuvés par les Ressources Humaines. Et même si on avait fait les choses dans les règles, notre première fois n'aurait pas dû avoir lieu sous l'influence de l'alcool.

Je me perche sur le lit à côté de lui.

— Je ne suis pas sûre d'être d'accord, surtout avec ce dernier point.

Il se tourne vers moi et arque un sourcil interrogateur.

Une rougeur ridicule me recouvre les joues.

— Tu ne trouves pas que l'état d'ébriété a accru… l'expérience ?

Il secoue la tête, puis grimace à nouveau.

— Je pensais que c'était juste toujours comme ça avec toi.

Vraiment ? Ma rougeur se déploie jusqu'à mes doigts de pied. Et puis, je me sens coupable, d'abord d'avoir menacé ses merveilleuses bourses, puis d'avoir peut-être heurté son égo en ne lui attribuant pas l'aspect exceptionnel de ces ébats. Enfin, je peux arranger ce dernier problème en faisant machine arrière.

— *Évidemment*, c'était à la fois dû à toi et à l'ivresse, mais vu que je n'ai jamais rien connu d'aussi bien…

Il bondit sur ses pieds, et je me rends compte qu'une bosse s'est formée dans son pantalon, comme si un anaconda s'y était infiltré. Je ravale ma salive et lève les yeux. Son regard est brûlant.

Hmm. Il en veut *plus*. Même avec la gueule de bois ? À bien y réfléchir, ça ne me dérangerait pas non plus de recommencer, malgré les courbatures.

— Je pense que ça ne nous avancera à rien d'avoir cette conversation maintenant, dit Gunther d'un ton aussi raide que certaines parties de son anatomie.

— Ah oui ?

Je m'inspire de Sharon Stone dans *Basic Instinct*, croisant et décroisant les jambes.

Ses pupilles se dilatent devant ce petit spectacle.

— On doit dessoûler, grogne-t-il.

J'ai l'impression qu'il essaie surtout de s'en convaincre lui-même.

— Très bien, acquiescé-je en croisant fermement les jambes.

— Parfait.

Il se retourne avec réticence et s'avance lentement vers la porte.

— Attends. Laisse-moi te raccompagner à la porte, proposé-je.

Il attend, toujours aussi rigide – tout autant que d'autres choses.

Quand je passe devant lui, je ne peux résister à l'envie de trémousser mes fesses autant que je le peux. Quand j'arrive à la porte, j'ai l'impression qu'il respire plus fort. Parfait.

— On se parle au déjeuner de lundi ? suggéré-je en ouvrant la porte.

Avec un bref signe de tête, il s'empresse de quitter l'appartement.

Je tourne les talons, vais m'habiller, et j'attends que la gueule de bois se soit dissipée avant d'appeler Pearl.

— Salut, dit-elle. Comment s'est passée la fête ?

— Félicitations, annoncé-je avec un soupir. Tu ne me dois pas une décennie de fromage.

Pearl émet un couinement jubilatoire, puis exige de connaître tous les détails ; je m'exécute donc.

— Alors, vous êtes ensemble ? s'enquiert-elle d'un ton surexcité.

— Aucune idée. On va en parler lundi, au déjeuner.

— Eh bien, dit-elle d'une voix un peu plus calme. Tu en as envie ?

Oui. Non.

— Peut-être.

— Tu en as envie.

Je lève les yeux au ciel.

— Pourquoi ?

— Tu ne peux pas être célibataire au mariage de Gia, répond-elle.

Quelque chose, dans ma voix, met tous mes sens en alerte.

— Tu es encore avec… ?

— Ne prononce pas son nom ! m'interrompt Pearl.

— Waouh. Il est réduit au statut de Voldemort. Ça doit être grave.

Elle me raconte comment sa relation a tourné au désastre, et je propose de l'emmener dans son restaurant préféré pour un brunch le lendemain.

— Vraiment ? s'étonne-t-elle. Mais ils n'ont jamais de coupons de réduction.

— J'ai un emploi respectable, lui rappelé-je.

Je ne mentionne pas ce que j'ai appris il y a peu : il y a un Groupon pour son restaurant préféré ce dimanche, à l'heure du brunch.

Le reste du week-end se passe dans un brouillard, le seul événement mémorable étant le brunch avec Pearl, durant lequel elle s'est régalée de leur exubérant plateau de fromages.

La première partie du lundi passe aussi très vite, jusqu'à ce que Gunther et moi nous rejoignions à la salle de sport en tout cas. Parce que je sais que la discussion que nous aurons lors du déjeuner approche, l'entraînement me semble encore plus long que la version longue de la trilogie du *Seigneur des Anneaux* — et aussi gênant que les fans les plus acharnés des films en question.

— Alors, lancé-je une fois que l'on est assis à la cafétéria et que l'on a commandé nos plats. Prêt à parler, maintenant ?

— Oui. Bien sûr, répond-il en ajustant sa cravate. Maintenant que tout l'alcool a quitté notre organisme, j'aimerais te réitérer mes excuses, ainsi que souligner le fait que je prendrai toute responsabilité si…

— Non, je l'interromps en secouant la tête. On est déjà passés par là. Il s'est passé ce que je voulais qu'il se passe, point. Est-ce qu'on peut parler d'un truc plus intéressant ?

Il incline la tête.

— OK. Tu trouverais ça acceptable, si je te faisais la cour ?

Mon cœur bondit dans ma poitrine et une ruche bourdonnante élit résidence dans mon ventre.

— Ça ressemble bien à Monsieur Ferguson, de parler de rencards comme si ça requérait une tenue officielle et des couverts raffinés.

Il me rend mon sourire.

— Si tu insistes, je peux porter un pyjama et manger avec des cuichettes.

— Dans ce cas, c'est d'accord.

— Super.

Il tend la main sous son siège et en tire une grosse liasse de papiers qu'il pose sur la table.

— Remplis ça. Je me suis déjà occupé du mien.

Ah. Le formulaire 66669. Bien sûr.

Je parcours des yeux la première page.

Cette politique n'empêche pas le développement de relations amoureuses entre les employés de Grignote & Croque, mais s'efforce d'établir des attentes claires...

Barbant. Et mensonger. Rien que l'existence de ce formulaire doit dégoûter les gens du sexe et des relations amoureuses aussi vite que le fait d'apprendre l'existence de la gonorrhée l'a fait pour moi pendant un bon moment – après une « leçon amicale » de la part de Gia et la discussion sur « les choses de la vie » de la part de mes parents bien trop avides de m'expliquer le moindre petit détail.

Je lis plus vite, jusqu'à arriver à :

Les individus ayant un rôle de superviseur sont sujets à des obligations plus strictes à cause de...

Peu importe. Je ne suis pas superviseur, ce n'est pas mon problème.

Je m'apprête à passer aux tirets qui décrivent les différentes lignes directrices quand Gunther remarque :

— Préviens-moi si tu veux une traduction rapide du langage des Ressources Humaines.

— Ça ne risque pas d'être compliqué pour toi ? demandé-je en tournant le formulaire vers lui. Ton langage par défaut ressemble beaucoup à celui de ce formulaire.

— Hilarant.

Il m'indique le premier tiret, qui déclare : *Durant les heures de travail, et dans tous les espaces possédés par Grignote & Croque, les employés doivent limiter leurs échanges personnels pour éviter que leurs collègues soient distraits ou offensés, dans un effort pour préserver la productivité.*

— Ne pas parler de trucs personnels tant qu'on bosse, traduit Gunther.

Je hoche la tête avec sagesse.

— Alors, si je voulais te dire que j'ai apprécié ce truc que tu as fait avec ta langue, je devrais attendre qu'on ait fini de bosser ? Ou qu'on soit sortis du bâtiment ?

Ses yeux s'assombrissent et se réchauffent, mais il place son doigt sur le deuxième tiret, et avant que je n'aie pris la peine de le lire, il traduit :

— Ne pas avoir de conversations qui rendraient les autres collègues mal à l'aise.

— Ce n'est pas déjà couvert par le tiret décourageant les « conversations personnelles » ?

Et puis, est-ce qu'il a tout appris par cœur pour m'avoir traduit ce charabia des Ressources Humaines aussi vite ?

Gunther secoue la tête.

— La fête d'hier était en dehors des heures de boulot, mais si on parle de cette histoire de langue devant nos collègues, ça les rendra mal à l'aise, ce n'est donc pas autorisé.

— Les gens des Ressources Humaines ressemblent à des chaperons de l'ère victorienne, remarqué-je avec une fausse moue boudeuse. Quoi d'autre ?

Il déplace son doigt d'un centimètre.

— Pas de contact physique dans l'espace professionnel.

— La cafétéria fait-elle partie de l'espace professionnel ?

— Correct.

— Alors… je ne peux pas faire ça ? demandé-je en posant la main sur la sienne. Ou ça ?

Je remonte mes doigts le long de son bras.

Son regard se voile, mais il secoue fermement la tête.

— Et qu'en est-il de ça ?

Je retire mon pied de ma chaussure et lui masse délicatement l'entrejambe avec mon gros orteil, dissimulée par la nappe.

L'air à deux doigts d'exploser, Gunther parvient à répondre :

— Oui. C'est un excellent exemple de ce qu'il ne faut pas faire.

— Et si on ne se touche pas ?

Je me lèche les lèvres de manière libidineuse.

Ses narines se dilatent.

— Je suis sûr que c'est couvert par une autre clause.

Je pousse un soupir théâtral.

— Je suppose qu'on va devoir passer beaucoup de temps l'un chez l'autre.

Il pousse un soupir presque aussi profond.

— Quoi qu'il arrive, ça devra attendre que ce formulaire ait été révisé par Vera Chaste, la directrice des Ressources Humaines.

« Chaste » ? Pas étonnant qu'elle ne laisse personne d'autre prendre du bon temps.

Je signe le formulaire.

— Combien de temps ça va prendre à Mlle Chaste avant d'approuver ça ?

— C'est *madame* Chaste, et je ne sais pas. Elle est en congé maternité.

— Pas si chaste que ça, finalement, hein ?

Il me lance un regard réprobateur.

— Tu ne crois pas que Vera a déjà entendu ce genre de blague autant que toi sur ce que produisent les abeilles ?

— Touché. Mais plus sérieusement, quand Mme Chaste doit-elle rentrer ?

Il hausse les épaules.

— D'après la politique de l'entreprise, les congés maternité peuvent durer douze semaines. Elle a commencé le sien il y a quelques semaines.

Je le regarde, bouche bée.

— Ça veut dire qu'on va devoir attendre deux mois.

Il sourit.

— Je prends ton impatience pour un compliment.

Je pince les lèvres.

— Je prends ton absence d'impatience comme tout l'opposé d'un compliment.

Gunther regarde l'endroit où mon pied était posé il y a peu.

— Je peux t'assurer que s'il y a bien une chose dont je ne manque pas, c'est d'impatience.

Le serveur arrive avec nos plats, je n'ai donc pas l'occasion de répondre.

Une fois qu'on est à nouveau seuls, je demande :

— Alors, c'est tout ? On va devoir tout mettre sur pause ?

Gunther lève sa fourchette.

— Seulement d'un point de vue physique. On va continuer de déjeuner ensemble et d'apprendre à mieux se connaître.

Je prends mon couteau avec la mauvaise main – exprès.

— J'ai l'impression d'être « friendzonée ».

Il lance un regard désapprobateur au couteau.

— Il faudrait que tu te comportes de manière amicale pour ça.

— Très bien, lâché-je avec un sourire forcé.

Apprenons à mieux nous connaître. Je commence. Quelle est ta couleur préférée ?

— Le violet. Et toi ?

Je lui réponds que c'est le noir, puis nous nous posons des questions de plus en plus vite. Entre autres choses, j'apprends qu'il n'a jamais de portefeuille sur lui, qu'il possède une collection d'épées chez lui et – sans surprise – que son animal préféré est l'abeille. Tandis que la conversation continue, je prends une décision : je vais faire mon possible pour briser sa volonté et pour qu'on ait d'autres relations physiques bien avant que Mme Chaste ne revienne de son congé maternité. C'est une question de fierté féminine.

Quand je l'amènerai au mariage, je n'aurai pas envie d'avoir l'impression de mentir en le présentant comme mon petit ami.

À cette fin diabolique, j'appelle Pearl dès que je suis revenue à mon bureau.

— Salut, sœurette, lancé-je sans préambule. Tu veux qu'on aille faire du shopping aujourd'hui ?

— Avec plaisir. En quel honneur ?

— Pour une tenue de bureau, annoncé-je avec un regard furtif vers le bureau de Gunther.

— Ah, répond-elle. Il doit y avoir des soldes. Tu veux quel genre ?

— Cochonne, je réponds avec détermination.

Dix~Neuf

— TON DÉCOLLETÉ A UN DÉCOLLETÉ.

C'est la première chose que me dit Pearl quand je ressors de la cabine d'essayage.

— Tant mieux. Et *là*, de quoi j'ai l'air ?

Je fais semblant de faire tomber quelque chose par terre et me penche pour le ramasser.

Pearl lâche un sifflement.

— Il pourra voir jusqu'à ta luette.

Je me redresse.

— C'est approprié sur le lieu de travail ?

Elle fronce les sourcils.

— Très peu.

— Super.

Je fais un signe de la main à la vendeuse.

— Je vais prendre ça.

———

Le lendemain, je me rends au boulot avec l'une de mes nouvelles tenues et, quand je passe devant Gunther au déjeuner, je laisse « accidentellement » tomber une fourchette d'une table.

— Oups.

Je me penche pour la ramasser, les fesses dressées vers mon patron platonique-pour-l'instant.

Était-ce un grognement de douleur ?

Je repose la fourchette et me tourne vers Gunther, à qui je lance un regard aussi innocent que possible.

— Tu as dit quelque chose ?

L'air rigide, il secoue la tête.

— Je sais ce que tu es en train de faire.

Je serre mes seins l'un contre l'autre pour exhiber le décolleté plongeant créé par la tenue et le soutien-gorge *push-up*.

— De quoi tu parles ?

— C'est très puéril, répond-il avant de s'avancer vers notre table d'un pas décidé.

Je ne peux m'empêcher de remarquer qu'il a une démarche bizarre, comme si une partie de lui le gênait.

Une grosse partie.

Et pourtant, durant le repas, Gunther garde bien trop son calme ; il se contente de me poser d'autres questions et semble vraiment s'intéresser à mes réponses.

Ni baiser ni câlin avant qu'on ne se sépare, et il ne m'invite pas non plus chez lui.

Quel connard !

Le lendemain, à la salle de sport, Gunther arrive vêtu d'un T-shirt sans manche ; je ne l'avais encore jamais vu porter ça.

Hmm. C'est le jour de l'entraînement des pectoraux, et le T-shirt qu'il a choisi de manière si stratégique me donne envie de me toucher, surtout quand il soulève des poids sur le banc.

Bordel.

— Je sais ce que tu es en train de faire, lui dis-je après ses pectoraux papillon.

Il sourit d'un air narquois.

— Œil pour œil, dent pour dent.

Je le regarde en plissant les yeux.

— Attends un peu qu'on soit demain, je vais te donner de quoi te rincer l'œil.

Le lendemain, ma tenue est encore plus étriquée, et Gunther en est clairement impacté, mais il ne dit rien et continue ses conneries consistant à « apprendre à mieux se connaître » comme si tout était normal. Mais le lendemain, il riposte en portant un short court à la salle de sport – et le jour de l'entraînement des jambes, en plus.

Grr. Le spectacle de ces cuisses puissantes reste gravé dans ma tête pendant tout le reste de la journée, et il me faut une longue et agressive séance avec, nom de code, Pot pour résoudre le problème, incluant mon téléphone aux vibrations au maximum, un préservatif et un concombre.

À partir de là, la situation dégénère très vite. Nous portons des vêtements et faisons des trucs destinés à aguicher l'autre – un genre de course à l'armement au cours de laquelle, au lieu d'un immense arsenal, il se retrouve avec les couilles bleues et moi, avec l'équivalent féminin. Ça s'aggrave tellement que, quand arrive le jour du mariage royal, j'ai l'impression que mes tétons vont éjaculer – surtout quand je surprends Gunther en train de travailler ses triceps à la salle de sport.

C'en est trop. Je suis prête à demander l'adresse de Gunther à Blue pour pouvoir me faufiler chez lui la nuit… nue.

C'est la prochaine étape logique.

Mais, attendez une seconde. Et s'il avait des abeilles pour le garder la nuit ?

Je pourrais peut-être attendre qu'il pleuve ? Les abeilles volent-elles sous la pluie ? Je n'en ai aucune idée, mais je sais qui serait ravi de partager ses connaissances en matière d'apiculture ; et pendant le déjeuner, je lui pose la question.

— Depuis quand tu t'intéresses aux abeilles ? s'étonne-t-il.

Il marque un point. Jusqu'ici, je n'ai montré aucun intérêt pour son hobby, j'ai peut-être même évité d'en parler, surtout parce que le mot « miel » finit toujours inévitablement par être évoqué.

Bon. Puisque je ne peux pas lui avouer mon chemin de pensée, j'ai recours à un mensonge qui n'en est pas totalement un.

— Les abeilles sont importantes pour toi, c'est donc un sujet qu'il est légitime d'aborder au cours du processus consistant à apprendre à se connaître.

L'air sceptique, il répond :

— Les abeilles *peuvent* voler sous la pluie, mais elles préfèrent éviter. Une collision avec une goutte de pluie peut déstabiliser le vol d'une abeille, ainsi que l'alourdir. Ça risque aussi de baisser sa température corporelle, ce qui est dangereux. Les abeilles aiment butiner quand il fait beau et qu'il y a du soleil pour mieux manœuvrer et pour que le nectar et le pollen ne soient pas emportés par la pluie.

— Pauvres abeilles, déploré-je.

Il acquiesce.

— La bonne nouvelle, c'est qu'elles peuvent anticiper la météo et stocker le pollen et le nectar pour s'en sortir même quand il pleut.

— Eh bien, c'est déjà ça.

Je me demande combien d'autres anecdotes sur les abeilles je vais devoir me coltiner maintenant que j'ai ouvert la boîte de Pandore.

— Si ça ne te dérange pas, je préférerais qu'on aborde un autre sujet, dit Gunther en prenant une expression plus sérieuse.

J'arque un sourcil, incrédule.

— Que les abeilles ?

Ce serait comme si Pearl arrêtait de parler de

fromage, ou comme si les abeilles ne voulaient plus danser autour d'une fleur savoureuse, ou comme si un putois…

— Madame Chaste est rentrée, annonce Gunther.

Je manque de laisser tomber ma fourchette.

— Tu veux dire…

— À partir d'aujourd'hui, nos formulaires 66669 sont approuvés.

Le regard brûlant qu'il me lance devrait être illégal.

— Alors… on est libres de faire tout ce qu'on voudra.

Une double séance classée X se déroule devant mes yeux tandis que je réfléchis à tout ce que les mots « tout ce qu'on voudra » englobent.

— À supposer que tu en aies toujours envie.

— Si j'en ai envie ? répété-je avant de prendre une inspiration pour me calmer. S'il n'y avait pas cette ridicule section du formulaire, je proposerais qu'on balaie toute cette nourriture de la table et…

— Le formulaire restera notre ligne directrice, m'interrompt-il, les sourcils froncés. Sans oublier les règles d'hygiène de base. Et les lois concernant l'atteinte aux bonnes mœurs.

— Rabat-joie. Ce soir, alors. Chez toi.

Je lui lance un regard le mettant au défi de me contredire.

— D'accord, acquiesce-t-il.

Mais je sens une hésitation dans sa voix qui contredit l'avidité avec laquelle son regard s'attarde sur mon décolleté.

Je plisse les yeux.

— Quoi, encore ?

— C'est le mariage de ta sœur aujourd'hui, rappelle-t-il.

Je balaie ça de la main.

— On ira après, bien sûr.

Même si j'ai soif de M. Suce & Lèche, je n'ai pas envie d'énerver Gia le jour de son mariage.

— Dans ce cas, j'ai une condition, répond Gunther.

— On est *clean* tous les deux et je prends encore la pilule, alors les préservatifs sont *optionnels*, dis-je en baissant la voix.

Non, ce n'est pas de l'avidité que je vois dans son regard… il est tout bonnement affamé.

— Ce n'est pas ce que je voulais dire.

— Alors, considère ça comme ma condition, je réponds en me mettant à rougir comme une vierge gothique.

Il hoche la tête, l'air d'avoir beaucoup de mal à se contenir.

— Tant que tu acceptes la mienne.

— On avancerait beaucoup plus vite si tu me disais ce que c'était.

— Pas d'alcool, lâche-t-il en baissant la voix au niveau d'un grondement rauque. Je ne voudrai pas que ton jugement soit compromis quand tu accepteras toutes les vilaines choses que je veux te faire. Je veux que tu aies l'esprit clair pour profiter de tout à fond, et je veux que tu gardes un souvenir précis de tous tes orgasmes le lendemain.

Est-ce que je viens d'avaler mon piercing à la langue ? La tige dans mon clitoris s'est-elle mise à vibrer spontanément ? Je ne sais pas, mais quelque chose, dans la manière dont Gunther a dit ça, me rend prêtre à jouir sur place. Je n'aurais qu'à croiser les jambes comme il faut et...

— On est d'accord ? demande Gunther.

Ah. C'est vrai. Il attend une réponse.

— Hmm. OK. Pas d'alcool.

Pour cette soirée, et pendant une décennie entière après ça s'il en a envie, tant que j'ai droit à « toutes les vilaines choses ».

— Super, approuve-t-il avant d'incliner la tête. Est-ce que tu connais des anecdotes intéressantes concernant les tatouages ?

Waouh. Cette période de séduction plus du tout nécessaire continue ? Il doit savoir que c'est un sujet qui me passionne presque autant que celui des coupons de réduction. Presque malgré moi, les anecdotes s'échappent de ma bouche : les tatouages sur la clavicule, les côtes, les chevilles, le dos et la poitrine sont ceux qui font le plus mal, et ceux aux genoux, aux articulations des doigts, aux pieds et aux coudes sont ceux qui s'effacent le plus vite. Je continue de lui débiter tout ce que je sais de mon hobby délicat jusqu'à être à court de faits intéressants et de nourriture dans mon assiette.

Quand on repart vers l'ascenseur, Gunther me demande si je vais être demoiselle d'honneur.

— Non, je réponds. Gia a toute une ribambelle

d'amies, toutes magiciennes, qui auront cet honneur.

— Pourquoi ?

Je hausse les épaules et cherche ma carte d'identification pour ouvrir les portes, mais bizarrement, elle a disparu.

— Tu peux ouvrir ? demandé-je à Gunther.

Il s'exécute, et je réponds à sa question :

— Les voies de l'esprit de farceuse de Gia sont impénétrables. À mon avis, elle ne savait pas à laquelle de ses sept sœurs proposer d'être demoiselle d'honneur, alors elle nous a complètement exclues du cortège. Soit ça, soit elle a l'intention de faire un tour de magie durant la cérémonie et elle ne voulait pas avoir de profanes trop près d'elle.

On s'arrête à côté du bureau de Gunther.

— OK, répond-il en baissant ses yeux émeraude sur mes lèvres.

D'une voix un peu rauque, il ajoute :

— On se voit ce soir.

Je n'ose pas faire plus que hocher la tête, puis je me glisse dans mon bureau, les mots « ce soir » tournoyant dans ma tête comme un disque vinyle des Ramones – la chanson « Road to Ruin », pour être plus précise.

———

Quand je rentre du boulot, un colis m'attend.

Ouais, c'est la gamelle automatique pour chat que j'ai achetée rien que pour cette occasion. Elle me permettra de nourrir la bête à des horaires spécifiques, ou via une application sur mon téléphone.

Quand j'ouvre le carton, Lapinou arbore une expression à la fois grognon et curieuse.

Si c'est le nouvel objet qui me nourrit, qu'est-ce qui m'empêchera de transformer l'ancien modèle en sashimi ?

Je verse des croquettes dans l'appareil et sors mon téléphone pour vérifier que je peux verser à manger dans son bol.

Ah. Tu as la vie sauve, mais à partir de maintenant, tu seras « celle qui contrôle celui qui me nourrit ».

Je programme un emploi du temps pour m'assurer que la gamelle se remplisse de nourriture ce soir et demain matin, juste au cas où, puis je remplis la fontaine à eau de Lapinou avec assez d'eau pour tenir une semaine. Après ça, je me fais une coloration pour cheveux en vue du grand moment.

Quand j'obtiens la couleur que je voulais, je coiffe mes cheveux avec soin, enfile ma tenue de mariage et me maquille.

Juste au moment où je termine, mon téléphone émet un *bip.*

Hmm. La limousine est arrivée.

C'est vrai. J'ai droit à un trajet en limousine, comme l'invitée VIP que je suis.

Je sors dans un cliquetis de talons et, quand je repère mon moyen de locomotion, je lâche un sifflement. Il y a un écusson sur la porte de la limousine, du genre qu'un chevalier médiéval mettrait sur son bouclier. Ce doit être l'écusson familial du prince.

Sympa.

Une fois à l'intérieur, je reçois un message de Gunther.

Le marié est le prince de quoi, déjà ?

Ah. Il doit être dans un véhicule identique.

Avec un sourire, je lui raconte tout ce que je sais de la Ruskovie, un petit pays d'Europe de l'Est d'où est originaire le fiancé de Gia – non pas que je sache grand-chose à ce sujet.

Je compte aller visiter bientôt, dis-je pour terminer la conversation. *En guise de cadeau de mariage, on a droit à un billet gratuit pour la capitale.*

Gunther répond aussitôt : *Tu ne laisses jamais passer une bonne affaire, hein ?*

Avant que je n'aie pu répondre, ma limousine s'arrête à côté de l'hôtel où a lieu la cérémonie, et je le dis à Gunther.

Je suis juste devant, répond-il au moment où quelqu'un m'ouvre ma portière.

Je m'attends à voir Gunther, mais c'est le voiturier. C'est ce que je suppose en tout cas, même si je devrais peut-être les appeler des bagagistes. Comme lors de ma première visite ici, le personnel masculin de l'hôtel porte des tenues ridicules incluant des capes, des bicornes et des pantalons de couleurs vives style culottes médiévales.

Quelle déception que ce ne soit pas Gunther.

Dès que je suis sortie, je regarde autour de moi, et

repère l'homme en question. Un hoquet s'échappe de mes lèvres tandis que je l'examine dans toute sa gloire, en smoking. Ses épaules semblent particulièrement larges, son visage rasé de près, extrêmement anguleux, et ses cheveux coiffés en arrière me donnent envie de les ébouriffer.

Il me voit aussi, et ses yeux vert émeraude deviennent brûlants tandis qu'il me reluque.

— Tes cheveux, s'exclame-t-il en approchant.

— Violets, annoncé-je avec un sourire. Ta couleur préférée.

Il secoue la tête d'un air ébahi.

— Tu es magnifique.

Je fais un pas vers lui pour humer son parfum délicieux, mélange d'eau de Cologne, de cire d'abeille et de fumée. Je me mets sur la pointe des pieds, et laisse mes lèvres effleurer son oreille tandis que je murmure :

— Tu es toi-même tout sauf hideux.

Je suis quasiment sûre de le voir frissonner.

Nous nous tournons vers Le Palais qui, de manière peu imaginative, ressemble à un palais. Sa conception reflète diverses influences architecturales européennes, mais surtout russes et françaises. Deux types en culottes nous ouvrent les portes, et Gunther me fait signe de passer en premier. Je marche en ondulant des hanches, une habitude que j'ai prise à force de l'aguicher au bureau. Quand je jette un coup d'œil par-dessus mon épaule, je vois que Gunther a les yeux rivés sur mes fesses.

Un point pour moi.

Avec un sourire furtif, j'entre dans l'immense lobby. Ici aussi, on sent un mélange d'influences européennes, comme avec les icônes de style russe et les fresques italiennes. Puis, je repère quelque chose qui fait s'élargir mon sourire sous l'effet d'une joie maligne : de vrais oiseaux, dans des cages ou en liberté – en d'autres termes, le pire cauchemar de Blue. Comment va-t-elle pouvoir assister à ce mariage ? Il y a des perroquets, que Blue considère comme l'équivalent des clowns de Stephen King. Il y a aussi des paons.

— Laissez-moi vous escorter jusqu'au mariage, dit l'un des hommes culottés.

— Comment il sait qu'on va là-bas ? murmure Gunther.

Je hausse les épaules.

— Il a peut-être déjà escorté cinq autres femmes avec mon visage. Soit ça, soit tout cet hôtel a été réservé pour le mariage.

La deuxième théorie semble de plus en plus probable à chaque pas que l'on fait. Les compositions florales autour de nous incluent les préférées de Gia, et il y a des stations de désinfectant pour les mains partout – ce qui n'était pas le cas la dernière fois que je suis venue ici.

— Par ici, dit le membre du personnel culotté en esquissant un geste vers une porte qui mène à une grande salle de spectacle. Mais veuillez d'abord vous laver les mains avec du Purell, s'il vous plaît.

Quand on entre, je reconnais l'endroit : c'est la salle

où Gia fait son spectacle de magie. C'est ce qu'elle fait en ce moment ? Un spectacle avant son mariage ?

— Chose six, hurle une voix familière. Par ici.

— C'est mon père, expliqué-je à Gunther avant qu'il n'ait pu poser la question. Il nous a toutes surnommées les « Choses une à huit ».

Gunther sourit. Avec un soupir, je scrute la rangée de sièges.

Ouais. Ils sont tous là. Mes parents, heureux comme des papes d'offrir une autre de leurs filles en mariage. Tous mes grands-parents sont là aussi. Ils sont arrivés de Floride avec ma sœur Olive, un acte héroïque, sachant qu'il fait actuellement 15 °C – autrement dit un froid glacial, pour eux. La plupart de mes autres sœurs sont aussi arrivées avec leurs mecs sexy. Pearl, par contre, n'est nulle part en vue – elle est sûrement partie régler une affaire de fromage –, et la mariée n'est pas là non plus. Elle se prépare sûrement pour le grand moment. Oh, et apparemment, Pixie est venue accompagnée de Fabio, notre vieil ami du lycée, qui n'a toujours été intéressé que par les hommes.

— *Namaste*, rayon de soleil, lance ma mère en indiquant les deux sièges à côté d'elle et de mon père. Et si tu t'installais ici et nous présentais ton cavalier ?

Je regarde mes camarades de couvée en plissant les yeux. Je suis certaine qu'elles ont fait exprès de laisser ces places libres.

— L'avenir appartient à ceux qui se lèvent tôt, murmure Olive quand nous les dépassons, elle et son copain surfeur aux cheveux longs.

Blue l'entend et grimace. Je me demande comment elle a réussi à passer devant les oiseaux du lobby. Hypothèse : sa poupée Ken lui a bandé les yeux et l'a portée. Il a l'air assez fort pour ça.

— Voici Gunther, annoncé-je à tout le monde.

Je fais mon possible pour exclure mes parents de ces présentations – parce qu'il y a de fortes chances pour qu'ils disent un truc embarrassant.

— Ravis de vous rencontrer, disent mes grands-parents à l'unisson, comme s'ils s'étaient entraînés.

— Je connais déjà Gunther, bien sûr, lance Fabio avec un sourire avant de taper dans le poing de mon rencard. Comme nous tous.

— Vous tous ? répète ma mère.

— Sauf Holly, peut-être, répond Fabio avec un geste vers la jumelle qui ne se marie pas aujourd'hui.

— Foutaises, rétorque cette dernière. Je me souviens de lui, moi aussi.

— Tu entends ça ? murmure ma mère à l'oreille de mon père, si fort que des gens se retournent pour vérifier si elle a toute sa tête. Le rencard de Honey est son amoureux de lycée.

— Gunther, dit mon père en fronçant les sourcils. Ce nom m'est familier…

Merde. Je n'ai aucune envie de parler de mes ennuis de lycée. Fabio doit être sur la même longueur d'onde que moi, parce qu'il lance :

— Gunther faisait partie de l'équipe de football, alors tu te souviens peut-être de l'avoir vu jouer.

Ah, c'est vrai. Fabio était aussi dans cette équipe. Il a

toujours dit : « si je dois risquer une encéphalite traumatique pour entrer dans ces vestiaires, ça en vaut la peine ».

— L'équipe de football ? répète ma mère en écarquillant les yeux.

Un autre fétichisme ? Elle les collectionne.

Un type en culottes interrompt ma réponse en approchant avec un plateau de flûtes de champagne.

— Quelqu'un veut un rafraîchissement en attendant ?

— Qu'est-ce qu'on attend, déjà ? demandé-je sans m'adresser à personne en particulier.

— L'orientation, répond le serveur.

— Sexuelle ? s'enquiert Fabio.

L'œil gauche du membre du personnel tressaille.

— Vous voulez ces verres ou pas ?

Tout le monde prend une flûte sauf Gunther et moi.

Quand Fabio remarque que j'ai les mains vides, il demande :

— Les verres sont gratuits, hein ?

— Bien sûr que oui, répond le serveur avec un soupir.

Fabio me lance un regard appuyé.

— Tu as entendu ça… Mānuka ?

A-t-il oublié que je l'ai menacé avec un couteau la dernière fois qu'il m'a surnommée comme ça ?

— Honey va s'abstenir de boire de l'alcool aujourd'hui, explique Gunther. Et moi aussi…

— Par Cthulhu, s'exclame Olive, les yeux écarquillés. Il n'y a qu'une seule raison pouvant expliquer qu'une accro des bonnes affaires comme toi refuse un verre gratuit…

Elle frappe dans ses mains et ma mère bondit de son siège.

— Enfin ! Je vais être grand-mère.

Vingt

TOUT LE MONDE SE MET À PARLER EN MÊME TEMPS. C'est surtout un mélange de félicitations et de plaisanteries.

— Je ne suis pas enceinte, protesté-je.

Pour ponctuer ces paroles, je repousse ma mère sur son siège.

— Oh, je comprends, répond cette dernière. Elle n'en a pas encore parlé à Gunther.

À ces mots, Gunther arque un sourcil.

— Ce n'est pas ça, grogné-je. Je le lui dirais si c'était le cas, mais il se trouve que non.

— Si, insiste Fabio. Tu as entendu l'« épiph-Honey » d'Olive.

Je me tourne vivement vers lui.

— Tu te rends bien compte que je suis tout à fait d'humeur à tuer quelqu'un, hein ?

Fabio n'a pas du tout l'air désarçonné.

— Si quelqu'un ici devait devenir une « mieltrière », ce serait toi. En fait, c'est peut-être bien ton destin de commettre un acte de « fel-Honey ».

OK, *voilà* pourquoi je l'ai menacé avec un couteau, et pas à cause de cette histoire de Mānuka.

— Tu avais promis de ne pas faire de mauvais jeux de mots aujourd'hui, rappelle Pixie d'un air boudeur. Pas alors que j'ai dit à tout le monde que tu étais mon rencard.

— J'ai dit que je m'abstiendrai pendant la « cérém-Honey », précise Fabio. On n'est qu'à l'étape de l'orientation.

Il se tourne vers le type en culottes qui observait la scène d'un air horrifié, et ajoute :

— Vous savez, c'est très impoli de « miel-écouter » les conversations.

Le type en culottes grogne et s'éloigne.

— On peut en revenir à la grossesse de Chose six ? demande mon père.

Je résiste à l'envie de me cogner le front contre le siège devant moi.

— Il n'y a pas de grossesse.

Mon père se tourne vers Gunther.

— Tu lui as donné des orgasmes ?

— Ne réponds pas, dis-je à Gunther.

Le visage de ma mère s'illumine.

— Chez les cochons, les orgasmes accroissent la fertilité de…

— Maman ! lancent plusieurs de mes camarades de couvées à l'unisson. Tu avais promis de ne pas parler de Pétunia.

Mon père se penche vers l'oreille de Gunther.

— C'est le cochon à qui ma charmante femme a donné un orgasme. Pour aider l'insémination artificielle.

Bizarrement, Gunther a l'air impressionné plutôt que dégoûté.

— Vous faites de l'élevage, vous aussi ?

— Nous aussi ? répète mon père en faisant tournoyer le bout de sa queue de cheval argentée entre ses doigts.

Gunther étire ses lèvres sexy en un sourire qui me donne envie de l'embrasser.

— Quand je ne dirige pas mon entreprise, je suis apiculteur.

Hmm. L'apiculture est considérée comme de l'élevage ? Qui aurait cru ?

— Je suis la seule à travailler dans ce domaine, précise ma mère. Je suis sexeuse de poussins.

Gunther hoche la tête avec respect, et ce doit être la réaction la plus bizarre que j'aie jamais vue en apprenant le métier de ma mère.

— C'est quand on différencie les poussins mâles des femelles ?

Cette fois, ce sont mes parents qui ont l'air impressionnés.

— Peu de gens savent ça, remarque ma mère.

— Ce doit être un boulot intéressant, dit Gunther, l'air sincère.

Il se tourne vers mon père et demande :

— Et vous, dans quoi travaillez-vous ?

251

Plusieurs de mes camarades de couvée grognent, parce qu'elles savent ce qui va suivre.

— Je suis testeur de pénétration, annonce mon père avec délectation.

— Ce n'est pas aussi cochon que ça en a l'air, intervient ma mère.

— Parce que je pénètre les systèmes informatiques, explique mon père.

— Dans son boulot, ajoute ma mère. Quand c'est moi qu'il pénètre, c'est plutôt un hobby.

— Non, réplique mon père en se redressant fièrement. Pénétrer ma merveilleuse femme est plus une vocation. Une passion.

Oh, bordel. Grand-mère – le père de ma mère – a l'air prête à tuer quelqu'un. Au contraire, le père de mon père semble fier et prêt à dire un truc de tout aussi dégoûtant à sa propre femme.

Ma mère doit sentir que des ennuis s'annoncent, parce qu'elle abandonne ce sujet embarrassant et demande :

— Alors, Gunther, Honey... vous vous appréciiez déjà, au lycée ?

Sur la grande scène devant nous, un homme se racle la gorge dans un micro, nous évitant d'avoir à esquiver cette question compliquée.

— Bonjour à tous, lance-t-il en ajustant le col de son costume gris et morne. Je suis Dasco, le bouffon de la cour des Cezaroff.

Gunther et moi échangeons un regard amusé. Ce

type ne ressemble pas du tout à un bouffon. Plutôt à un bureaucrate ou à un comptable. Ou à un pédophile.

— Plus tard dans la journée, certains d'entre vous auront peut-être le grand honneur de vous retrouver à proximité du roi et de la reine, continue Dasco. C'est pourquoi nous avons préparé cette orientation, de manière à apprendre les bonnes manières aux invités, durant un événement aussi heureux.

Qui est ce « nous » ? Je doute que Gia ait quoi que ce soit à voir là-dedans. Elle est plutôt du genre décontracté. Et puis, un bouffon ne me semble pas être la personne la mieux indiquée pour expliquer les bonnes manières, mais après tout, qu'est-ce que je connais de la royauté ?

— Commençons par la manière convenable de se saluer, dit Dasco. Les hommes doivent s'incliner, mais seulement avec leur tête.

Il fait une démonstration.

— Et les femmes doivent faire une révérence.

Il en fait la démonstration aussi, l'air assez ridicule pour que je me demande s'il a pris des cours de bouffon, finalement.

— Il se fout de nous, hein ? murmure Fabio.

Nous lui faisons tous signe de se taire.

— Le plus important, reprend Dasco, et je ne le soulignerai jamais assez, c'est de *ne pas* toucher les monarques, quelles que soient les circonstances. Cela inclut entre autres les poignées de main, les câlins et les tapes dans le dos.

Il a prononcé ces derniers mots avec un frisson bien visible.

— Même l'envoi de baisers à distance et les signes de la main sont déconseillés.

Hmm. J'ai l'impression que les membres de la royauté vont très vite se rapprocher de Gia, la germophobe de la famille, avec leur interdiction de se toucher.

Dasco continue la liste de ce qu'il ne faut pas faire, et elle est longue, avec quelques conseils clefs comme : ne pas tourner le dos aux membres de la royauté, ne pas sortir d'une pièce avant eux, ne pas demander d'autographes, ne pas s'asseoir avant eux, ne pas commencer à manger avant eux, ne pas prendre de photo avec eux et ne pas leur poser de question personnelle – ou n'importe quel genre de question.

— En général, conclut-il, mieux vaut ne pas leur adresser la parole à moins qu'ils ne vous parlent.

Tout le monde dans la pièce se met à parler à voix basse. Je parie qu'ils regrettent d'avoir accepté cette invitation, comme moi.

— Des questions ? demande Dasco d'un ton désapprobateur.

Ma mère lève la main.

Ah, super.

Dasco la pointe du doigt.

— Oui ?

— Et si le roi est sur ma liste des coups d'un soir autorisés ?

Pourquoi fait-elle un clin d'œil à David en disant ça ?

— Ou la reine sur celle de mon mari ?

J'espère qu'elle essaie de remplacer le bouffon, niveau blagues. Ils s'apprêtent à devenir la belle-famille du roi et de la reine, alors coucher avec eux serait une mauvaise idée même s'ils avaient le droit de les toucher.

Le bouffon fronce ses sourcils broussailleux d'une manière tout sauf bouffonne.

— Qu'est-ce qu'un coup d'un soir autorisé ?

— Laissez tomber, lancent plusieurs de mes sœurs à l'unisson.

Dasco fronce encore plus les sourcils.

— D'autres questions ?

Holly lève la main avec hésitation.

Dasco la pointe du doigt.

— Oui.

— Comment devons-nous les appeler ?

Le bouffon rougit – et ressemble un peu plus à sa description de poste.

— Je suis vraiment désolé d'avoir oublié de parler de ça. Si vous ne parlez qu'anglais, et c'est le cas de la plupart d'entre vous, vous appellerez le roi et ses fils « Votre Altesse Royale », et la reine « Votre Majesté ».

Il regarde autour de lui.

— D'autres questions ?

Personne d'autre ne lève la main.

— Dans ce cas, tout le monde sauf la famille de la mariée peut rejoindre la cérémonie.

Zut. Connaît-il assez ma famille pour savoir qu'on a besoin d'un sermon supplémentaire ?

— Je vais vous emmener à la galerie, annonce Dasco une fois tout le monde parti. Les portraits de famille sont une tradition dans la famille Cezaroff.

C'est à ce moment-là que je réalise ce qui se passe. Je vais bientôt avoir un lien familial avec la royauté.

Moi, une femme qui n'a jamais acheté de boîte de soupe sans coupon de réduction.

Gunther me prend la main et la serre un peu, faisant aussitôt s'évanouir toutes les pensées dans ma tête, mis à part celle concernant « toutes les vilaines choses » prévues après le mariage.

— Par ici, dit Dasco, et je me rends compte que j'ai rêvassé pendant tout le trajet.

Quand Fabio tente d'entrer dans la pièce, Dasco secoue la tête.

— Les accompagnateurs ne seront pas sur le portrait.

Il regarde le mari de Lemon.

— Les époux sont autorisés.

Lemon montre toute sa maturité, octroyée par son statut de femme mariée, en nous tirant la langue.

— Désolée, murmuré-je à Gunther.

— Désolée de ne pas l'avoir épousé à temps ? demande ma mère.

J'ai envie d'être avalée par le sol, ce qui arrive souvent quand ma mère ouvre la bouche.

— Pas de problème, répond Gunther avant

d'adresser un signe de tête à Fabio. Ça nous donnera l'occasion de rattraper le temps perdu.

Je lance à Fabio un regard qui, je l'espère, sous-entend : « Si tu ruines ma soirée, je t'arrache les couilles par le nez et je te fais éternuer. »

Fabio fait un clin d'œil, et le bouffon me pousse dans la galerie.

Je ne peux m'empêcher de soupirer quand nous entrons dans la pièce semblable à un musée.

— Il te manque déjà ? demande ma mère. Je ne peux pas te le reprocher.

Je lève les yeux au ciel.

— Pearl va venir aussi ?

Dasco plisse le nez.

— C'est celle qui travaille avec le personnel aujourd'hui ?

Il a prononcé le mot « personnel » avec le ton qu'on réserve d'habitude à des mots comme « crasse ».

Je hoche la tête.

— Dans ce cas, non. Mais ne vous en faites pas, le peintre royal utilisera la ressemblance avec ses autres sœurs pour l'ajouter. Tout comme il ôtera tout ce métal de votre visage et rendra une couleur humaine à vos cheveux.

J'ouvre la bouche pour lui dire le fond de ma pensée, mais à cet instant, Gia et son prince entrent dans la pièce, et tout le monde applaudit.

Je souris. Fidèle à elle-même, Gia ressemble plus à Morticia Addams qu'à une mariée de mariage victorien. Son futur marié porte des sortes d'insignes militaires et est époustouflant – comme on pourrait s'y attendre venant d'un prince.

— Bonjour à tous, dit Gia. Merci beaucoup d'être venus.

Comme si on avait le choix. C'était soit ça, soit subir ses farces diaboliques pendant des années. Avant que quiconque n'ait pu répondre en ces termes, la porte s'ouvre à nouveau et une horde de types entre ; ils qui ont tous un visage qui ressemble étonnamment à celui du futur mari de Gia.

— Tigger, s'exclame l'un d'eux en voyant le marié.

Ah. C'est vrai. Ça. Je secoue la tête. Si *je* m'appelais Anatolio, je me ferais appeler comme ça et j'interdirais à tout le monde de me donner un surnom, surtout un tiré de *Winnie l'Ourson*.

— Mes frères, répond Tigger d'un ton jovial. Merci d'avoir trouvé du temps dans vos agendas bien remplis.

La plupart des princes répondent en ruskovien, qui sonne vaguement comme du russe.

La porte s'ouvre à nouveau et ma famille regarde les nouveaux arrivés, bouche bée. Au premier coup d'œil, ils ressemblent à des ours.

Mais à mieux y regarder – et parce que je me souviens des histoires de Gia –, je comprends qu'il s'agit de chiens, mais vraiment massifs.

Certains des princes lancent quelques mots amicaux aux chiens ours, et les créatures remuent leurs immenses queues avant de courir vers ce que je suppose être leurs propriétaires.

Gia aurait pu en parler. Ces chiens sont à cette

famille ce que les loups géants sont aux Starks de *Game of Thrones*.

Espérons que cette soirée ne se transformera pas en Noces Pourpres.

Un flot de rires masculins et d'aboiements s'ensuit.

Le chien ours qui accourt vers le marié est le plus bizarre du lot, parce qu'il porte des lunettes. Cela, combiné à son pelage, le fait ressembler à un panda. En fait, un deuxième chien court aussi vers le marié, bien plus petit et facile à rater, derrière les ours. Il me rappelle un koala, même si je sais bien que ces derniers ne sont pas des *ours* à proprement parler. Les deux chiens montrent leur affection au marié puis, à ma grande stupéfaction, Gia les autorise à lui donner quelques baisers baveux – avec tous les germes que ça implique.

Blue suit mon regard et hoquette de surprise.

— Soit ce sont les chiens les plus propres de toute l'histoire des maladies zoonotiques, soit l'amour triomphe vraiment de tout.

Une nouvelle personne entre dans la pièce avec prudence. À en juger pas l'énorme appareil photo dans sa main, je suppose que c'est un photographe.

Ce sera donc une photo, et pas une peinture ? Tant mieux. Je pourrai retrouver Gunther plus vite.

Un bruit de trompette interrompt tout le monde.

Je me retourne.

L'un des hommes en culottes se comporte comme un authentique héraut. Quand le bruit de trompette s'arrête, deux personnes à l'air snob entrent dans la pièce, un homme et une femme.

Tout le monde en reste sans voix, et je réprime un sourire parce que la femme me rappelle Cruella De Vil – ce qui est inquiétant, sachant tous les chiens qui nous entourent. Ce doit être la reine, ou « Sa Majesté », si nous nous parlons, ce que je préférerais éviter. Le roi, alias « Son Altesse Royale », me rappelle aussi un super-méchant de Disney, même s'il ressemble à tous les princes – ou pour être plus exact, ce sont eux qui lui ressemblent.

— Future belle-famille ! s'exclame mon père.

Il se précipite vers eux, ma mère juste derrière sa queue de cheval argentée.

Sommes-nous à deux doigts d'un incident international ?

Ouais. Avant que quiconque n'ait pu cligner des yeux, mon père enlace la reine et ma mère embrasse le roi sur la joue.

Le couple royal semble avoir marché dans les égouts, et c'est avant que mes parents n'échangent de partenaires et que ma mère ne serre la main de la reine, pendant que mon père donne une tape enjouée dans le dos du roi.

Eh bien, adieu l'interdiction de se toucher.

— Allons-y, dit mon père en s'avançant vers nous, tournant le dos à Son Altesse et à Sa Majesté.

— Comment avez-vous fait pour engendrer autant de fils ? demande ma mère aux monarques d'un ton envieux. Il y a une position secrète ?

C'est comme si mes parents reprenaient délibérément chaque point de la liste du bouffon pour faire tout l'opposé. Bientôt, ils vont demander un autographe, s'asseoir en premier et manger avant eux.

Oh, sans oublier qu'on s'apprête tous à être pris en photo avec eux – ce qui est aussi interdit.

— Mon mari ne parle pas anglais, dit la reine.

Ah ? Dans ce cas, pourquoi a-t-il l'air aussi indigné, après la question sur la position secrète ?

— En fait, c'est à vous que je posais la question, précise ma mère.

— Mon anglais est médiocre aussi, dit la reine, qui n'a presque pas d'accent. Et si nous commencions le portrait maintenant ?

Comme personne ne proteste, la reine aboie des ordres concernant l'endroit où tout le monde devrait se placer : ses fils autour d'elle et du roi, les chiens devant, à leurs pieds, et nous autres plébéiens, sur les côtés.

Quand tout le monde a pris sa place, le peintre-photographe prend plusieurs photos. Il nous assure qu'il nous peindra à une date ultérieure et nous rendra « plus beaux » qu'en réalité.

— C'est comme un filtre Instagram humain, murmure ma mère.

Prenant cette remarque impertinente comme un signal de départ, la famille royale met les voiles, ce qui est dommage pour mes parents parce que ça les prive de l'occasion d'enfreindre d'autres bonnes manières protocolaires.

Je sors de la galerie juste à temps pour voir le roi et

la reine sauter dans deux palanquins brodés. Aussitôt, des hommes costauds en culottes s'emparent des bâtons qui y sont rattachés et les emportent avec eux.

Pas mal.

Gia et Tigger partagent un autre palanquin plus grand, mais le reste des princes reste avec nous.

Gunther vient me rejoindre, les yeux pétillants. Il s'arrête devant moi et penche la tête.

— Ce serait mièvre si je te disais que tu m'as manqué ? me murmure-t-il à l'oreille.

— Tu m'as manqué aussi, je réponds.

Il s'avère que j'ai parlé un peu trop fort, parce qu'une voix familière lance un « oh » d'un ton très sarcastique.

Je me retourne et vois Pearl. Elle porte une blouse blanche et traîne un gros chariot derrière elle sur lequel est posée une meule de fromage si grosse que même Godzilla devrait la couper en plus petits morceaux avant de la manger.

— On dirait que ton boulot de fromager se passe bien, remarqué-je avec un sourire.

— Oui, répond Pearl. Désolée, mais je dois filer.

Sur ces mots, elle s'empresse de rejoindre le couloir avec son fromage géant, et c'est peut-être mon imagination, mais j'ai l'impression de voir l'un des princes la regarder avec envie. À moins qu'il soit intéressé par le fromage.

Dasco, le bouffon, accourt vers nous, haletant.

— Venez, ordonne-t-il. Vous allez être en retard pour l'*obryad*.

Il se précipite dans le couloir et nous le suivons, même si mes parents grommellent qu'ils ne savent pas ce qu'est un *obryad*.

— En russe, ça veut dire « rituel », explique le mari letton de Lemon.

— Ou « rite », ajoute le petit ami russe d'Holly.

Dasco émet un son dédaigneux et accélère.

Tandis que nous tournons au coin du mur, une armée de type à culottes nous attend.

— Prenez l'*orekhi*, ordonne Dasco.

— Des noix, dit le mari de Lemon.

C'est une traduction, ou est-ce qu'il parle de Dasco ?

Il devait traduire, parce que les culottés nous donnent une poignée de noix à chacun – des pignons de pin, pour être précis.

— On va faire du pesto ? demande Lemon à son mari.

— Non, répond Dasco. C'est pour jeter aux mariés après l'*obryad*.

Ah. Un peu comme le riz ?

Nos noix à la main, nous sommes guidés jusqu'à une grande salle où tous les autres invités sont déjà rassemblés.

Il y a une grande scène, où on s'attendrait à voir jouer un groupe, mais pour l'instant, il n'y a que Gia, agenouillée devant le roi et la reine.

— Elle est adoubée ? m'interrogé-je à voix haute.

Dasco secoue la tête.

— Quand quelqu'un qui n'est pas de sang royal veut

accéder à la transcendance, il doit demander la permission aux monarques en place.

Hmm. Et s'ils…

Gia dit quelque chose en ruskovien avec un accent américain si prononcé que, même moi, je l'entends.

— Non, répond la reine d'un ton impérieux.

— *Nyet,* renchérit le roi.

Waouh. Est-ce qu'ils viennent de rejeter ma sœur ? Ils sont suicidaires ?

— J'avais dit à Tigger de sauter cette étape, remarque l'un des princes.

Gia bondit sur ses pieds, l'air agacée.

— Ma question était purement symbolique, dit-elle. Mais votre opposition est notée.

Dans le langage de Gia, leur opposition vient de les propulser sur sa terrible liste noire – ce qui veut dire, entre autres choses, qu'ils vont devoir s'attendre à trouver des laxatifs dans leur nourriture et leurs boissons.

Tigger saute sur le podium et enroule un bras protecteur autour de sa future épouse.

— Ce que vous venez de faire est très impoli et sera complètement ignoré, dit-il d'une voix ferme. Si vous ne m'aviez pas déjà déshérité, je me serais porté volontaire pour que vous le fassiez.

Le nez retroussé, le roi et la reine quittent la scène ; c'est à ce moment-là que le fromage géant que Pearl baladait est apporté, peut-être pour les remplacer.

Gunther se penche, et ses lèvres effleurent légèrement mon oreille quand il demande :

— C'est un genre de tradition bizarre où le gros fromage représente le roi en tant que grand manitou ?

Je croise son regard émeraude et souris.

— Espérons que ce n'est qu'une situation type « fête d'enterrement de vie de garçon », et qu'une prostituée nue s'apprête à sortir du fromage.

Un prêtre en tenue colorée monte sur le podium et entonne quelque chose en ruskovien.

— Il dit qu'il s'appelle le patriarche Fanta, traduit le mari de Lemon. Il va diriger la cérémonie.

Fanta ? Il n'est pas si pétillant.

Le patriarche continue de parler pendant un moment, mais la traduction apportée par le mari de Lemon est courte :

— Gia, promets-tu d'obéir à ton mari, et d'autres trucs sexistes.

— *Da,* répond Gia d'un ton solennel.

Le patriarche parle un peu moins longtemps, et je n'ai pas besoin de la traduction pour deviner qu'il dit : « Tigger, acceptes-tu de prendre cette femme pour épouse et de faire d'elle tout ce que tu voudras, et d'autres trucs sexistes ? »

— Je le veux, répond Tigger dans notre langue.

Le chien royal qui ressemble le plus à un ours se précipite sur la scène, et je vois qu'il a un oreiller avec une petite boîte accrochée sur le dos.

Je pouffe de rire. Gia a un *ours* porteur d'alliances à son mariage, comme dans *How I met your mother*.

Le Patriarche prend les bagues et les tend aux jeunes mariés.

Une fois qu'ils les ont mises, tous les princes et leurs concitoyens hurlent : « *Gor'ko !* ».

— Ça, je connais, murmuré-je à l'oreille de Gunther. Ils ont hurlé la même chose au mariage de Lemon. Ça veut dire « amer », mais dans ce contexte, pour une raison inconnue, ça signifie « baiser ».

Gunther regarde mes lèvres comme s'il serait ravi de les « *gor'ko* » sur le champ. Je déglutis et détourne les yeux. Même si j'adorerais l'embrasser à pleine bouche, je n'oserais jamais pendant l'heure de gloire de Gia – à cause des laxatifs.

En attendant, Gia et Tigger s'embrassent, et c'est si passionné que le patriarche rougit et s'empresse de quitter la scène.

Les princes hurlent autre chose au couple, et l'un d'eux tend une scie à deux mains à Tigger.

Qu'est-ce que c'est que ça ?

Gia va-t-elle effectuer une illusion et couper son mari en deux ?

Non.

Elle prend un côté de la scie et Tigger l'autre.

S'apprêtent-ils à… ?

Ouais.

Ils se mettent à scier la meule de fromage comme si c'était un arbre.

Ils vont d'avant en arrière avec effort jusqu'à avoir terminé.

Je pousse un soupir après avoir retenu mon souffle pendant toute l'épreuve, puis je pouffe de rire quand je réalise quelque chose : Gia vient d'en faire tout un fromage. Son mari aussi.

J'ai l'impression que mes sœurs sont sur la même longueur d'onde que moi, parce qu'elles se mettent à glousser et ricaner, surtout quand l'odeur étonnamment âcre du fromage – ou de pieds, peut-être – nous parvient aux narines.

— C'est une vieille tradition, explique le prince qui reluquait Pearl. Couper un gros fromage symbolise le premier défi d'un couple marié.

— Ouais, ça ressemble bien au mariage, lâche ma mère. Dès le premier jour, il en fait tout un fromage sous tes yeux.

Les rires redoublent d'intensité, et Gia se joint à nous – tant mieux, parce que si elle avait cru qu'on se moquait d'elle, elle aurait déchaîné tous ses laxatifs sur nous une fois encore.

— Les Allemands font un truc un peu similaire, continue le même prince. Avec de la tige.

— Aïe, dit Fabio. Ici, en Amérique, on garde tous les objets pointus très, très loin de notre tige. Surtout le matin.

Nouvelle vague d'hilarité.

— En parlant de tige, reprend Fabio quand les rires s'apaisent. C'est maintenant qu'on lance les noix ?

Un autre prince hoche la tête et jette une poignée de pignons de pin vers Tigger. Avec un sourire, je l'imite, comme tous les autres. Bientôt, la scène est jonchée de pignons de pin.

Quand on s'arrête, Gunther se penche à nouveau, et sa proximité me donne des chatouillis.

— C'est bizarre que ça m'ait donné faim ?

Mon estomac gargouille en réponse. La dernière fois que j'ai mangé, c'était avec lui, au boulot.

— Et si on faisait un autre *gor'ko* ? suggère mon père aux jeunes mariés.

Nous scandons tous les mots et continuons jusqu'à ce que les tueurs de fromages s'embrassent une deuxième fois et quittent la scène.

Le bouffon prend le micro.

— Que tout le monde profite des boissons et des hors-d'œuvre pendant qu'on installe la grande salle.

Les mariés s'esquivent pendant qu'une armée de serveurs afflue vers nous avec des plateaux de nourriture et d'alcool.

— On veut toujours rester sobres ? demandé-je à Gunther tout en regardant les boissons gratuites délicieuses qui passent près de moi.

Il hoche la tête, un tas de promesses sombres et brûlantes dans les yeux.

— Je veux que tu aies les idées claires.

Gloups. On peut s'en aller tout de suite ?

— Fromage ? propose Pearl en nous prenant en embuscade avec un plateau.

Je prends un petit cure-dents avec un morceau de fromage jaune et plein de trous que je fourre dans ma bouche.

— Nom d'un fromage, m'exclamé-je, manquant

d'avaler ma langue de plaisir. Tu as mis de l'héroïne dedans ou quoi ?

Pearl me regarde d'un air rayonnant.

— Il est censé y avoir de riches amateurs de fromage ici, ce soir, alors j'ai mis les petits plats dans les grands.

Je prends un autre cure-dents orgasmique.

— Je pense que même quelqu'un qui déteste le fromage serait impressionné.

L'air intrigué, Gunther prend un échantillon à son tour.

Comment peut-il avoir l'air sexy en mâchant ?

— C'est délicieux, dit-il après avoir dégluti.

Il sort sa carte de visite et la pose sur le plateau.

— Si tu veux vendre ton fromage chez Grignote & Croque, fais-le-moi savoir.

L'air aux anges, Pearl le remercie et s'en va.

— Bien joué, lancé-je à Gunther d'un ton grognon. Maintenant, j'ai l'impression d'être une mauvaise sœur pour ne pas avoir pensé à lui proposer de vendre son fromage dans nos magasins.

— Je me ferai pardonner plus tard, promet-il d'une voix rauque.

Sérieux, à quelle heure est-on autorisés à quitter un mariage sans que ce soit impoli ?

Le prochain plateau propose du caviar, alors je goûte. Ce truc doit coûter au moins 50 balles le gramme.

— Ça te plaît ? demande Gunther quand je termine mon biscuit au caviar.

— C'est salé et ça a le goût de poisson, je réponds. Si je devais en acheter, je serais prête à payer 50 cents le gramme, pas plus.

Il sourit.

— Tu n'aimes pas les petits œufs de poissons noirs et visqueux ? Quelle surprise.

À mon grand dam, mes parents approchent et se mettent à nous poser des questions, voulant savoir comment on s'est rencontrés. Gunther est bon joueur, surtout quand mon père lui fait un massage d'épaule non sollicité. Mais quand Dasco annonce qu'il est temps de rejoindre la grande salle, je suis soulagée. Mes parents auraient pu me mettre encore plus mal à l'aise durant cette courte période.

Dasco guide tout le monde dans un grand couloir, et je ne peux m'empêcher d'entendre ma mère murmurer à mon père :

— Où sont Gia et son jeune marié ?

— Je parie que c'est une autre tradition royale, répond mon père. De consommer le mariage aussitôt.

— Oui, acquiesce ma mère. Je parie que, dans l'ancien temps, tous les membres de la cour regardaient.

Gunther les a entendus aussi et arque un sourcil d'un air interrogateur.

Je hausse les épaules.

— Ça *pourrait* être vrai, mais connaissant Gia, elle pourrait tout aussi bien être en train de préparer un spectacle de magie.

Notre procession ralentit quand nous atteignons

une table avec de petites cartes pour indiquer où tout le monde doit s'asseoir.

Ça fait de moi une mauvaise fille si je me sens extrêmement soulagée que mes parents soient installés à une autre table ?

Hmm. Une seconde. Mes parents vont s'asseoir avec le roi et la reine ?

On dirait que la vengeance de Gia a déjà commencé.

Vingt-Et-Un

BLUE, LEMON ET HOLLY SONT À NOTRE TABLE AVEC leurs partenaires, ainsi que l'un des princes et d'autres gens que je ne reconnais pas.

— Salut, lance une femme aux allures de top model, et qui est clairement venue avec le prince. Lequel d'entre vous parle russe ? L'homme ?

— Aucun des deux, répond Gunther. À moins qu'elle m'ait caché quelque chose.

Je secoue la tête.

— Pas de Russes ici. Pourquoi cette question ?

La femme m'adresse un sourire parfait.

— Tous les autres couples de cette table sont composés d'au moins une personne qui parle russe.

— Désolée de vous décevoir, je réponds. Je m'appelle Honey, au fait.

— Bella Chortsky, se présente-t-elle avant d'indiquer son prince. Voici Dragomir.

— Chortsky…

Je regarde le petit ami de Holly, Alex, d'un air interrogateur.

— Oui, lance-t-il fièrement. C'est ma sœur.

— Et la mienne, renchérit un autre voisin de table qui aurait pu être le jumeau d'Alex. Je suis Vlad.

Il indique sa petite amie pâle et aux joues rondes.

— Voici Fanny.

Cette dernière rougit comme une pro, et je me demande si ça arrive chaque fois qu'on la présente à quelqu'un de nouveau ou juste chaque fois qu'elle entend son homme parler.

Vlad prend une grande bouteille et fait un signe de tête vers le verre à shot de Gunther.

— Vodka ?

— Non merci, répond Gunther. Je ne bois pas d'alcool aujourd'hui.

Vlad me regarde.

— Désolée, je réponds. Je ne bois pas non plus.

— Et avant que tu ne poses la question, intervient Lemon. Ils n'attendent pas d'enfant.

— Merci, je réponds en levant les yeux au ciel.

Puis, je me tourne vers Bella et demande :

— Si le fait de ne pas boire de vodka nous exclut de la table des Russes, je comprendrai.

Bella sourit.

— Non, restez, je vous en prie.

Nous restons donc et apprenons qu'à *cette* table, les hommes « servent » les femmes en versant des verres et en déposant de la nourriture dans nos assiettes – ce qui paraît un peu machiste, jusqu'à ce que Gunther me fasse la même chose et que je fonde en une petite flaque affamée.

Bientôt, Gunther et moi regardons tout le monde vider son shot, puis un autre, parce qu'apparemment, les Russes pensent que la pause entre le premier et le deuxième verre doit être courte.

— Vous voulez entendre une blague russe ? propose Bella après le troisième verre.

Gunther hoche la tête, et je l'imite.

— Vovockka est en cours de maths, commence Bella. Le professeur lui dit : « Tu as cent roubles et tu en demandes cent de plus à ton père. Combien en as-tu ? »

Bella marque une pause théâtrale.

— « Cent roubles » répond Vovochka. « Non », répond le professeur, « Tu ne comptes pas très bien. » Vovochka secoue la tête et réplique : « C'est vous qui ne connaissez pas très bien mon père. »

Tout le monde pouffe de rire.

— Je peux répéter celle que tu m'as dite hier ? demande Fanny à Vlad.

Il sourit.

— Bien sûr, Fannychka.

— « Félicitations, papa », lance Vovochka à son père, commence Fanny en arquant ses jolis sourcils de manière théâtrale. « Explique-toi », répond son père. Vovochka sourit. « Tu te souviens quand tu as dit que tu me donnerais cent roubles si je passais en CM2 ? Je t'ai fait économiser de l'argent. »

Tout le monde rit, ce qui semble servir d'excuse

pour que la table russe passe encore un peu de temps à nous raconter d'autres blagues concernant ce Vovochka fictionnel. Le torrent de blagues finit par être interrompu par Dasco, qui nous interpelle depuis le milieu de la pièce.

— Puis-je avoir votre attention à tous, s'il vous plaît ?

Tout le monde se tait dans la pièce.

— Les jeunes mariés ont une surprise pour vous, annonce Dasco. Leur première danse magique en tant que couple marié.

Mes sœurs et moi échangeons un regard entendu. Puisqu'on parle de Gia, le mot « magique » n'était pas dans cette phrase par hasard.

Ouais. Tigger et elle arrivent sur la piste de danse et, dès que les premières notes du tango s'élèvent, sa robe passe de noire à blanche, puis inversement. Quelques pas plus tard, la veste de smoking de Tigger disparaît, puis son T-shirt au-dessous.

— Je connais le prochain tour, lance quelqu'un à la table. Regardez son téton.

Son téton ? Est-ce que…

Oh merde. Gia agite la main au-dessus de la poitrine de son mari, et son téton droit disparaît avant de réapparaître, suivi de ses vêtements. Tout le monde applaudit, et c'est à ce moment-là que les pieds du couple se soulèvent du sol de quelques centimètres. Les applaudissements se transforment en *standing ovation*.

La musique s'arrête et les jeunes mariés

redescendent à terre. Gia fait une révérence, prend le micro et lance :

— Que tout le monde rejoigne la piste de danse, s'il vous plaît !

— Pas si vite ! s'exclame notre père depuis sa table, faisant grimacer les personnalités royales. Vous nous devez un *gor'ko* !

Tout le monde se remet alors à scander les mots qui poussent Gia et Tigger à s'embrasser à nouveau… ce qui n'a pas l'air de les déranger du tout.

Une fois le baiser terminé, ils courent vers leur table semblable à un podium.

Gunther se lève et me tend la main.

— On danse ?

Je prends sa main tendue et bondis sur mes pieds.

— Tu me dois toutes les danses du monde pour m'avoir empêchée de boire.

Une fois qu'on est sur la piste de danse, une chanson démarre – et pour une raison obscure, c'est la reprise de « Tainted Love » par Marilyn Manson.

Drôle de choix pour un mariage, mais bon, c'est une chanson plutôt lente, ce qui nous permet de nous rapprocher, Gunther et moi – et je sens aussitôt M. Suce & Lèche cogner contre mon ventre.

Je me mets sur la pointe des pieds et lui murmure à l'oreille :

— On dirait que je ne suis pas la seule à être pressée de rejoindre l'*afterparty*.

La pression contre mon ventre s'intensifie, et il répond d'une voix rauque :

— Je ne veux pas de gâteau de mariage. Je vais prendre ta chatte pour le dessert.

Que quelqu'un me vienne en aide. J'ai besoin d'une nouvelle culotte.

Il me mordille l'oreille.

Les ovaires peuvent-ils exploser ?

— Vous formez un couple si mignon, dit ma mère d'une voix pâteuse, près de nous.

Sa proximité calme assez ma libido pour me permettre à nouveau de penser.

— Merci, lancé-je dans sa direction.

Puis, je fronce les sourcils, parce que ma mère tient à peine sur ses jambes et que son partenaire de danse n'est pas mon père. C'est la reine, qui a l'air aussi bourrée que je suis excitée. Oh, et comme si ça ne suffisait pas, à leur table, mon père est assis par terre à côté de la chaise du roi et masse ses pieds royaux.

Gunther suit mon regard et écarquille les yeux.

— Il vient peut-être d'être embauché ?

— Si seulement, je réponds. Mon père aime proposer des massages des pieds à tous ceux qui veulent bien l'écouter. Mais je ne m'attendais pas à ce que « Son Altesse Royale » en accepte un… à supposer que ce qui est en train de se passer soit consensuel.

— Les doigts de ton père sont divins, intervient la reine d'une voix pâteuse.

Il l'a massée, elle aussi ?

— Combien de verres de vodka avez-vous bus ?

Ma mère fronce les sourcils d'un air comique et se rapproche.

— On a joué à un jeu à boire traditionnel lors des mariages en Ruskovie, explique-t-elle avec un hoquet. J'ai gagné.

Vraiment ? Y a-t-il vraiment un gagnant pendant un jeu à boire ?

La chanson est remplacée par une autre, plus rapide, et j'entraîne Gunther à l'écart avant que ma mère ou la reine ne décident de nous vomir dessus.

— Waouh, dit Gunther.

Il a raison. Le mari de Lemon danse comme un dieu – ce qui est logique puisque c'est un célèbre danseur de ballet.

— Dur de passer après ça, remarque Gunther, qui commence quand même à osciller en rythme avec la musique.

Pourquoi a-t-il fallu qu'il prononce le mot « dur » ? Maintenant, je trouve *dur* le fait de me concentrer.

Bon. Voyons voir si j'arrive à twerker en étant sobre.

Je tourne le dos à Gunther, puis propulse mon derrière contre lui. Je sens quelque chose de rigide contre mon téton de fesse gauche. C'est ma première récompense, et elle sera suivie de nombreuses autres.

La prochaine chanson est un tango, similaire à celui lors duquel Gia a effectué son tour de magie et sa première danse. Il s'avère qu'il est plus facile d'effectuer des chorégraphies complexes quand on est sobre : Gunther et moi parvenons donc à danser le tango, mais affirmer que j'ai les idées claires après coup serait un mensonge éhonté.

Je suis enivrée par toutes les hormones qui courent dans mes veines. Ivre du sourire de Gunther et de l'éclat vert émeraude de ses yeux, de la perle de sueur qui roule sur son front et de la sensation de son érection contre moi.

— C'est le gâteau de mariage ? demande Gunther après quelques autres danses époustouflantes.

Oui ! Il a raison. Je lui prends la main et me précipite vers notre table.

Une fois les parts de gâteaux distribuées, j'attaque la mienne avec autant d'enthousiasme que Lemon, l'accro au sucre de la famille. Par contre, contrairement à Lemon, je ne parsème pas ledit gâteau du sucre destiné aux cafés.

Gunther a mangé la moitié de son gâteau quand je termine le mien et lance :

— Prêt ?

Il fourre le reste de gâteau dans sa bouche et mâche rapidement. Un peu tard, je me rends compte qu'il y a peu de chances pour que Gia vérifie qu'on ait bien mangé le dessert. Enfin. Le plus important, c'est qu'il est désormais socialement acceptable qu'on s'en aille. Je l'espère en tout cas.

— C'était un plaisir de vous rencontrer, dis-je aux personnes réunies à table.

— Vous partez déjà ? boude Bella.

Je prends la main de Gunther.

— On a un long trajet à faire pour rentrer. Jusqu'à Jersey.

— Je comprends.

Bella fouille dans la grosse valise qu'elle a visiblement gardée sous la table pendant tout ce temps. Elle en sort une boîte.

— Tiens, prends ça en guise de cadeau d'au revoir. En souvenir de moi.

J'accepte la boîte avec précaution, parce que je n'aime pas l'expression sur le visage des autres femmes autour de la table. Quand j'ouvre la boîte avec prudence, je cligne plusieurs fois des yeux – et je me demande si les émanations de vodka ont réussi à me saouler, finalement.

La boîte contient un godemichet.

Veineux, bleu et gros, presque de la taille de M. Suce & Lèche.

Je regarde Lemon qui tient un blog sur la masturbation et est donc une experte en godemichets.

— C'est toi qui lui as demandé de faire ça ?

Lemon sourit.

— Si ton cadeau est bien ce que je pense, sache que Bella possède une entreprise qui les fabrique.

Je ferme la boîte avant que Gunther n'ait pu regarder dedans.

— Merci, Bella.

— Aucun problème, répond la fabricante de godemichets. Si tu m'envoies tes commentaires à ce sujet par e-mail, je t'en enverrai d'autres.

— Honey risque bien de le faire, dit Holly à Bella avec un sourire entendu. Les bonnes affaires sont aussi importantes pour elle que les nombres premiers le sont pour moi.

C'est discutable, mais je ne vais pas me lancer dans ce débat, parce que ça retarderait notre départ et c'est la dernière chose dont j'ai envie.

— Au revoir, lancé-je avant d'attraper la main de Gunther pour le tirer avec moi.

À mon grand soulagement, une file de gens est déjà en train de dire au revoir à Gia et au marié ; nous ne sommes donc pas les seuls à filer.

Quand vient notre tour, Gunther assure qu'il s'est beaucoup amusé. Je prends ça comme un compliment, parce que j'ai passé la majeure partie du temps à me frotter contre lui sur la piste de danse.

— Les tours étaient incroyables, renchéris-je quand vient mon tour.

Un point pour moi. Gia rayonne de fierté. Mes sœurs sont faciles à contenter une fois qu'on sait sur quels boutons appuyer.

Gunther sort une enveloppe.

— Une petite contribution à votre avenir.

Petite ? Ce truc est rempli de billets.

Mais bon. Je suppose que je vais pouvoir garder ma propre enveloppe bien plus petite, ou la donner à Gunther.

Nous sortons de la grande salle d'un pas rapide et nous retrouvons dans le hall infesté d'oiseaux, où Gunther change de direction et s'approche du concierge – l'un des rares membres du personnel qui ne porte pas de culottes.

— Où tu vas ? demandé-je.

Son regard se réchauffe quand il se tourne vers moi.

— Je ne veux pas attendre en voiture pendant tout le trajet. On est dans un hôtel. On peut prendre une chambre.

Pourquoi n'y ai-je pas pensé plus tôt ? C'est une idée de génie. C'est *vrai* qu'on est dans un hôtel.

— Nous aimerions prendre une chambre, dit Gunther au concierge.

Ce dernier fronce les sourcils et tapote l'écran devant lui.

— Je crains qu'il n'y ait aucune chambre disponible. Une cérémonie privée est en cours et…

— On fait partie de la cérémonie en question, je réponds. Je suis la sœur de la mariée.

Le concierge me regarde de haut en bas et hoche la tête.

— C'est vrai que vous lui ressemblez. Malgré tout, je crains que…

— Quel est le problème ? grogne une voix qui s'avère appartenir au prince qui lorgnait Pearl un peu plus tôt… ou son fromage.

— Votre Altesse Royale, dit le concierge avec respect. Il n'y a aucun problème. Ils veulent une chambre et je les ai informés qu'on n'en avait plus.

Le prince plisse les yeux.

— Pourquoi pas la plus petite chambre de lune de miel ?

Le concierge tapote l'écran, les mains tremblantes.

— Oh mon Dieu, elle *est* disponible, en effet.

Il nous regarde.

— Le tarif est de…

— Aucune importance, l'interrompt le prince. Compte tenu du service client déplaisant dont ils viennent de faire l'expérience, la chambre est offerte par la maison.

Il est le propriétaire de cet hôtel ? Ou de toute l'île ?

— C'est trop généreux, dit Gunther. Je vais payer la chambre.

— Non, j'interviens, me surprenant moi-même. Tu as offert le cadeau de mariage, je paie la chambre.

Je sors mon enveloppe et la pousse sur le comptoir.

Je ne demande même pas s'il y a un prix d'ami, et ça prouve bien que je suis pressée d'en finir avec tout ça pour voir Gunther tout nu.

Le concierge regarde l'argent avec une expression stoïque et marmonne :

— C'est loin d'être assez.

Gunther sort sa carte de crédit.

— Prenez le reste là-dessus.

— Inutile, déclare le prince en repoussant à la fois l'argent et la carte de Gunther.

Puis, il se tourne vers le concierge.

— Ne jamais marmonner en service.

Waouh. Tu parles d'un grincheux. Je suis bien contente qu'il soit dans notre camp aujourd'hui.

Le prince nous tend une carte de visite chacun.

— Si vous avez besoin d'autre chose, n'hésitez pas à me contacter.

Il lance un regard entendu au concierge.

— Oh, je suis sûr que ce ne sera pas nécessaire, couine ce dernier. Je prendrai grand soin d'eux.

Je prends la carte de visite. Le nom Kazimir Cezaroff est écrit dessus.

— Merci. Nous vous en sommes très reconnaissants, dit Gunther à Kazimir et au concierge.

— Oui, merci, je renchéris. C'était très gentil à vous.

J'ai droit à Gunther *et* à la bonne affaire du siècle. Quelqu'un doit vraiment veiller sur moi, là-haut.

— Pas de quoi, répond Kazimir avant de s'éloigner d'une posture aussi raide que le godemichet que m'a donné Bella.

Le concierge pose une clef sur le bureau devant lui.

— Prenez l'ascenseur jusqu'au troisième étage, indique-t-il.

Nous courons jusqu'à notre destination et, dès que les portes de l'ascenseur se referment, Gunther se penche pour déposer un baiser torride sur mes lèvres.

Une seconde de plénitude plus tard, ces fichues portes s'ouvrent.

Grr.

Nous traversons le couloir d'un pas précipité en direction de la porte associée à la clef. Quand nous entrons, je scrute les lieux, émerveillée. Si c'est la plus petite suite, la plus grande doit avoir la taille de l'aéroport JFK. Même Gunther – qui est bien plus habitué à l'opulence que moi – a l'air impressionné.

— C'est immense, remarque-t-il.

— En parlant de trucs immenses…

Je prends Gunther par la main et l'entraîne en travers de l'espace gigantesque jusqu'à localiser le lit, en forme de cœur, de la taille d'un stade, qui est couvert de pétales de roses.

— Montre-moi la tienne et je te montrerai la mienne.

Il retire sa veste à la vitesse de la lumière, comme s'il connaissait le secret du tour de disparition des vêtements de Gia. Il révèle le reste de son corps tout aussi vite et, bientôt, il est nu dans toute sa gloire devant moi, et extrêmement excité. Chacun de ses muscles brille dans la lumière douce et romantique qui émane des fausses bougies LED qui décorent la chambre.

Ma respiration accélère, et une chaleur se déploie dans la partie inférieure de mon corps à l'idée de ce qui va bientôt se passer.

— À ton tour, ordonne-t-il d'une voix rauque.

Il s'assoit sur le bord du lit ; son M. Suce & Lèche dur comme la pierre tressaute d'impatience.

Il veut un spectacle ? Très bien. Je sors mon téléphone et lance la chanson punk rock sur laquelle j'ai toujours eu envie de faire un strip-tease : « Rebel Girl » de Bikini Kill.

Tout en retirant mes vêtements en rythme, je secoue la tête, faisant voler mes cheveux violets dans tous les sens.

— Putain, grogne Gunther encore et encore, comme un mantra, et cela ne fait qu'améliorer une chanson déjà incroyable.

Quand je suis complètement nue, je prends une

chaise, laisse tomber mes fesses dessus et décroise les jambes, toujours en rythme.

— Bordel de merde, commence à entonner Gunther en réaction, m'encourageant jusqu'à ce que la chanson se termine.

J'écarte mes cheveux de mon visage et regarde Gunther d'un air interrogateur. Ses yeux avides examinent chaque centimètre carré de ma peau, avec tous ses piercings et ses tatouages.

— J'ai envie de toi depuis si longtemps, dit-il avec emphase.

Je croise les jambes.

— Tu avais une drôle de façon de le montrer.

Je les décroise.

— Pendant tout ce temps, tu n'avais qu'à prendre ce que je t'aurais donné avec plaisir.

Il se rapproche du bord du lit, le sexe douloureusement dur.

— Je voulais faire ça bien.

Je croise les jambes et fronce les sourcils, ne plaisantant qu'à moitié.

— Est-ce que le fait de « faire ça bien » inclut le fait de porter des vêtements étriqués ?

Il se redresse.

— J'ai juste fait ça pour te rendre la monnaie de ta pièce, parce que tu me torturais.

— Tu trouvais que *ça*, c'était de la torture ?

Soudain, saisie d'une idée diabolique, je me penche vers mes affaires en tas sur le sol et récupère le cadeau douteux de Bella.

— Laisse-moi te montrer ce que signifie vraiment ce mot.

J'ouvre la boîte et en sors le godemichet bleu.

Gunther regarde son rival comme s'il s'agissait d'une corne de licorne et que le reste de l'animal s'apprêtait à en pousser.

— C'était *ça*, le cadeau de Bella ?

— La ferme et regarde, répliqué-je en prenant ma meilleure voix de séductrice.

Pour illustrer mon propos, je fais glisser le godemichet le long de ma poitrine, jusqu'à ce que le gland touche le piercing de mon téton gauche – qui durcit aussitôt.

Le silence de Gunther est si complet et absolu que j'entends les os de sa mâchoire se crisper et son sexe durcir.

Avec un sourire narquois, je déplace le godemichet jusqu'à mon téton droit, le transformant lui aussi en petite pierre pointue.

Les pupilles de Gunther se dilatent autant que des pièces de monnaie.

— Voilà ce que j'aurais pu te faire subir pendant des semaines.

J'embrasse le bout du godemichet avant de faire tournoyer ma langue autour.

Gunther referme les poings sur les draps à côté de lui, comme s'il essayait de s'empêcher de péter les plombs.

Voyons voir s'il a beaucoup de maîtrise de soi.

Je lèche le godemichet comme une glace.

J'entends un bruit de tissu qui se déchire. Tout en souriant avec mes yeux, je mets le godemichet dans ma bouche, aussi profond que je peux, puis je fais quelques mouvements de va-et-vient.

Les testicules de Gunther semblent crispés et pleins, à deux doigts de devenir bleus.

Je sors le godemichet de ma bouche et repère un bouton au bas de la verge. Curieuse, j'appuie dessus, et le truc se met à vibrer autant que mille téléphones.

Sympa. J'approche les vibrations de, nom de code, Pot pour toucher légèrement le piercing de mon clitoris, et manque de jouir aussitôt.

Gunther bondit sur ses pieds, les yeux fous.

J'écarte les vibrations un instant. Mon pouls est irrégulier, mais je parviens à prendre une voix à peu près calme pour demander :

— Qu'est-ce que tu fais ?

Avec un grognement qui me rappelle une bête blessée, il se laisse retomber sur le lit.

J'éteins les vibrations et titille mon intimité avec le gland du godemichet.

— Comme tu peux le voir, j'aurais *pu* prendre mon pied sans toi.

— Écoute, dit Gunther d'une voix rauque. Tu as gagné, OK ?

J'enfonce le godemichet d'un cheveu en moi.

— J'ai gagné ?

— Tu as raison, grogne-t-il. J'aurais dû te mettre dans mon lit dès que tu as été d'accord, en envoyant promener les Ressources Humaines et les convenances.

Avec un sourire triomphant, je pose le godemichet de côté et m'agenouille sur le tapis devant le lit, avant de river mon regard au sien.

— Redis-moi que j'ai raison.

— Tu as raison.

Gunther arbore une expression animale et brute – qui contraste totalement avec ses cheveux soigneusement coiffés en arrière.

— Tu as *toujours* raison.

— Là, tu vois ? roucoulé-je. Tu vas peut-être avoir droit à cette chatte pour le dessert, comme tu le voulais… Mais d'abord…

Je prends M. Suce & Lèche dans ma bouche, et c'est tellement meilleur qu'un godemichet : plus épais et savoureux.

Gunther grogne quelque chose qui ressemble à « Tu as raison ». Je répète chaque mouvement effectué avec le godemichet sur M. Suce & Lèche, et juste au moment où je sens le goût salé du liquide séminal, je m'arrête. Je dois le sentir en moi à tout prix.

— À mon tour.

Gunther me soulève et m'étale sur le lit comme un buffet à volonté.

— Ou devrais-je dire à *ton* tour ?

Il dépose des baisers délicats sur l'intérieur de ma cuisse, puis glisse sa langue vers le haut jusqu'à avoir atteint le piercing de mon clitoris.

Je me laisse aller en arrière et laisse, nom de code, Pot éclore sous l'effet que produit la langue habile de Gunther.

Comme un affamé, il lèche mes replis tout en murmurant la même chose. Avec un peu de chance, c'est « tu as raison ».

La vibration causée par son murmure et la texture chaude de sa langue provoquent un court-circuit dans mon cerveau, et l'orgasme près duquel je suis passée un peu plus tôt explose dans mes récepteurs de plaisir, me faisant jouir sur le sublime visage de Gunther.

Il lève la tête, je trouve ça ironique qu'il ait encore l'air aussi affamé alors qu'il vient de me « dévorer ».

— Je veux être en toi, articule-t-il d'une voix râpeuse.

Je m'humidifie les lèvres.

— Tu te souviens de ma condition ?

— Sans capote ?

Ses yeux brillent d'une lueur vorace.

Je hoche la tête, attrape l'arrière de sa tête et l'attire vers moi pour un baiser qui rend mes lèvres enflées et douloureuses. En même temps, je fais ce que je rêve de faire depuis le début : je glisse M. Suce & Lèche en moi.

— Putain, grogne Gunther.

En réponse, je m'empare de ses fesses pour guider son premier coup de reins.

— Tu es si incroyable, dit-il au deuxième.

Mes yeux commencent à rouler dans mes orbites.

Il s'enfonce à nouveau en moi.

Avec un effort surhumain, je parviens à hoqueter :

— Tu aurais pu faire ça pendant tout ce temps.

— Tu as raison, admet-il en s'enfonçant plus fort. Tu as tellement raison, putain.

Nouveau coup de reins. Puis un autre. Le rythme accélère pour mon plus grand plaisir.

Un gémissement m'échappe des lèvres.

Il me mordille le cou, puis grogne quelque chose de torride à mon oreille. Je crois bien que c'est « tu as raison ».

Et bon sang, j'avais raison. C'est un crime contre l'humanité, d'avoir manqué autant d'occasions de faire ça.

Gunther prend mon visage en coupe avec délicatesse, mais ses lèvres s'emparent brutalement des miennes.

Avides.

Féroces.

J'enfonce les ongles dans ses fesses tandis qu'un orgasme semblable à une avalanche grandit en moi, se mettant à glisser de manière irrémédiable quelque part au fond de moi.

Il me pilonne comme un marteau-piqueur sexy.

Un gémissement désespéré s'échappe de mes lèvres jusqu'aux siennes.

Il libère ma bouche, laissant mon prochain gémissement s'échapper dans le monde.

— C'est ça, grogne-t-il. Jouis pour moi.

Putain. L'avalanche atteint son point culminant – et je me moque que les avalanches soient censées aller du sommet au bas de la montagne, je suis trop submergée de plaisir pour penser à ça.

Quand les parois de, nom de code, Pot se mettent à pulser frénétiquement autour de M. Suce & Lèche, je sens le contrecoup se transformer en un autre orgasme.

La pression de mes parois internes doit faire basculer Gunther – parce que j'entends son grognement guttural et que je le sens se décharger –, ce qui me fait jouir une fois de plus.

Il s'arrête, haletant, puis m'embrasse avec tendresse sur la joue avant de se retirer.

Je reste couchée là, les yeux fermés, et je profite de cette félicité brumeuse d'après-coup.

Au bout d'un moment, je trouve la force de murmurer :

— C'était absolument incroyable.

— Tu as raison, dit Gunther, répétant les mêmes mots avec une note de fierté masculine. Mais bien sûr, ce n'était que le début.

J'ouvre l'œil gauche.

— Ah oui ?

Avec un sourire narquois, il se laisse glisser du lit pour récupérer le godemichet bleu.

— Je pense que tu me dois un autre orgasme.

J'ouvre l'œil droit.

— Vraiment ?

— Oh que oui, putain, acquiesce-t-il en activant la vibration du godemichet. Ou plutôt, c'est moi qui t'en dois un autre, pour t'avoir fait attendre tout ce temps alors que tu avais *tellement* raison.

Je souris comme une idiote.

— OK. Je suis prête à collecter ma dette ou à te rembourser.

Il laisse le godemichet vibrant refaire le même trajet que tout à l'heure : anneau de téton gauche, anneau de téton droit, bouche, puis la tige dans mon clitoris.

— Putain, hoqueté-je quand mes doigts de pied se crispent et que je jouis à nouveau.

Il s'avère que l'expérience est mille fois mieux quand c'est Gunther qui utilise le jouet sur moi que quand je m'en sers toute seule.

— Bonne fille, grogne-t-il. Mets-toi à quatre pattes maintenant.

Sérieux ? Pourquoi ? Oh, waouh. Il est à nouveau dur. C'est sûrement l'effet de m'avoir regardée avec le jouet.

Je remercie les dieux des pénis d'avoir fait don au sien d'une courte de période de récupération, me mets dans la position demandée, et trois choses se passent simultanément : il me pénètre, donne une tape sur le téton de ma fesse droite et presse le godemichet encore vibrant contre mon clitoris.

Bordel de merde ! Pourquoi je jouis aussi vite ? C'est bien le cas pourtant. En hurlant, en plus. Il continue ses va-et-vient, alors je jouis encore et encore, comme si j'essayais de me rattraper pour tout le sexe dont j'ai été privée.

Puis, d'un dernier coup de reins puissant et profond, il jouit pour la deuxième fois, et je me joins à lui.

C'en est assez pour moi. Je retombe tête la première sur le lit, avec l'impression d'être un citron transformé en limonade.

Il me prend dans ses bras.

— Une douche ou on dort ?

— Je n'ai pas la force de répondre, marmonné-je.

Avec un sourire, il me porte jusqu'à la chambre luxueuse et me lave comme si j'étais une poupée, avant de m'essuyer avec une serviette.

— Fais attention, murmuré-je quand il me ramène au lit. Je pourrais m'habituer à tout ça.

— Tant mieux, répond-il tout en m'enveloppant contre son corps puissant. Tu peux t'y habituer.

Oh, j'en ai bien l'intention.

Le même sourire idiot sur le visage, je plonge dans le sommeil le plus profond de ma vie.

Vingt-Deux

Est-ce du café que je sens ? Et des œufs ?

J'ouvre les yeux et découvre que je suis seule dans le lit.

Après m'être habillée, j'erre en direction des odeurs.

— Salut, la marmotte, dit Gunther quand je le trouve dans le gigantesque salon. Je nous ai commandé un petit-déjeuner.

Je scrute les offrandes sur la table devant lui.

Ouais. Il a pris tous mes plats préférés. La seule façon de me rendre encore plus heureuse, ce serait en retirant à nouveau son pantalon ; mais je suis sûre que ça pourra s'arranger une fois qu'on aura mangé.

— Attends une seconde, dis-je par-dessus le gargouillis de mon estomac. Je dois me laver.

Tout en me brossant les dents et en me rendant présentable, je prends pour la première fois conscience des implications de ce qui s'est passé hier soir.

Gunther et moi l'avons vraiment fait. Nous avons couché ensemble en étant sobres, après un vrai rencard authentique.

Ou, en d'autres termes, je sors avec Gunther. Le type que j'ai accusé à tort d'avoir gâché ma vie.

Je soupire. Je parie que, même si je n'avais pas appris qu'il n'était pas la personne m'ayant attiré tous ces ennuis, je lui aurais peut-être pardonné après le troisième orgasme environ.

Est-ce que ça pourrait vraiment fonctionner entre nous ? Gunther et moi, pourrions-nous être en couple ?

Je crois que oui. Sauf que… pourquoi je me sens aussi mal à l'aise ?

Je me regarde dans le miroir et finis par comprendre. Le problème, c'est que les émotions que je ressens sont extrêmement prématurées à cette étape de notre relation. Plus spécifiquement, je me sens légère et étourdie quand je suis avec lui, ou quand je pense à lui. C'est comme si je ne voulais plus jamais passer une seule seconde sans lui.

Oh non. Ça pourrait poser un gros problème.

Même s'il a admis que j'avais raison et qu'on aurait dû coucher ensemble plus tôt, le fait est qu'on ne l'a pas fait – à cause de lui. Est-ce déraisonnable de ma part de me sentir un peu inquiète à l'idée qu'il ait réussi à résister à mes charmes ? Cela ne veut-il pas dire que je craque plus pour lui qu'il ne craque pour moi ?

Je serre les dents et lance un regard sévère à mon reflet.

— Ne sois pas bête. Tu ne veux pas te retrouver dans la même situation qu'avec Spike, si ?

Ouais. J'ai bien besoin d'une douche froide à ce stade, sinon, avant de me rendre compte de ce qui se passe, je vais me retrouver avec « Gunther » tatoué sur les paupières pour me souvenir de lui, même quand je ferme les yeux.

— Un plaisir de parler avec toi, dis-je à mon reflet. Je vais laisser les choses évoluer de manière raisonnable, cette fois.

Animée de cette nouvelle détermination, je retourne retrouver le délice dans le salon... et le petit-déjeuner.

Bordel. Je ne m'en étais pas rendu compte tout à l'heure, mais il a les cheveux ébouriffés par le sommeil, et ça lui va à merveille, toutes ces mèches rebelles dans ses cheveux sombres et épais. Ça me donne envie de les repousser en arrière, comme il les coiffe d'habitude, rien que pour pouvoir à nouveau les ébouriffer.

Mon estomac gargouille.

Gunther me sourit ; c'est à ce moment-là que son téléphone sonne.

Il rejette l'appel sans regarder.

Je dépose quelques pâtisseries sur mon assiette, quand son téléphone se remet à sonner.

Il fronce les sourcils et regarde l'écran.

— C'est Ashildr, dit-il.

Il ignore la sonnerie et vérifie quelque chose.

— Avant, c'était Samson, de la sécurité. Bizarre.

Je hausse les épaules.

— Tu devrais peut-être répondre ?

Il hoche la tête et décroche.

— Salut, Ashildr.

Au bout d'une seconde, il reprend :

— Ralentis, s'il te plaît. Dis-moi ce qui s'est passé.

Qu'est-ce qui se passe ? Ashildr est-il en train de se vider de son sang par le nez ?

Gunther écoute encore pendant quelques secondes. Puis, l'air agacé, il lâche :

— Oui.

Une seconde plus tard, il pince les lèvres en une ligne fine.

— Vraiment ?

Il écoute avec attention avant de demander :

— Qui ?

Quelle que soit la réponse, elle n'a pas l'air de lui plaire du tout, et il me lance un drôle de regard.

— Quelles sont les preuves ? demande Gunther.

Il me lance un autre regard bizarre tout en écoutant la réponse, puis demande d'un ton furieux :

— Tu es en train de dire ce que je pense ?

Quelle que soit la réponse, Gunther secoue la tête avec véhémence.

— Impossible. Je refuse de le croire.

La réponse d'Ashildr fait écarquiller les yeux de Gunther.

— Quoi ? s'exclame-t-il.

Il écoute la suite avec une expression horrifiée.

— Je n'en ai aucune idée.

Quoi qu'il entende ensuite, cela lui fait serrer le téléphone au point de le fissurer.

— Non ! aboie-t-il ensuite avec force.

Ashildr répond quelque chose, et Gunther hoche la tête d'un air approbateur.

— Tu as bien fait. Dis-lui d'oublier que c'est arrivé. Je m'occupe du reste.

Ashildr ajoute autre chose, et Gunther répond :

— Merci d'avoir porté ça à mon attention. Bonne journée.

Sur ces mots, il raccroche, prend sa tasse et boit lentement en esquivant mon regard.

— Tout va bien ? demandé-je, sourcils froncés.

Il ne répond pas.

Mon cœur se met à battre plus vite, ce qui est ridicule, puisque je n'ai aucune raison d'être nerveuse.

— Sérieux, Gunther, qu'est-ce qui s'est passé ?

— Tout va bien, assure-t-il, mais il ment si mal que mon inquiétude ne fait que redoubler.

— Ce n'est clairement pas le cas, je réponds.

Je mords dans un muffin, mais il a un goût de carton.

— Qu'est-ce qu'Ashildr a dit ?

Gunther étrécit les yeux.

— Pourquoi es-tu si inquiète ?

Je me renfonce sur ma chaise et examine l'expression étrange de Gunther. J'ai l'impression qu'il essaie de cacher des montagnes russes d'émotions derrière son visage impassible, mais qu'il n'est pas très doué pour ça.

Je prends une inspiration pour me calmer.

— C'est normal que je m'intéresse à ce qui te tracasse, non ? À moins qu'on soit redevenus des inconnus ?

— Très bien, lâche-t-il en repoussant son assiette. Ashildr m'a annoncé que les coupons avaient disparu.

Pour une raison inconnue, il examine ma réaction de très près.

Mon sang se glace quand je commence à comprendre ce qui est en train de se passer.

— Quels coupons ?

— La grosse collection, répond-il. Celle du sous-sol.

Il parle de l'endroit que j'ai pris pour ma planète natale. Il semblerait qu'il ait été cambriolé, et tout le monde a aussitôt sauté à la conclusion que c'était mon méfait, en accusant la fille tatouée. Et je ne peux pas en vouloir à Ashildr ou au chef de la sécurité. Après tout, j'ai créé des coupons frauduleux de leur entreprise, ce qui a mené à tout ce projet préventif.

Mais que *Gunther* me croit aussi capable de faire un truc pareil ? Après avoir été en moi ?

Il y a intérêt à ce que ce soit un malentendu.

Je serre les dents et demande :

— Tu crois que j'ai quelque chose à voir avec la disparition de ces coupons ?

Arborant toujours le même visage impassible ridicule, il demande :

— C'est le cas ?

Je le dévisage, incrédule.

Il vient de m'accuser de vol, comme ça.

Je devrais sûrement être habituée à ce que les gens s'attendent au pire de ma part – et je le mérite peut-être un peu –, mais pour une raison que j'ignore, je ne m'attendais pas à ça de la part de Gunther.

Plus maintenant.

Plus depuis un certain temps. Depuis que j'ai commencé à avoir des sentiments pour lui.

Ce doit être pour ça que j'ai l'impression de recevoir un coup de couteau dans le cœur.

Eh bien, quels que soient les sentiments que j'ai imaginé avoir, je ferais mieux de les effacer, parce que comment éprouver quoi que ce soit pour quelqu'un qui est prêt à vous insulter de cette manière ?

Je déglutis et repousse la douleur, la remplaçant par une colère justifiée.

— Je n'y crois pas, putain, lâché-je en bondissant sur mes pieds.

Gunther étrécit encore plus les yeux.

— Pourquoi ne pas te contenter de répondre calmement à la question ?

J'aimerais avoir une pile de coupons sous la main pour pouvoir les lui fourrer dans le cul.

— Va te faire foutre, lâché-je entre mes dents. Et quand ce sera fait, tu diras à Ashildr et à ton chef de la sécurité de faire pareil.

Une fissure apparaît dans son expression impassible.

— Tu veux bien te calmer, s'il te plaît ?

— Ne me dis pas de me calmer, putain ! m'exclamé-je en prenant mon reste de muffin pour le lui jeter au visage. Je n'arrive pas à croire que tu puisses m'accuser de ça après tout ce qui s'est passé.

Il balaie les miettes de muffin sur son T-shirt, l'air stoïque.

— Sérieusement, est-ce que tu peux te calm…

Je n'entends pas le reste, parce que mon cœur bat trop fort à mes oreilles.

— Je démissionne ! À la fois de toi et de ta foutue entreprise.

Il fait un pas vers moi.

— Tu veux bien…

Je recule.

— Je ne veux pas entendre un seul mot de plus. Jamais.

Je lui tourne le dos pour l'empêcher de voir les larmes traîtresses dans mes yeux.

— Attends, dit-il, mais je sors déjà de la suite en courant.

Merde. Je crois qu'il me suit. Je sens des yeux me transpercer le dos.

— Ne t'avise pas de me suivre, hurlé-je par-dessus mon épaule.

La sensation des yeux posés sur mon dos s'évanouit.

Juste au cas où, je traverse le couloir en courant – et rentre dans quelqu'un au passage.

Quelqu'un de familier : Blue, ma camarade de couvée.

— Eh, sœurette, dit-elle d'un ton inquiet dès qu'on s'écarte l'une de l'autre. Qu'est-ce qui ne va pas ?

Je m'essuie les yeux.

— Rien. Qu'est-ce que tu fais ici ?

Elle indique une porte toute proche avec le seau rempli de glaçons qu'elle tient à la main.

— On savait quelle quantité de vodka serait ingurgitée lors de ce mariage, alors on a réservé une suite en avance. Mais revenons-en au plus important. Raconte-moi ce qui s'est passé tout de suite. Tu sais que j'ai le moyen de le découvrir par moi-même.

C'est vrai. Son passé d'employée de la NSA lui octroie des pouvoirs de fouineuse presque divins.

— Très bien, lâché-je, fière de voir que ma voix se brise à peine. Marche avec moi, et je vais te raconter.

Elle pâlit.

— Ça te dérange si on passe par la porte de derrière ?

Pourquoi ? Oh, bien sûr. Les oiseaux dans le lobby.

— Peu importe, je réponds. Je te suis.

Elle fait un truc avec son téléphone – elle prévient sans doute son petit ami que l'arrivée des glaçons va être retardée –, puis elle ouvre la marche pendant que je lui explique ce qui s'est passé.

— Il y a quelque chose de louche dans cette histoire, remarque Blue.

Elle ouvre une porte secrète, où il n'y a aucun oiseau en vue.

— Pourquoi ils pensent que c'est toi ?

Je réprime mes cris de colère et mes larmes.

— Je suis marquée par cette histoire de coupons frauduleux, et Gunther n'a jamais tourné la page, je suppose.

— Mais pourquoi tu volerais un truc comme ça juste avant de partir en rencard avec lui ? C'est ridicule.

Je hausse les épaules avec amertume tandis qu'on sort dans la rue.

— Tout le monde sait que j'adore les coupons de réduction. Ils ont peut-être pensé qu'ils étaient plus importants que Gunther et moi à mes yeux.

— Après t'avoir vue avec lui hier soir, j'ai des doutes, répond-elle.

— Oublie ce que tu as vu, lui conseillé-je.

— Je suppose.

Elle soupire, puis indique une voiture toute proche.

— C'est ta voiture.

— Merci, dis-je.

— Pas de problème, répond-elle. Rentre chez toi. Détends-toi.

Je hoche la tête, grimpe dans la voiture et dis au chauffeur d'appuyer sur le champignon.

Quelques minutes plus tard, mon téléphone sonne.

C'est Gunther.

Je rejette l'appel.

Il rappelle.

Je ne décroche pas.

Il m'envoie un message : « Parle-moi, s'il te plaît. »

J'efface le message et éteins mon téléphone.

Au bout d'un moment, la voiture s'arrête à côté de mon immeuble.

Quand j'entre dans mon appartement en titubant, je me sens si mal que même mon chat meurtrier semble le sentir. Il se frotte contre mes jambes, ce qu'il ne fait jamais d'habitude.

Celle qui me nourrit n'a qu'un mot à dire, et je serai plus que ravi d'abréger ses souffrances. Je suis même prêt à aller à l'encontre de ma nature et à rendre ça rapide et sans douleur.

Vingt-Trois

JE PASSE LE RESTE DE LA JOURNÉE À PLEURER, NE m'arrêtant que le temps de nourrir Lapinou, parce que j'ai beau être déprimée, je ne suis pas suicidaire.

Le lendemain matin, je ne me sens pas mieux, alors je continue de pleurer, désormais stimulée par ma consommation de glace. Je caresse mon chat mécontent jusqu'à le rendre chauve, et je fais des recherches sur ces tatouages en forme de larme si populaires en prison.

Le dimanche soir, je suis assez calmée pour demander à mon haut-parleur intelligent de passer les Ramones – ce qui m'aide à m'endormir.

À mon réveil, je me sens encore fatiguée, mais savoir que je n'irai pas bosser aujourd'hui me fait me sentir encore pire. Il s'avère que j'aimais ce que je faisais chez Grignote & Croque – qui l'aurait cru ? Je pourrais peut-être faire le même métier dans une autre entreprise ? Ou ouvrir un cabinet de conseil centré sur les coupons de réduction ?

Oh, de qui je me moque ? Gunther va sûrement s'assurer que je ne travaille plus jamais nulle part en lien avec des coupons de réduction. En fait, j'aurai de la chance s'il n'essaie pas de me mettre en prison.

Merde. J'ai commis l'erreur de penser à nouveau à Gunther. Je n'aurais pas dû faire ça. Pour la millionième fois, tous nos merveilleux entraînements et déjeuners défilent dans ma tête. Et le mariage, qui était le meilleur rencard de ma vie. Et bien sûr, le sexe époustouflant, à la fois ivre et sobre. Je sais que, quand on dit qu'on « ne pourra plus jamais prendre son pied avec un autre homme », c'est juste une expression, mais et si c'était mon cas ?

C'était *si* bien.

Eh oui, la part rationnelle de moi-même sait qu'avec cette histoire de vol de coupons, l'univers m'a rendu service. J'ai pu découvrir ce que Gunther pensait vraiment de moi avant que notre relation ne se développe plus et que je ne craque encore plus pour lui. Mais la rationalité ne parvient pas à me réconforter. Au contraire…

— Eh, lance soudain mon haut-parleur intelligent. C'est Blue. Pourquoi tu ignores mes appels ?

Je regarde la source de la voix en plissant les yeux.

— Comment tu es arrivée là ?

— Il faut qu'on parle.

— Je viens de me lever, grommelé-je. Je peux aller me laver le visage, au moins ?

— Il est 11 heures, rétorque-t-elle. C'est urgent.

Il est 11 heures ? Je me précipite à la cuisine et verse à manger dans le bol de Lapinou.

Celle qui me nourrit profite un peu trop de cette période pour se morfondre, et ma patience a des limites. En fait, un autre coup comme celui-là, et je prendrai son petit doigt... pour commencer.

J'accélère, m'habille, effectue ma routine du matin et mâchonne un bagel non toasté tout en rallumant mon téléphone.

Waouh. J'ai reçu beaucoup de messages de Gunther. Je suppose qu'il avait *très* envie de m'engueuler.

J'ignore tout et passe un appel vidéo à Blue.

— Enfin, dit-elle. Je n'arrive pas à croire que j'ai fait tout ce travail de détective pour toi et que tu ignores mes appels et messages.

— Quel travail de détective ?

Je dirais bien que Blue ressemble à un chat venant de gober un canari et fier de sa bêtise, mais même si elle était un chat, elle resterait très loin des membres de l'espèce aviaire.

— D'abord, il faut que tu écoutes ça.

Elle active le mode « partage d'écran », et je la vois appuyer sur « play » sur une application de son ordinateur.

Un enregistrement audio se lance.

— Monsieur Ferguson, j'entends dire Ashildr. Je suis vraiment désolé de vous déranger un week-end, mais M. Samson de la sécurité essayait de vous joindre et j'ai intercepté son appel. Il a découvert un incident durant une vérification de sécurité de routine, et il a pensé que vous voudriez être mis au courant. Au début, j'ai cru que ça pouvait attendre, mais quand il m'a expliqué ce que c'était et mentionné vouloir contacter la police, j'ai décidé d'entrer aussitôt en contact avec vous.

Blue met l'enregistrement sur pause.

— Oh merde, lui dis-je. Tu me montres l'autre côté de cette conversation fatidique entre Gunther et Ashildr ?

— Oui, acquiesce-t-elle.

— Pourquoi ?

— Continue d'écouter, répond-elle, savourant clairement cette occasion d'être mystérieuse.

Je grogne et elle relance l'enregistrement.

— Ralentis, s'il te plaît, dit Gunther comme il l'a fait devant moi dans la chambre d'hôtel. Dis-moi ce qui s'est passé.

— Les coupons de réduction ont disparu de la salle de stockage, répond Ashildr. Vous savez… notre grosse collection.

— Oui, acquiesce Gunther d'un ton agacé.

— La dernière fois que quelqu'un a accédé à cette pièce, c'était hier…

— Attends une seconde ! m'exclamé-je.

Blue met sur pause.

— Continue d'écouter.

— Très bien.

Elle relance.

— Vraiment ? demande Gunther.

— Oui. Et si j'ai pensé que vous voudriez être mis au courant, c'est à cause de l'identité de la personne suspectée par M. Samson.

— Sérieux, c'est quoi, ces conneries ? lancé-je, et Blue met à nouveau sur pause. Pourquoi ce Samson m'accuserait-il ?

— Ce sera plus simple si tu écoutes, répond Blue.

— OK.

Elle relance.

— Qui ? demande Gunther.

— Mademoiselle Hyman, répond Ashildr.

Mensonge. Pourquoi ment-il ?

— Quelles sont les preuves ? s'enquiert Gunther.

Oui ! Merci Gunther.

D'un ton d'excuse, Ashildr répond :

— Sa carte d'identification est la dernière utilisée pour accéder à la pièce.

— Quoi ? m'exclamé-je.

Blue met à nouveau sur pause.

— Il a dit que ta carte d'identification...

— J'ai entendu, mais...

— Où est cette carte ? m'interroge Blue.

Je cours vers les vêtements que je portais vendredi, puis je me souviens que je ne la retrouvais plus après le déjeuner.

Bizarre.

— Elle a disparu ? demande Blue à mon retour.

— Oui. Tu sais quelque chose ?

— Je t'expliquerai après. Je m'apprête à avoir une question à te poser, moi aussi.

— Je continue de penser que Gunther n'aurait pas dû me croire capable de ça... carte d'identification ou pas.

— C'est pour ça que je pense que tu devrais écouter la suite, répond-elle.

— OK. Lance ce truc.

Elle s'exécute.

— Tu es en train de dire ce que je pense ? demande Gunther.

Pour sa défense, il a l'air en colère, comme si son premier instinct avait *bien* été de me défendre.

D'une petite voix, Ashildr répond :

— Je ne voulais pas y croire non plus, mais c'est sûrement elle.

Non ! Même si je sais que Gunther s'apprête à le croire, je ne peux m'empêcher de souhaiter qu'il ne le fasse pas.

— Impossible, réplique Gunther. Je refuse de le croire.

Oui. Je me souviens l'avoir entendu dire ça. Il voulait croire en moi. Qu'est-ce qu'il peut bien y avoir d'autre sur cet enregistrement ?

Ashildr soupire.

— Il y a plus.

Il y a intérêt à ce que ce soit convaincant.

— Quoi ? demande Gunther.

— Elle a aussi piégé Mme Severina pour lui faire créer un code de réduction de 110 % pour Buzz Beerin, ce qui nous obligerait à payer les clients à chaque transaction.

Bordel.

Je suis fichue.

Blue met à nouveau sur pause.

— Voilà. Est-ce que tu sais de quoi il parle ?

J'ai la nausée.

— Malheureusement, oui. Buzz Beerin est la marque de miel que Gunther fabrique lui-même.

— Et as-tu créé ce coupon de réduction dont il parle ? s'enquiert-elle.

Je me masse les tempes.

— À l'époque où on se faisait des farces, j'ai *failli* créer un coupon dans ce genre, avant de me dire que ce serait aller trop loin et de m'en abstenir. Ou c'est ce que je croyais, en tout cas. Je suis certaine d'avoir appuyé sur la touche « annuler ». Mais maintenant que j'y réfléchis, ce bouton était si près de « sauvegarder » qu'il est possible que j'aie merdé.

— Une seconde, dit Blue.

Elle retire le mode partage d'écran pour que je voie son visage.

— C'était quand ?

Je lui réponds, et elle se met à pianoter frénétiquement sur son clavier. Puis, elle sourit d'un air triomphant et me montre à nouveau son écran.

Une nouvelle application est ouverte et me montre, assise à mon bureau, m'apprêtant à cliquer sur « annuler ».

Je clique.

— La caméra est trop loin pour en être sûr, mais il

est possible que tu aies cliqué sur « sauvegarder », dit Blue.

Malheureusement, je suis d'accord.

— Qu'est-ce qu'Ashildr a dit ensuite ? demandé-je, même si je l'imagine sans mal.

Blue relance l'enregistrement.

— Pour ne rien arranger, continue Ashildr, ce coupon a pris effet aujourd'hui et il y a eu une grosse bousculade dans tous les magasins pour l'annuler. En attendant, on a perdu de l'argent. Pourquoi ferait-elle ça ?

— Je n'en ai aucune idée, répond Gunther d'un ton horrifié.

Blue remet sur pause.

— Tu comprends que tout ça soit accablant pour toi, hein ? Il t'a obligée à travailler pour lui, alors en théorie, tu *pourrais* vouloir te venger…

— Oui.

J'ai envie de me gifler rien que pour avoir pensé à ce foutu coupon.

— Mais j'ai couché avec lui. En quoi ce serait une vengeance ?

— Écoute la suite, répond-elle. Tu apprécieras peut-être.

Ah oui ?

Elle reprend.

— Bon, dit Ashildr. Il faut qu'on sache comment procéder. Monsieur Samson a suggéré de contacter les autorités et…

— Non ! s'exclame Gunther avec véhémence.

OK. Il ne voulait pas m'attirer à nouveau des ennuis avec les flics. C'est sympa de sa part.

— Je me doutais que vous diriez ça, et je lui ai demandé de ne rien faire sans vous consulter, continue Ashildr.

— Tu as bien fait, approuve Gunther. Dis-lui d'oublier que c'est arrivé. Je m'occupe du reste.

— Compris, répond Ashildr d'une voix solennelle.

— Merci d'avoir porté ça à mon attention. Bonne journée.

Je regarde l'écran jusqu'à ce que je voie le visage de Blue réapparaître.

— Même après avoir entendu les preuves accablantes, il a tenu à te laisser le bénéfice du doute, dit-elle doucement.

Je secoue la tête.

— Il m'a accusée. Tout ce que ça prouve, c'est qu'il avait tous les droits de le faire.

— Mais est-ce qu'il t'a *vraiment* accusée ?

Blue pianote à nouveau sur son clavier et, quelques instants plus tard, j'entends ma dernière conversation avec Gunther.

— Tout va bien ? demande la moi de samedi matin.

Au bout d'un instant, j'ajoute :

— Sérieux, Gunther, qu'est-ce qui s'est passé ?

— Tout va bien, répond-il.

— Ce n'est clairement pas le cas. Qu'est-ce qu'Ashildr a dit ?

Il y a un silence, puis Gunther demande :

— Pourquoi es-tu si inquiète ?

Merde. C'est comme si j'essayais d'avoir l'air coupable.

— C'est normal que je m'intéresse à ce qui te tracasse, non ? À moins qu'on soit redevenus des inconnus ?

— Très bien, lâche-t-il, et j'entends un bruit d'assiette qu'on repousse. Ashildr m'a annoncé que les coupons avaient disparu.

Hmm. Il n'a même pas mentionné le problème avec le Buzz Beerin.

— Quels coupons ? demande ma moi du passé, l'air sur la défensive.

— La grosse collection, répond-il. Celle du sous-sol.

— Tu crois que j'ai quelque chose à voir avec la disparition de ces coupons ?

Mon ton défensif crève le plafond maintenant.

— C'est le cas ?

À ma grande surprise, sur l'enregistrement, son ton n'a pas l'air accusateur. Plutôt confus.

— Je n'y crois pas, putain, répond la moi de samedi.

Avant que je n'aie pu revivre le reste de la scène, Blue a pitié de moi et stoppe l'enregistrement.

Je déglutis, ayant à nouveau la nausée.

— Bon… il est possible que j'aie surréagi.

— Tu crois ? réplique Blue en levant les yeux au ciel. Et il essaie de te parler… mais il tombe sur ta messagerie.

— Merde, lâché-je en me mordant la lèvre. Je dois arranger tout ça.

— Ouais, tu ferais mieux, approuve Blue. Et ceci devrait te faciliter les choses.

Une autre image apparaît sur l'écran. Je vois à nouveau mon bureau, mais il est vide cette fois.

— C'est vendredi, explique Blue. Gunther et toi étiez à la salle de sport, comme toujours.

— Ah.

— Regarde ça.

Elle agite le curseur devant un objet posé près de mon clavier.

Je plisse les yeux.

— C'est ma carte d'identification. J'ai dû l'oublier sur mon bureau.

— Oui. Continue de regarder.

J'attends une minute qui me semble durer une éternité, puis je comprends tout, parce que Tiffany apparaît sur l'écran.

— Ne t'avise pas de faire ça, marmonné-je.

Elle lance un regard furtif autour d'elle, puis dérobe ma carte et se faufile hors du bureau.

Le visage de Blue réapparaît.

— Tu comprends, maintenant ?

— C'était elle, lâché-je bêtement. J'aurais dû m'en douter.

— Difficile de réfléchir clairement quand on est en colère, répond gentiment Blue.

Je secoue la tête.

— Je t'avais dit que j'ai découvert que c'était *elle* qui m'avait mise dans la merde au lycée ? Et pas Gunther ?

— Non, mais ça ne me surprend pas.

Avec un sourire malicieux sur le visage, Blue ajoute :

— Tu n'auras pas besoin de lui donner un coup de couteau, cette fois. Je lui ai déjà fait payer.

— Ah oui ?

Ma sœur hoche la tête.

— Elle va être auditée par le fisc la prochaine fois qu'elle remplira sa déclaration d'impôts. Oh, et elle risque de payer beaucoup moins, vu que Gunther a déjà vu la vidéo que je viens de te montrer. Je la lui ai envoyée dès que je l'ai découverte, et il s'est empressé de la virer.

Alors, c'est ce qu'elle voulait dire, quand elle m'a dit qu'il serait plus facile d'arranger tout ça que je le croyais. Gunther sait déjà que je ne suis pas coupable du vol de coupons.

Le problème, c'est que je ne suis pas sûre que ça suffise. Je suis quand même responsable du fiasco avec Buzz Beerin. En plus, il ne m'a pas vraiment accusée, mais j'ai quand même réagi comme une imbécile.

Si j'étais lui, j'aurais peut-être du mal à me pardonner.

Je bondis sur mes pieds.

— J'ai été si conne.

— Je n'irais pas jusque-là, répond Blue.

— J'ai laissé mes angoisses personnelles teinter ce qui s'est passé.

— C'est vrai.

— Je dois y aller.

Blue me fait un signe de la main.

— Bonne chance.

J'appelle un taxi et me dépêche d'enfiler une tenue qui, avec un peu de chance, le rendra plus enclin à me pardonner, avec un gros décolleté et qui exhibe une bonne partie de mes jambes.

Je donne un gros pourboire au chauffeur pour qu'il m'amène là-bas plus vite – sans coupon de réduction ni rien, ce qui est un luxe impensable, pour moi.

Pendant que la voiture file de rue en rue, j'appelle Gunther.

Pas de réponse.

Ça n'est pas bon signe.

J'écoute l'un de ses messages au hasard.

— Eh, Honey. J'aimerais vraiment te parler. J'ai l'impression que ton téléphone est éteint. Quand tu auras ce message, contacte-moi.

Merde.

Il y a beaucoup d'autres messages vocaux après ça. Je sélectionne l'un des plus récents.

— J'aimerais vraiment pouvoir te parler à toi, plutôt qu'à ta boîte vocale, dit-il. Je suppose que c'est vraiment terminé.

Clic.

Non. Rien n'est terminé. Pas si je peux l'empêcher, même si je dois ramper à ses pieds pour ça.

Je rappelle.

Rien.

J'envoie un message.

Aucune réponse.

Ce n'est pas bon du tout. Mais après tout, ce que j'ai à lui dire sera mieux exprimé en face à face.

La voiture s'arrête dans un dérapage, et j'entre dans le quartier général de Grignote & Croque en courant.

— Salut, lancé-je au type de la sécurité. J'ai perdu ma carte d'identification, mais…

— Mademoiselle Hyman ? dit le garde en tendant la main vers quelque chose sous son bureau.

Je hoche la tête, espérant qu'il ne sortira pas un flingue ou un taser.

Il me tend ma carte avec un sourire.

— On dirait qu'elle a été retrouvée.

— Merci.

Je la prends, cours vers l'ascenseur et monte à l'étage de la direction. Dès que les portes s'ouvrent, je fonce vers le bureau de Gunther, sauf qu'il n'est pas là.

Je regarde l'heure.

Ah. Il doit être en train de déjeuner.

Je me précipite à la cafétéria, et quand j'arrive devant notre table habituelle, je halète comme un lévrier après une course.

La table est déserte.

Qu'est-ce que ça veut dire ?

Je repars en courant à notre étage et fais irruption dans le bureau d'Ashildr.

— Où est-il ? demandé-je.

Ashildr me regarde en clignant des yeux.

— Bonjour. On croyait que tu avais pris ta journée.

— Je ne suis pas coupable, lâché-je. Et je dois parler

de tout ça à Gunther. Alors, je te le redemande : où est-il ?

L'air prêt à s'enfuir en courant, Ashildr regarde l'entrée de son bureau.

— On est au début du mois.

— C'est censé expliquer quelque chose ?

Je positionne mon corps de manière à empêcher Ashildr de me dépasser sans que je puisse le tacler.

— Il a un taux de fer trop élevé, marmonne Ashildr. Alors…

Tout le sang quitte mon visage. Oh, bon *sang*. Gunther m'en a parlé, je m'en souviens. Il fait une prise de sang tous les mois.

— Quand est-ce qu'il doit revenir ? demandé-je faiblement.

J'ai le vertige rien qu'à penser à ce qui est en train de se passer.

Ashildr hausse les épaules.

— Il vient de partir. Il a aussi précisé qu'il ne reviendrait peut-être pas au bureau après.

J'ai la peau moite et je me sens étourdie, je suis donc très surprise quand ma bouche forme les mots :

— Où est le labo ?

— C'est une banque du sang.

Quelle horrible combinaison de mots. Qu'est-ce qu'ils inventeront ensuite ? des supermarchés de torture ? des laveries putrides ?

— Tu as l'adresse ? je parviens à demander.

Ashildr me la donne, et je sors du bâtiment en titubant. Une fois dans la rue, je me dirige droit vers, nom de code, « juste la banque » sans prendre une seconde pour réfléchir à ce que je ferai quand j'arriverai là-bas.

— Vous êtes arrivée à votre destination, m'indique le GPS de mon téléphone.

Super. Et maintenant ? Je devrais peut-être attendre dehors pour intercepter Gunther quand il sortira.

Non. Je dois lui parler *maintenant*. En d'autres termes, je vais devoir braver mes peurs.

Le problème, c'est que, même une fois que j'ai décidé d'entrer, mes pieds ne bougent pas.

Je dois y aller.

Mes pieds restent collés au sol.

Un homme âgé entre dans la banque, et me tient la porte ouverte.

Merde.

Je me dépêche d'entrer avant de changer d'avis.

À ma grande surprise, je ne me retrouve pas aussitôt face à des poches de sang et d'autres atrocités.

Quel soulagement.

Je m'avance vers l'employée de la réception.

— Je suis ici pour voir mon petit ami.

Son sourire n'a-t-il pas quelque chose d'un peu macabre ?

— Comment il s'appelle, chérie ? demande-t-elle.

Est-ce le bon moment pour mentionner le fait que je déteste que l'on m'appelle « chérie » ?

— Gunther Ferguson, je réponds. Il est un patient régulier ici.

Elle me regarde de haut en bas, l'air de dire : « oui,

je connais le beau gosse en question, espèce de petite chanceuse. »

— Chambre 103, répond-elle. Je vais vous ouvrir la porte.

L'impression d'être l'une de ces héroïnes trop stupides pour vivre dans un film d'horreur, je passe la porte qui mène au sanctuaire flippant de la banque du sang. Juste la banque, je veux dire.

OK. Je suis dans un couloir – rien d'effrayant en vue.

Je m'oblige à faire un pas. Puis un autre. À mon grand soulagement, la première porte que je dépasse n'est pas transparente. Ni la deuxième. Super. Tant que les atrocités sont cachées, je devrais pouvoir m'en sortir.

Je marche avec prudence jusqu'à atteindre la chambre 103, puis je frappe.

— Oui ? répond quelqu'un.

— Gunther, c'est toi ? vérifié-je, même si ça ressemble bien à sa voix.

— Honey ? s'étonne-t-il.

Sans répondre, j'ouvre la porte. C'est alors que la scène m'assaille les rétines : Gunther, un cathéter dans le bras et une poche remplie de sang à côté de lui.

Dès que le centre visuel de mon cerveau digère cette image perturbante, tout le reste de mon organisme cesse de fonctionner.

———

Je reviens à moi avec un hoquet, une odeur forte d'urine et de vodka agressant mes narines.

Une femme en blouse de laboratoire se tient au-dessus de moi, Gunther à ses côtés.

Putain. Je me suis encore évanouie ; et j'ai expérimenté le miracle des sels qui contiennent de l'éthanol et de l'ammoniaque, autrement dit le genre d'odeur qui aurait tué ma sœur Lemon.

— Tu vas bien ? demande Gunther d'un ton inquiet.

Je m'examine des pieds à la tête.

— Rien ne me semble cassé ni contusionné.

Mis à part ma fierté, peut-être. Oh, et mon cœur a l'air un peu amoché, mais ça date d'avant l'évanouissement.

Gunther pousse un soupir soulagé.

— Tu as glissé le long de la porte en tombant, mais j'étais quand même vraiment inquiet.

Une ruche d'abeilles se réveille dans mon ventre. Il s'inquiétait pour moi, même si je n'ai pas encore commencé à m'expliquer.

Je me tourne vers la femme en blouse blanche.

— Est-ce qu'on peut avoir un peu d'intimité, s'il vous plaît ?

Elle hoche la tête d'un air conspirateur et répond qu'elle sera juste de l'autre côté de la porte si on a besoin d'elle. Puis, elle s'en va.

Je regarde autour de moi. Rien d'effrayant en vue. Je jette un coup d'œil au creux du bras de Gunther. La manche de sa chemise dissimule l'endroit où il a sûrement un pansement. Je pousse un soupir soulagé.

— Alors, dit Gunther. Tu veux bien m'expliquer pourquoi tu es entrée dans une banque de sang connaissant ton trouble ? Ce serait comme si j'entrais dans une usine de beurre de cacahuète.

Je me mords la lèvre et le regarde.

— Il fallait que je te parle au plus vite.

Il soupire.

— Parfois, la frontière entre la bravoure et la folie est assez floue.

Je retire mes jambes du lit.

— Je prends toute la responsabilité pour la réduction sur le Buzz Beerin. Je ne l'ai pas créée dans une intention malveillante, je te le jure. C'était une erreur. J'ai envisagé de le faire en guise de farce, mais je me suis rendu compte que c'était une mauvaise idée. Sauf que j'ai cliqué sur le mauvais bouton par erreur.

Il s'assoit à côté de moi et me prend la main.

— Tout va bien. Plus que ça, même. L'une des personnes qui ont utilisé le coupon de réduction est un grand influenceur sur TikTok et a posté une vidéo dans laquelle il fait les éloges du produit. Depuis ce matin, le Buzz Beerin est en rupture de stock partout, à son prix normal. J'envisage de franchiser la marque.

— Waouh.

Je n'ai écouté que la moitié de ce qu'il vient de dire. Sa proximité et ma main dans la sienne ont transformé mon cerveau en bouillie – et le fait de m'être récemment évanouie n'arrange rien.

— Et tu sais déjà que je n'étais pas responsable de ce vol de coupons.

Il hoche la tête.

— Je suis vraiment désolé si j'ai eu l'air de t'accuser dans la suite. Rien ne tout ça ne collait, et j'étais perturbé. Dès que j'ai eu le temps d'y réfléchir, j'étais certain que c'était un malentendu. Je te connais assez pour savoir que tu ne ferais jamais un truc pareil maintenant.

Mon cœur commence à être aussi pâteux que mon cerveau.

— Alors… tout est arrangé entre nous ?

Il serre ma main.

— À toi de me le dire.

— Tout est oublié. Je veux dire, je ne suis *pas* en colère que tu m'aies accusée, vu que tu ne l'as pas fait et que j'avais l'air très coupable.

Il fronce les sourcils.

— Il y a un « mais » quelque part ? Tu es en colère pour une autre raison ?

— Pas vraiment en colère…

Il est temps de brouiller à nouveau la frontière entre la folie et le courage.

— Je sais que tu as admis que j'avais raison, concernant l'attente qu'on a endurée avant de coucher ensemble… mais ça m'embête que tu aies réussi à me résister.

Il grimace.

— Désolé pour ça. La vérité, c'est que, déjà au lycée, j'étais attiré par toi.

Je le regarde, bouche bée.

— C'est vrai ?

Il hoche à nouveau la tête, les yeux pétillants.

— Moi aussi.

Moi et tout le reste de mes camarades féminines – ainsi que quelques hommes, professeurs et employés de la cafétéria, et sûrement les membres de l'association des parents d'élèves les plus coquins.

— Je ne savais pas, répond-il.

— Maintenant, tu sais, mais continue de parler, s'il te plaît.

— Oui. Quand on s'est revus en tant qu'adultes, j'ai eu le sentiment de craquer pour toi trop fort et trop vite. Notre nuit passée ensemble comptait plus que tout pour moi, mais je me demandais si c'était juste une aventure suscitée par l'ivresse pour toi. Même quand on a commencé à envisager de sortir ensemble pour de vrai, je ne savais pas si on était sur la même longueur d'onde, et j'ai pris le formulaire des Ressources Humaines comme excuse pour te laisser le temps d'en arriver au même point que moi. Je comprends que c'était une erreur maintenant… et comme je l'ai déjà répété : *tu avais raison.*

Son aveu me laisse sans voix, tellement qu'il commence à avoir l'air inquiet ; ce doit être pour ça que je lâche :

— Je n'ai pas seulement craqué pour toi. Je t'aime.

Ouais. Je suis fermement passée du côté « folie » de l'échelle du courage. Mon cœur cogne dans ma poitrine tandis que j'attends sa réponse. Dès que les mots ont quitté ma bouche, j'ai senti qu'ils étaient vrais. *J'aime Gunther.* Je l'aime pour de vrai. C'est pour ça que j'ai eu aussi mal quand j'ai cru que c'était terminé, pour ça que je me retrouve dans cette banque terrible. Mais ressent-il la même chose ? Est-ce qu'il...

Il prend mon visage dans ses mains.

— Je t'aime aussi. J'essayais de trouver le moyen de te le dire, mais comme toujours, tu m'as devancé.

— Tu m'aimes ?

Je me sens très légère, comme si j'allais à nouveau m'évanouir.

— Je t'aime.

Ses yeux brillent comme des émeraudes polies sous un soleil étincelant.

— J'aime ta façon de te battre et de faire l'amour. J'aime nos déjeuners et nos entraînements. J'aime même tes farces, même si je suis content qu'on ait dépassé ça. J'aime tes lèvres, tes cheveux, chacun de tes piercings, chaque centimètre carré de tes tatouages. Putain, comme je les aime, ces tatouages. Honey...

Il se penche et termine :

— Faisons un film, « Gunter vs Honey ».

Je m'humidifie les lèvres, le vertige se transformant en une joie incandescente.

— Avec les Ramones ou Kenny G en bande-son ?

— Les deux, murmure-t-il, avant d'écraser ses lèvres sur les miennes pour un baiser capable de rivaliser avec n'importe quelle chanson.

Épilogue

GUNTHER

Je serre le chaton dans mes bras, assis sur le canapé du salon. Doux et adorable, il déclenche un instinct surprotecteur dans ma poitrine, et je n'arrive pas à croire que je m'apprête à le laisser affronter le plus grand danger de sa courte vie.

Je le caresse et il ronronne, faisant fondre encore plus mon cœur.

Un sourire idiot étire mes lèvres. Quand Honey m'a apporté cette boule de poils de chez sa sœur il y a quelques semaines, ça a été le coup de foudre – pour moi, en tout cas, même si j'ai envie de croire qu'il éprouve la même chose à sa manière de félin, surtout durant nos séances de jeu et de caresses.

J'ai aussi appris une leçon précieuse, ce jour-là : les abeilles ont beau être très marrantes, elles n'arrivent pas à la hauteur des chats.

— Tu crois qu'on devrait tout annuler ? demandé-je à la petite créature ronronnante.

Il me regarde d'un air endormi.

Si Honey était là, elle traduirait sûrement son expression par un truc comme :

Papa idiot, qu'est-ce que tu racontes ? C'est toi qui as donné un coup de pied dans la ruche.

— C'est vrai, avoué-je doucement. C'est moi qui ai demandé à Honey d'emménager avec moi, ce qui veut dire que tu dois rencontrer ton père.

Et j'espère que cette rencontre ne sera pas une réunion père-fils à la Luke Skywalker lors de laquelle quelqu'un perdra une patte. Oups, alerte *spoiler*.

— Il fallait que je le fasse, dis-je en le caressant sous le menton. Elle m'a devancé à chaque étape de notre relation, il fallait que je sois le premier à proposer qu'on emménage ensemble.

Les ronronnements s'intensifient.

Je répète : papa idiot.

Ouais. Honey m'a dit qu'elle me donnerait sa réponse une fois qu'on aurait vu comment les deux chats réagissent l'un à l'autre, donc beaucoup de choses reposent sur ce qui s'apprête à se passer.

Jusqu'ici, on les a juste laissés sentir les affaires de l'un et de l'autre.

J'entends la porte se déverrouiller.

— Ça doit être elle, dis-je au chaton.

Je me lève et l'emporte dans la chambre.

À mon retour, Honey est là, sa caisse de transport dans les mains.

— Prêt ?

Comme d'habitude, j'ai le souffle coupé quand je

vois Honey, et je sens mon sexe tressaillir. Ou M. Suce & Lèche, comme elle le surnomme. Cette réaction remonte au lycée, même si plus récemment, elle a pris un tournant plus euphorique – une excitation étourdissante qui rappelle plus l'enfance que l'adolescence. Être avec elle, c'est comme goûter au chocolat pour la première fois – ou à la substance avec laquelle elle partage son nom.

— Tu as branché le diffuseur de Feliway ? demande-t-elle.

J'indique le mur.

— OK, ça devrait aider.

Je l'espère. Ce truc est censé apaiser les chats.

— OK, répète-t-elle en sortant Lapinou. Laissons-le s'acclimater aux lieux.

Nous le regardons, sourire aux lèvres, parce qu'il ne faut que quelques secondes à son chat avant de se comporter comme s'il était chez lui.

— Prêt pour la prochaine étape ? demande-t-elle.

J'acquiesce, et nous continuons de suivre les différents paliers afin de présenter deux chats.

— Et c'est parti, lancé-je en déposant le chaton sur le tapis à côté de Lapinou.

Honey et moi retenons notre souffle, prêts à intervenir.

Sans hésiter une seconde, Lapinou donne un coup de langue à son fils.

— Il y a intérêt à ce qu'il ne soit pas en train de le goûter, dis-je, ne plaisantant qu'à moitié.

Il le lèche à nouveau.

— Waouh, dit Honey. Je crois qu'il s'apprête à lui faire un câlin.

C'est vrai, et je ne l'aurais pas cru si je ne l'avais pas vu de mes yeux. De manière inconcevable, Lapinou se comporte comme un père aimant, et son fils en savoure chaque seconde.

— Tu crois que Lapinou sait que c'est la chair de sa chair ? demandé-je, un sourire jouant sur mes lèvres.

Honey hausse ses exquises épaules.

— Je devrais poser la question à Pearl. Elle voulait devenir éleveuse de chats avant de se tourner vers le fromage.

Mon sourire s'élargit.

— Tout le monde sait que les chats et les fromages sont interchangeables.

— Oui, hein ? répond Honey, étirant ses lèvres délectables. Le fromage est réputé pour repousser les souris. Et il est très agréable à caresser.

— Le fromage est aussi indépendant que les chats, renchéris-je. Et discret. Propre.

Elle me fait taire de la meilleure des manières : avec un baiser.

Elle a un goût de fraise, et je le lui ai déjà dit, mais aussi de miel de trèfle. Je garde cette dernière observation pour moi.

Quand elle s'écarte, je demande :

— Prête à considérer l'opération Lapinou comme un succès ?

Elle fait passer la tige dans sa langue sur ses dents,

une manie qui a le même effet sur moi qu'une *overdose* de Viagra.

— Tu vas enfin me dire le nom du chaton ?

Super. Du chantage. Pour une raison inconnue, elle pense que je ne suis pas doué pour nommer les choses et aime me titiller à ce sujet. Elle m'a découragé de choisir le premier nom que j'avais évoqué, « Bee », pour ce motif. Elle s'est aussi moquée du nom que j'avais suggéré pour son cabinet de consultation. Je pense toujours que « Tas de Coupons » était une bonne idée, comme pour les céréales « Tas d'avoine et de miel ». Et de mon point de vue, le nom de ma marque de miel, Buzz Beerin, est tout à fait convenable.

— Allez, insiste-t-elle avec un sourire aussi espiègle qu'irrésistible. Crache le morceau. À moins que tu n'en aies pas trouvé ?

— Que penserais-tu de « Lapinou Junior » ?

Elle ricane en reniflant à moitié, et même *ça,* c'est sexy.

— Avec « Ju » comme diminutif ?

À la mention de « jus », ma libido déjà bien excitée s'éveille encore d'un cran.

— On pourra l'appeler « Junior ».

— Pourquoi pas plutôt « Cacahuète » ? propose-t-elle.

Elle baisse les yeux sur les chats, et sourit.

— Le côté miniature est présent aussi, mais sans le faire passer pour un connard arrogant.

— C'est trop long, je réponds. Pourquoi pas « Caca » ?

— Trop scatologique.

Je soupire.

— Et que dis-tu de « Pean » ?

Elle écarquille les yeux.

— Tu viens de dire pénis ?

— Non, « Pean », corrigé-je. En anglais, c'est un type de fourrure, et il a de la fourrure.

— C'est quand même trop phallique, répond-elle. Et en plus, ça ressemble à « péon ».

Vous savez quoi ? On peut être deux à jouer à ce jeu-là.

— Tu as décidé si « peut-être-Cacahuète » était ton fils ou ton petit-fils ?

— Mon petit-fils, répond-elle sans hésiter. C'est comme ça que fonctionne l'hérédité.

— Alors… mon fils est ton petit-fils ?

Je m'accroupis pour caresser Cacahuète. Puis, avec hésitation, je fais pareil avec Lapinou pour éviter qu'il soit jaloux.

— Ça fait très Jerry Springer.

Elle émet un petit rire tandis que, de manière inexplicable, Lapinou se met à ronronner.

— Ce n'est rien du tout, ça. Si on se marie, je deviendrai aussi sa grand-mère et sa belle-mère.

« Si » ? Même si elle affirme que je suis nul pour conserver une expression indéchiffrable, je fais de mon mieux pour ne rien montrer. La vérité, c'est que j'ai bien l'intention de l'épouser, mais je sais qu'elle n'envisagera ça que lorsqu'on vivra ensemble depuis un moment. C'est pourquoi je suis si heureux que l'opération Lapinou soit un succès.

En parlant de ça…

— Quand est-ce qu'on amène tes affaires ici ?

L'éclat des bonnes affaires apparaît dans ses yeux verts.

— J'ai une surprise.

Elle me mène jusqu'à la porte d'entrée et l'ouvre en s'exclamant : « Ta-da ! »

Mon porche – ou devrais-je dire « notre » porche – est jonché de valises.

— Laisse-moi deviner.

Je pose la main au bas de son dos, juste entre les deux creux qui me rendent dingue.

— Le trajet coûtait pareil avec ou sans les bagages, alors tu as tout amené au cas où tout se passerait bien avec les chats.

Elle me donne un tendre baiser qui provoque aussitôt une érection monstre.

— Comment se fait-il que tu me connaisses déjà aussi bien ? roucoule-t-elle tandis que j'essaie d'ajuster discrètement mon pantalon.

Je m'efforce d'ignorer ladite érection et l'aide à rentrer toutes les valises. En attendant, les chats sont encore plus affectueux l'un envers l'autre, même quand Cacahuète donne un coup de patte à son père pour s'amuser.

— J'ai une surprise pour toi, moi aussi, annoncé-je une fois que tous les sacs de Honey sont rentrés.

Elle regarde mon entrejambe.

— Je t'écoute.

Avec un sourire, je remonte ma manche et lui montre mon tout premier tatouage – que je me suis fait faire en secret.

Elle l'examine en fronçant les sourcils.

— Une cigarette ?

— Non, je réponds en plongeant mon regard dans le sien. Je te donne un indice. C'est un hommage.

Elle me regarde en clignant des paupières, confuse.

— Un hommage au cancer du poumon ?

— Ce n'est pas une cigarette. C'est un joint de cannabis.

Elle arrête de cligner des paupières et plisse le coin des yeux.

— Tu voulais commémorer une fois où tu étais très, très défoncé ?

— C'est de la beuh, explique-t-il. *Pot*, en anglais. Comme dans « pot de *miel* ».

Je baisse les yeux sur la braguette de son jean, qui est la chose la plus appétissante de l'univers.

Et… je suis à nouveau en érection. Ou encore plus qu'avant, devrais-je dire.

Elle grogne si fort que les deux chats lèvent la tête.

— Si on se reproduit un jour, je t'interdis de nommer la créature qui naîtra et de lui donner des idées de tatouages.

Elle est loin de se douter que lui proposer de fonder une famille fait aussi partie de la liste de ce que je compte lui demander en premier – sûrement durant notre première danse, à notre mariage.

Je ne sais pas si elle réagit à quelque chose qu'elle a lu sur mon visage ou si elle aime plus mon tatouage maladroit qu'elle le laisse paraître, mais elle se mord la lèvre de cette manière si particulière que je trouve cela irrésistible.

— Et si tu faisais un vrai hommage ?

Enfin. Mode bestial activé.

Je la prends dans mes bras, l'emporte vers mon lit, lui retire ses vêtements et lui écarte les jambes pour pouvoir admirer la cible de mon hommage.

Le piercing de son clitoris scintille sous la lumière.

Je l'embrasse, le vénérant autant que je le peux. Le métal froid contraste avec la chaleur douce qui l'entoure, ce qui ne fait qu'accroître mon avidité.

Elle plonge ses mains dans mes cheveux. Je mordille la tige en métal et suis récompensé par ses gémissements.

Bientôt, elle jouit avec un cri, et son goût riche fait se crisper mes bourses, tandis que mon sexe est à deux doigts d'exploser.

— Prête ? demandé-je d'une voix rauque en me positionnant au-dessus d'elle.

Elle hoche la tête.

Je la pénètre, et comme toujours, c'est comme rentrer à la maison après un long voyage.

Tous mes instincts exigent que je la pilonne vite et fort, mais je réfrène mon désir et vais lentement, passionnément, pour lui faire tendrement l'amour. La revendiquer. Lui montrer avec mon corps toutes les choses merveilleuses que j'ai en réserve pour elle. M'assurer que...

Avec un gémissement, elle jouit à nouveau, faisant se crisper l'objet de mon hommage autour de moi.

Quand je bascule, le monde disparaît, ne laissant plus que nous deux, unis en un être parfait fait d'amour et d'extase.

Il me fait un moment avant de redescendre sur Terre, mais ma respiration finit par ralentir assez pour me permettre de parler. Je la prends dans mes bras et la serre contre moi tout en disant :

— Bienvenue chez toi.

Elle soupire de contentement, et je m'empare de ses lèvres pour un autre baiser.

Extraits en Avant-Première

Merci de participer à l'aventure de Honey et Gunther !
Pour ne rater aucune parution, inscrivez-vous à la
newsletter sur mishabell.com.

Pour en savoir plus sur Misha Bell, tournez la page et
découvrez un aperçu de nos comédies hilarantes !

Extrait de Qui s'y frotte s'y pique par Misha Bell

Juno

Quand je suis en retard à un entretien d'embauche et que je me retrouve coincée dans un ascenseur avec un homme taciturne follement sexy et passionné de Rome antique, je suis loin de me douter qu'il n'est autre que le milliardaire qui possède le bâtiment. Je ne m'attends pas non plus à passer à deux doigts de le tuer... sans le faire exprès, naturellement.

Bien sûr, je ne décroche pas le poste auquel j'étais candidate, mais en revanche, je reçois une offre d'emploi intéressante.

Lucius a besoin de faire croire au public (et à sa grand-mère) qu'il est en couple, et moi, j'ai besoin d'une bourse pour passer mon diplôme de botaniste. Avec ce petit arrangement, tout le monde y gagne... enfin, jusqu'à ce que les sentiments s'en mêlent.

Si j'ai appris quelque chose de ma passion pour les cactus, c'est qu'en m'approchant trop près, je risque bien de me faire mal.

Lucius

J'ai retiré trois choses de cet incident d'ascenseur : ma bouteille d'eau préférée remplie d'urine, une dangereuse réaction allergique et des photos volées de ma "petite amie" et moi qui font le plus grand bonheur de ma grand-mère.

Naturellement, je décide d'user de chantage (ou plutôt de persuasion) avec cette fille, accessoirement très jolie, pour la convaincre de se faire passer pour ma petite amie. Comme ça, ma grand-mère sera contente, et d'une pierre deux coups, je chasserai de mon entourage les croqueuses de diamants.

Malheureusement, mon ennemi juré (à savoir la biologie) entre en jeu et la partie "pas de relations physiques" de notre petit arrangement commence à me paraître insurmontable. Pire encore, plus je passe de temps avec Juno, plus ma façade glaciale soigneusement élaborée menace de fondre.

Si je n'y prends pas garde, Juno risque bien d'abattre définitivement mes barrières défensives.

———

— Vous dites que je suis stupide ? lâché-je.

N'importe qui aurait du mal avec ces fichus boutons, pas juste quelqu'un souffrant de dyslexie.

Il lance un regard appuyé aux boutons.

— N'est stupide que la stupidité.

Je serre les dents au point d'avoir mal.

— Vous êtes un connard. Et vous avez regardé *Forrest Gump* un peu trop souvent.

Il pince les lèvres.

— Ce film n'est pas à l'origine de cette expression. Ça vient du latin : *Stultus est sicut stultus facit.*

Je lève les yeux au ciel.

— Quel genre de *stultus* prétentieux fait des citations en latin ?

L'acier dans ses yeux est si froid que je parie que ma langue resterait collée, si j'essayais de lui lécher le globe oculaire.

— Je ne sais pas. Peut-être que « l'idiot » se trouve aimer tout ce qui se rapporte à Rome, y compris son système de numérotation.

J'en reste bouche bée.

— C'est vous qui avez pris cette décision ? demandé-je avec un geste vers les boutons de l'ascenseur.

Il hoche la tête.

Merde ! Il m'a sûrement entendue, tout à l'heure, ce qui veut dire que je l'ai insulté en premier. Pour ma défense, c'était vraiment idiot, comme choix.

Je pousse un soupir frustré.

— Si vous êtes un tel expert en chiffres romains, vous auriez pu me dire sur quel bouton appuyer.

Il croise les bras sur sa poitrine.

— Vous ne m'avez pas posé la question.

Je me hérisse à nouveau.

— Vous poser la question ? Vous aviez l'air prêt à m'arracher la tête rien que pour me punir d'exister.

— C'est parce que vous avez retardé…

L'ascenseur s'arrête en tressautant et les lumières autour de nous s'affaiblissent.

Nous regardons tous deux les portes.

Elles restent fermées.

Il se tourne vers moi et plisse les yeux d'un air accusateur.

— Sur quoi avez-vous appuyé, cette fois ?

— Moi ? Comment ? J'étais face à vous. Malheureusement.

Il secoue la tête de manière exaspérante et s'avance vers le panneau de boutons. Je dois m'écarter d'un bond avant de me faire piétiner.

— Vous avez sûrement appuyé sur quelque chose tout à l'heure, marmonne-t-il. Pourquoi serait-on coincés, sinon ?

Pourquoi est-il illégal d'étrangler les gens ? Si je pouvais refermer la main autour de sa gorge rien que quelques secondes, ça me calmerait.

Au lieu de ça, je fusille son dos du regard ; il m'empêche de voir ce qu'il est en train de faire, si tant est qu'il fasse quelque chose.

— Ce pauvre ascenseur vient sûrement de se suicider à cause de ces chiffres romains. Il savait que quand quelqu'un voit des L et des XL, il pense à des T-shirts taillés pour des Néandertal dans votre genre. Et ne me parlez même pas de ce bouton XXX, qui est une référence évidente à du porno. Ça crée un environnement de travail host…

— Vous voulez bien la fermer pour que je puisse nous tirer de là ? lâche-t-il.

Ses mots me font prendre conscience de notre situation : plus d'une minute a passé, et les portes sont toujours fermées.

Nom d'un *Saguaro*, suis-je vraiment coincée ici ? Avec ce type ? Et mon entretien, alors ?

— Enfin un peu de silence ! dit-il avec satisfaction.

Quand il fait un pas de côté, je le vois enfoncer le bouton « aide ».

— C'est un miracle que le mot ne soit pas en latin, ne puis-je m'empêcher de remarquer. Ou en klingon.

— Allô ? dit-il dans le haut-parleur sous le bouton, la voix dégoulinante d'agacement.

Pas de réponse, pas même de la friture.

— Il y a quelqu'un ? insiste-t-il, son irritation atteignant de nouveaux sommets. Je suis en retard pour une réunion importante.

— Et moi, je suis en retard pour un entretien, renchéris-je au cas où ça pourrait aider.

Il se tait le temps de me lancer un regard, un épais sourcil haussé.

— Un entretien ? Pour quel poste ?

Je carre les épaules.

— Je suis sûre que les gens comme vous ne s'en rendent pas compte, mais les plantes de ce bâtiment ne s'arrosent pas toutes seules.

Une seconde. En ai-je trop dit ? Pourrait-il torpiller mon entretien – à supposer que ce couac d'ascenseur ne s'en soit pas déjà chargé ? Quel est son poste, ici, d'ailleurs ? La conception d'ascenseurs ridicules ? Ça ne peut pas être un boulot à plein temps, hein ?

— Une écolo qui câline les arbres, grommelle-t-il entre ses dents. Logique.

Quel connard ! Je n'ai jamais fait un seul câlin à un arbre de toute ma vie. Je suis trop occupée à leur parler.

Il reporte son attention renfrognée vers le bouton « aide » – même si je pense qu'il aurait plutôt dû être nommé « aucune aide ».

— Allô ? Vous m'entendez ? hurle-t-il. Répondez tout de suite ou vous êtes viré.

Je lève les yeux au ciel.

— C'est une bonne idée de se comporter comme un con avec la personne qui peut nous sauver ?

Il pousse un soupir bien audible.

— Peu importe. Le bouton doit dysfonctionner. Ils n'oseraient jamais m'ignorer.

Je sors mon fidèle téléphone, un simple Nokia 3310 très pratique.

— Vous n'avez pas trop les chevilles qui enflent ?

Il regarde mes mains, incrédule.

— Voilà pourquoi l'ascenseur s'est coincé. Il a

traversé une faille temporelle et nous a transportés en 2008.

Je fronce les sourcils en voyant l'absence de réception sur mon Nokia.

— Ce modèle est sorti en 2017.

— Il a quand même l'air plus décérébré qu'un mannequin de crash-test en état de mort cérébrale.

Il sort fièrement un iPhone de sa poche.

— *Voilà* à quoi ressemble un vrai téléphone.

Je ricane.

— C'est plutôt à ça que ressemble une distraction constante. Mais si votre téléphone-pas-si-smart – une marque déposée – est si incroyable, il devrait avoir du réseau, hein ?

Il regarde son écran, mais je devine qu'il sait déjà la vérité : pas de réception pour son petit chéri non plus.

Malgré tout, je ne peux résister.

— Vous voyez ? Votre téléphone génial est tout aussi inutile. Il n'est bon qu'à transformer les gens en zombies accros aux réseaux sociaux.

Il cache l'appareil comme un parent protecteur.

— En plus de toutes vos charmantes qualités, vous êtes aussi technophobe ?

J'envisage de lui balancer mon Nokia en pleine tête, avant de décider que ça ne vaut pas la peine de débourser soixante-cinq dollars pour le remplacer.

— Ce n'est pas parce que je n'ai pas envie d'être distraite que je suis technophobe.

— En fait, mon téléphone est excellent s'agissant de

repousser les distractions, assure-t-il en remettant son casque sur ses oreilles. Vous voyez ?

Il appuie sur « play » et j'entends vaguement des riffs de heavy metal.

— C'est très mature, articulé-je.

— Désolé, répond-il beaucoup trop fort. Je n'entends pas les distractions.

Très bien. Peu importe. Au moins, il a de bons goûts musicaux. Mon cactus et moi sommes de grands fans de Metallica, et je crois que c'est ce qu'il écoute.

Je me mets à faire les cent pas.

Je suis coincée et je suis en retard. Si cette panne d'ascenseur ne se règle pas dans les prochaines minutes, je pourrai dire adieu à ce nouveau job – et par extension à l'argent de mes frais de scolarité. Si je ne peux pas payer mes études, je n'aurai pas de diplôme de botanique, alors que c'est mon rêve depuis plusieurs années.

Par le jus de *Saguaro*, ça craint vraiment !

Je jette un coup d'œil au canon – au connard, je veux dire.

Que penserait-il d'une personne atteinte de dyslexie et voulant obtenir un diplôme universitaire ? Sûrement que je devrais trouver une fac utilisant des livres de coloriage. Pour tout dire, même les livres de coloriage ne seraient pas beaucoup mieux – je n'arrive jamais à ne pas dépasser les lignes.

Je soupire et détourne les yeux, de plus en plus inquiète. Même en mettant mes rêves de côté, et si cet ascenseur restait coincé longtemps ?

Le problème le plus immédiat, c'est mon envie de plus en plus pressante de faire pipi – mais paradoxalement, sur le long terme, notre principal souci serait de n'avoir rien à boire.

Je me demande… Quand on a assez soif, notre corps réabsorbe-t-il l'eau présente dans la vessie ? Et puis, est-ce que je pourrais créer un filtre en me servant de ce que j'ai sur moi, à la MacGyver, pour récupérer l'eau de mon urine ? Avec des poils de chat, peut-être ?

Je frissonne, et ce n'est qu'en partie dû à l'air conditionné démentiel qui arrive à m'atteindre même ici. À court terme, ce serait tellement mieux s'il faisait chaud plutôt que froid. Je pourrais transpirer les liquides et je n'aurais pas envie d'uriner, même si je suppose que je mourrais de soif plus vite. Je jette un regard envieux vers l'inconnu large d'épaules. Je parie que sa vessie fait la taille d'un ballon dirigeable. Il possède aussi une bouteille en acier inoxydable qui contient sûrement de l'eau, et il y a peu de chances pour qu'il accepte de partager.

Se pose aussi la question de la nourriture. Je n'ai rien de comestible sur moi, mis à part une boîte de pâtée pour chat… et théoriquement, la chatte elle-même.

Non. Je préfère encore manger cet inconnu plutôt que la pauvre Atone.

Comme s'il avait lu dans mes pensées, le ventre de l'inconnu gargouille.

Zut ! Vu comme ce type est costaud et méchant, il

mangerait sûrement la chatte. Après ça, il me dévorerait, moi… et pas de manière agréable.

Je suis vraiment foutue !

————

Si vous souhaitez en savoir plus, veuillez consulter le site internet de Misha Bell: www.mishabell.com/fr/.

Extrait de Totale impro par Misha Bell

Ce qui se passe à Las Vegas reste à Las Vegas. Pas vrai ?

Bon, que je vous explique. J'ai fait irruption dans les vestiaires de mon coup de cœur pour renifler ses collants (mais ça n'avait rien de pervers, je le jure !). Bien sûr, je me suis fait griller pendant que… enfin, vous avez compris. Ensuite, disons qu'il m'a fait du chantage pour que je l'épouse afin d'obtenir sa carte verte. Mais attention, je ne m'en plains pas.

L'instant d'après, nous sommes en route pour Las Vegas, histoire de faire croire à nos amis et à nos familles qu'après une nuit d'ivresse, sur un coup de tête, nous nous sommes passé la bague au doigt. Sauf que… c'est exactement ce qui se passe. (Merci à la vodka.)

Étant donné qu'il n'est autre que le danseur de ballet le

plus convoité de New York et que je ne suis qu'une blogueuse inconnue qui habite dans un garage et se gave de sucreries, ce mariage n'a aucune chance de déboucher sur quelque chose de réel. Sans parler de ma famille complètement cinglée et de mon dégoût pour absolument toutes les odeurs… à l'exception de la sienne.

Tout ce que j'espère, c'est ne pas tomber amoureuse de mon mari. Ça ne devrait pas être bien difficile, si ?

———

Le ballet que je regarde est *Le Lac des Cygnes*, et le rôle de mon coup de cœur est celui du Prince Siegfried.

Bon sang. Je suis jalouse de cette arbalète qu'il tient. Sachant que mon objectif est de me sortir cet homme de la tête, le voir en live était peut-être un pas dans la mauvaise direction.

Ses muscles – et plus particulièrement ses jambes puissantes – feraient pleurer d'envie une statue de dieu grec. Ses yeux brillants sont comme du chocolat fondu, et ses cheveux coiffés en arrière me rappellent aussi le chocolat noir. Son visage est angélique, avec des pommettes si effilées qu'elles ressemblent à la couche dure d'une crème brûlée une fois que vous l'avez cassée avec une cuillère. Oh, mais tout cela pâlit comparé à la bosse dans son pantalon – qui figure dans tellement de mes fantasmes masturbatoires que j'en ai même nommé le contenu : M. Big. Ouais. Le fait d'assister à ce spectacle est tout sauf bénéfique, et si j'active la culotte vibrante que je porte en ce moment, cela ne fera qu'empirer les choses.

Au départ, j'ai enfilé cette culotte parce que je me suis dit que c'était ma dernière chance de profiter d'un ménage avec moi-même avec Le Russe. Si renifler ses collants a l'effet désiré, je devrai recourir à d'autres supports visuels quand je me rendrai dans la bat-cave. Comme *Magic Mike, 300* ou *Charlie et la Chocolaterie*.

Mais je ne devrais pas être égoïste. Cette aventure ferait un excellent article de blog. D'habitude, je ne fais jamais de trucs cochons en public, alors cela servira peut-être d'enseignement à ceux qui me suivent.

Ouais, je vais le faire pour eux. Ce sera mon dernier tour de piste avec Le Russe – rendu tellement plus intéressant parce que je le vois pour de vrai.

Je scrute les gens aux beaux habits assis autour de moi. La voie est libre. Ils sont tous concentrés sur le spectacle devant nous.

Je récupère la petite télécommande qui active les vibrations.

Dernière chance de changer d'avis.

Non. Le Russe m'expose son postérieur parfait et ses muscles du grand fessier que j'ai envie de lécher comme du sucre d'orge.

J'appuie sur « on » et souris quand mes sous-vêtements se mettent à vibrer. C'est mon petit moment DIY.

Même à la plus basse vitesse, mon clitoris se retrouve aussitôt engorgé, et j'espère que les composants électriques à l'intérieur de cette petite merveille technologique sont étanches. Bientôt, je dois me mordre douloureusement la langue pour me retenir de gémir. La musique de Tchaïkovski est géniale, mais elle ne suffirait pas à noyer ce son-là.

Je ne savais pas qu'il me serait aussi difficile de garder le silence. Ce doit être l'effet torride provoqué par Le Russe.

Haletante, j'éteins l'appareil pour laisser l'occasion à mon clitoris de se calmer. Si je me fais surprendre en train de faire ça, je serai escortée dehors ou bannie à vie pour la perverse que je suis.

Quand je pense pouvoir rester silencieuse, je rallume l'appareil.

Non. Quand Le Russe effectue un fouetté à donner l'eau à la bouche, le désir d'être bruyante revient en force.

Bordel.

Celui qui a conçu cette culotte devrait se voir décerner un prix. L'effet sur mes parties intimes est semblable à celui de la chanson principale du *Lac des Cygnes* sur mes oreilles, ou du Russe à mes yeux.

Un orgasme aux proportions cosmiques grandit en moi, et garder le silence requiert soudain un effort de volonté dont je sais être dépourvue, alors j'éteins tout encore une fois, et pour de bon, cette fois.

Et merde. Je suis vraiment frustrée et grincheuse, maintenant.

Comme pour accroître ma frustration, la ballerine qui joue Princesse Odette apparaît.

Elle est ce qu'on pourrait appeler un standard de beauté impossible. Le haut de son corps est si fin qu'il en est presque transparent, elle ressemble à quelqu'un n'ayant jamais goûté le moindre croissant de toute sa vie ; malgré ça, ses jambes sont puissantes et semblent interminables.

Je sais, je sais. Ma jalousie est aussi verte qu'un donut de la Saint-Patrick. Pour ma défense, son personnage est censé être gentil, noble et candide. Mais elle danse sa scène avec séduction, comme Odile le cygne noir diabolique. En parlant de cygne noir, il serait très facile d'imaginer cette femme poignardant quelqu'un avec un éclat de verre, comme le fait le personnage de Nathalie Portman dans le film *Black Swan*.

C'est bon. C'est décidé. À partir de maintenant, cette ballerine sera Black Swan dans ma tête. À mesure que le ballet avance, je grimace à chaque fois que Le Russe touche Black Swan – à savoir souvent, surtout durant le pas de deux. En fait, j'en arrive au point où quand Princesse Odette connaît une fin funeste, j'ai du mal à avoir de la peine.

Je suis juste soulagée que le spectacle soit terminé. C'était vraiment une erreur, de le regarder en live.

Je me fraie un chemin parmi la foule qui part vers la sortie et me dirige vers les toilettes. Je m'enferme dans une cabine et grimpe sur un siège de toilette pour cacher mes pieds, suivant les instructions de Blue pour l'opération Très Goûteux. C'est aussi elle qui m'a conseillé de porter du noir – un pantalon habillé approprié à l'événement, une chemise un peu trop serrée (ouais, je l'ai achetée quand je pesais quelques kilos de moins, et alors ?) et une paire de ballerines ayant connu des jours meilleurs, mais qui sont les chaussures les plus chics que je possède et dans lesquelles je puisse courir.

Je sors un écouteur, l'enfonce dans mon oreille et compose le numéro de Blue.

— Salut, sœurette, lance-t-elle. La foule se disperse en ce moment même. Sois patiente.

Pendant que j'attends, Blue me raconte tous les ragots familiaux les plus croustillants, me faisant me demander comment elle a rassemblé toutes ces informations. Sans doute en employant les mêmes méthodes infâmes que Big Brother dans le monde dystopique de *1984*.

— L'Elvis letton a quitté le bâtiment, finit par m'annoncer Blue. Et j'ai éteint les caméras sur ton passage, alors tu peux lancer l'opération.

— Merci.

J'essaie de sauter du siège de toilette, mais mon pied glisse et je me cogne la tête contre la porte de la cabine.

Aïe. Je vois des étoiles – en forme d'urinoirs.

Pire encore, j'entends un splash.

Non ! Je vous en prie, nous.

Malheureusement, c'est un oui.

Mon téléphone nage dans la cuvette des toilettes. Beurk.

— Eh, lance Blue dans l'écouteur, la voix crépitante d'électricité statique. Est-ce que tout va…

Le reste se perd dans un sifflement inintelligible.

Mon pauvre téléphone est mort.

J'envisage de le sortir de la cuvette, aussi dégoûtant que ce soit. J'ai entendu dire qu'on pouvait faire sécher ce genre d'appareils en les plongeant dans du riz, et que ça permet parfois de les ressusciter. Pour finir, je décide de m'en abstenir. Ce téléphone est si vieux qu'on peut à peine le qualifier de smartphone. Mieux vaut qu'il se noie dans les toilettes avec dignité, même si je vais devoir me priver d'une centaine de visites à la pâtisserie pour pouvoir le remplacer.

Maintenant, la question est : devrais-je annuler l'opération ?

Je n'ai plus Blue dans l'oreille, mais j'ai dépensé une fortune pour ce ticket, et je ne sais pas quand je pourrai m'en offrir un autre. Et puis, je me suis donné du mal pour apprendre à crocheter une serrure, et Blue a déjà joué son rôle. Très bien, je me lance.

Je prends une inspiration pour me calmer et me faufile hors de la cabine de toilettes.

Personne dans le coin.

Bien.

Je me dirige furtivement vers ma destination, bien contente d'avoir mémorisé la disposition des lieux au lieu de me reposer sur les plans sur mon téléphone.

La première porte verrouillée sur mon passage est facile à crocheter, et la deuxième n'est même pas fermée à clé.

Quand j'arrive dans le dernier couloir, je réalise que je cours, et quand je m'arrête devant la porte de ce qui doit être le vestiaire du Russe, je suis haletante. Ouais. « Artjoms Skulme » indique le panneau sur la porte. Je suis au bon endroit.

Je sors mes outils de crochetage et le verrou cède à mes nouveaux talents sans résistance.

Le cœur cognant dans ma poitrine, j'entre dans la pièce. Dans le large miroir devant moi, j'ai l'air effrayée, comme le serait Blue dans un nid d'oiseau. Même mes cheveux longs jusqu'aux épaules ont l'air pâles et usés, mes mèches blond vénitien prenant une teinte plus cendrée que rousse, sous cette lumière.

Je me mordille la lèvre et cherche les collants des yeux. Maintenant que je suis arrivée jusqu'ici, hors de question que je reparte avant d'avoir accompli l'opération.

Hum.

Je ne vois de collants nulle part.

C'est bien ma veine. Il est maniaque de la propreté.

Une seconde… je vois quelque chose. Pas des collants, mais peut-être encore mieux. Même si c'est un peu plus pervers, en y réfléchissant bien.

Je me précipite vers la chaise sur laquelle j'ai repéré l'objet : un accessoire vestimentaire appelé une ceinture de danse, dans ce métier.

Sauf que ce n'est pas une vraie ceinture.

Conçu pour les danseurs de ballet dotés d'un appareil génital ayant tendance à pendouiller lors des sauts vigoureux, ce sous-vêtement ressemble à s'y méprendre à un string.

Je m'évente.

Rien que d'imaginer Le Russe portant cette ficelle sans ses collants me donne envie de réactiver ma culotte vibrante.

Mais non. Je n'ai pas le temps de me toucher maintenant.

Je ramasse le string – la ceinture de danse, je veux dire. Elle est douce et agréable au toucher. Elle a tout du petit copain parfait.

Je scrute la ceinture comme si j'essayais de charmer le serpent à l'intérieur. Un serpent nommé M. Big.

Est-ce que je vais vraiment faire ça ? Et si oui, est-ce que ça veut dire que je fais partie de ces cinglés qui achètent des sous-vêtements usagés en ligne ?

Non. Je n'ai aucun fétiche lié au fait de renifler des sous-vêtements, c'est plutôt l'opposé, même.

Ouais. Si quelqu'un me pose la question, ce sera mon excuse.

D'un mouvement déterminé, j'enlève le filtre nasal dans chacune de mes narines et approche la ceinture de danse de mon nez.

Et c'est parti.

Je prends une très goûteuse inspiration.

———

Si vous souhaitez en savoir plus, veuillez consulter le site internet de Misha Bell : www.mishabell.com/fr/.